MEU DOM QUIXOTE COREANO

Do mesmo autor:

A inconveniente loja de conveniência

A inconveniente loja de conveniência 2

MEU DOM QUIXOTE COREANO

KIM HO-YEON

Tradução do coreano de
Laura Torelli

1ª edição

BERTRAND BRASIL
Rio de Janeiro | 2025

CIP-BRASIL. CATALOGAÇÃO NA PUBLICAÇÃO
SINDICATO NACIONAL DOS EDITORES DE LIVROS, RJ

H597m Ho-Yeon, Kim, 1974-
Meu Dom Quixote coreano / Kim Ho-Yeon ; tradução Laura Torelli. - 1. ed. - Rio de Janeiro : Bertrand Brasil, 2025.

Tradução de: 나의 돈키호테
ISBN 978-65-5838-386-4

1. Ficção sul-coreana. I. Torelli, Laura. II. Título.

25-97952.0
CDD: 895.73
CDU: 82-3(519.5)

Meri Gleice Rodrigues de Souza - Bibliotecária - CRB-7/6439

Publicado na Coreia do Sul por Namu Bench com o título 나의 돈키호테, e em inglês com o título *My Don Quixote*. Edição em língua portuguesa publicada mediante acordo com Namu Bench por meio da KL Management em associação com Patricia Seibel.

Texto revisado segundo o Acordo Ortográfico da Língua Portuguesa de 1990.

Prólogo

— Dom *ahjussi* — chamei, usando a expressão coreana para homens na meia-idade —, por que você escreveu Sevilha no lugar de Seul? — perguntei, apontando para o mapa da Coreia do Sul sob o tampo de vidro da mesa.

— As duas começam com "S", não é? E dizem que a Sevilha da época do Dom Quixote era uma cidade tão movimentada quanto Seul.

— E por que Busan é Barcelona?

— As duas começam com "B". Além disso, ambas são cidades portuárias que representam seus países.

— Então Mokpo é Málaga pelo mesmo motivo?

— Exatamente. Tanto Mokpo quanto Málaga são cidades de onde vieram grandes artistas. Você conhece Picasso, não conhece? Ele nasceu em Málaga.

— Hum, entendi.

Na verdade, eu não tinha entendido muito bem a lógica do Dom *ahjussi*, mas achei melhor não insistir para não deixá-lo desconfortável. Só que... e Daejeon? Por que, no mapa, a cidade tinha virado La Mancha? Não consegui conter a curiosidade e fiz jus ao meu apelido minidetetive.

— *Ahjussi*, e Daejeon? Por que é La Mancha? Daejeon começa com "D", não deveria ser uma cidade da Espanha que começasse com a mesma letra?

— Ah, porque em coreano Daejeon quer dizer "o grande campo". Um campo vasto. E La Mancha é famosa por suas campinas. Elas são tão planas que, no horizonte, não se vê uma única montanha. Então, de certa forma, também são um grande campo. Por isso, Daejeon é La Mancha.

— Ah, *ahjussi*. Assim não dá, né! Todas as outras começam com a mesma letra...

— Você tem razão. Então, que tal fazermos assim?

Com cuidado, ele deslizou o tampo de vidro, abriu uma das gavetas da mesa e pegou uma caneta. Em seguida, ao lado de "La Mancha", fez um sinal de igual e escreveu: "Dom Quixote". Continuei com a cabeça inclinada.

— Tá, olha só, Sol. Quando você ouve "La Mancha", quem é a primeira pessoa que vem à sua mente? O Dom Quixote, certo? Porque La Mancha é a cidade do Dom Quixote. Agora olha aqui: Daejeon, além de ser La Mancha, também é Dom Quixote. E Dom Quixote começa com "D". Pronto! Temos uma ligação. O que acha?

— Hum, tá bom.

— E a grande atração turística de Daejeon é justamente aqui, a Dom Quixote Vídeos. Não é? Haha.

— E a famosa padaria Sungsimdang?

— Bom, digamos que são gêneros diferentes.

— O que é gênero?

— Você gosta de filmes com cenas fofinhas, não gosta, Sol? Já este velho aqui prefere quando são cheios de ação. Gênero é isso, são tipos diferentes. Ou seja, você gosta do gênero romance, e eu prefiro thriller.

— Mas o senhor não gosta de *Dom Quixote*?

— Claro que gosto.

— Qual o gênero dele?

— Dizem que *Dom Quixote* é de todos os gêneros. É uma história que ferve em um caldeirão que contém todas as coisas do mundo.

— Ainda não entendi direito. Posso perguntar mais?

— Ai, ai. Você deve estar com fome, por isso que não está entendendo. O que acha de fecharmos a loja um pouquinho e irmos à Sungsimdang comer um *patbingsu*? É uma sobremesa feita com gelo raspado, feijão doce e frutas. Eles não são bons só com pão, não. O *patbingsu* de lá também é uma delícia.

— Boa ideia!

Naquele dia, não compreendi a comparação do Dom *ahjussi* entre as cidades coreanas e as espanholas, mas com certeza entendi que o *patbingsu* da padaria Sungsimdang é realmente delicioso.

Só depois de muito tempo que consegui captar o sentido da comparação do *ahjussi*. Tudo aquilo fazia parte de algo maior: era preciso que existisse um Dom Quixote em Daejeon. E hoje eu acredito nisso.

Por causa do meu Dom Quixote.

Talvez esta seja uma história sobre alguém que passou a acreditar no Dom Quixote. Ou, quem sabe, uma história sobre alguém que se tornou o próprio Dom Quixote.

Agora, vamos dar início à nossa jornada.

PARTE 1

나의 돈키호테

A antiga videolocadora da vizinhança

1 – Big Field

2018

Tinha se passado uma semana desde que eu saí da empresa e voltei para a casa da minha mãe. Desde então, não fiz absolutamente nada. Não lembro a última vez que fiquei uma semana inteira sem fazer nada. Em trinta anos de vida, nunca me foi permitida uma pausa tão longa. Era como se, pra ser alguém que contribui com a sociedade, eu precisasse estar sempre produzindo. Mas, vivendo assim, fui pifando sem perceber, e agora já não conseguia nem funcionar. Foi uma semana que eu mesma pausei. Esse período não era uma vírgula, era um ponto final. O mundo continuou girando, ocupado, mesmo sem mim. Eu me sentia como uma pedrinha inútil à beira da estrada. Quando desabafei sobre esse sentimento com a minha mãe, ela respondeu sem nem pensar:

— Uma pedrinha que come bastante, hein?

Para ser sincera, eu realmente estava comendo muito naquela semana. Devorava fácil duas tigelas do arroz que minha mãe fazia e, nos restaurantes de *kalguksu*, sopa coreana com macarrão artesanal, provava todas as variações do prato: apimentada, com vôngoles, com mariscos... Eu acabava com tudo: tofu, carne de porco frita ou lula. Por fim, ainda encarei pilhas de bolo *streusel* e pão com recheio de cebolinha que trouxe da padaria mais famosa da cidade. Era como se precisasse comer aquilo tudo para confirmar que eu estava de volta ao meu lugar.

Mas será que aquela era mesmo a minha cidade? Será que eu podia chamar onde vivi por meros cinco anos de cidade natal? A resposta da minha mãe a esse questionamento foi clara.

— Se é onde sua mãe mora, então é sua cidade.

Daejeon. O grande campo. *Big field*. A cidade da Expo de Ciência e Engenharia com seu mascote Kkumdori. A cidade do Instituto Avançado de Ciência e Tecnologia da Coreia do Sul, o KAIST, e do parque científico. A cidade administrativa onde fica o Complexo Governamental. A cidade dos transportes, onde se cruzam os trilhos das linhas de trem Gyeongbu, que liga Seul à Busan, e Honam, que liga Seul a Mokpo. E, acima de tudo, uma cidade tão sem graça que o principal ponto turístico é uma padaria.

E que continuava sem graça. Depois de passar alguns dias perambulando pela vizinhança e desfrutando o sabor de lembranças, não havia mais nada para fazer. Eu não ia visitar o museu de ciências ou o parque de diversões O-World como uma criança, muito menos explorar as montanhas Bomunsan e Jangtaesan como alguém que nasceu nos anos 1970 ou 1980. Para ser sincera, até torcer pelos times locais, que quase sempre perdem, me parecia uma perda de tempo.

Ontem, tomei coragem e saí do meu bairro para espairecer. Fui até Dunsan para assistir a um filme, depois passei por Yuseong para observar as fontes termais. E foi isso. Minha mãe teve a audácia de dizer que eu deveria ter aproveitado para pelo menos fazer uma caminhada pelo lago Gapcheon para perder uns quilinhos. Claramente um abuso de poder por eu estar morando de novo na casa dela, e isso me fez decidir que não chegaria nem perto de Gapcheon.

A verdade é que eu não deveria ter voltado. Daejeon era, sim, a minha cidade — a casa da minha mãe ainda estava lá, e as memórias da infância também —, mas, para uma desempregada de trinta anos, era um lugar sem graça, sem oportunidades, sem opções.

Mesmo assim... não é como se eu tivesse outro lugar para onde ir.

Eu achava que, depois do sucesso de *Desbravadores de cidades*, eu poderia ir para qualquer lugar. E não só fui — eu liderei o projeto. Enquanto os outros desbravadores percorriam vielas escondidas da cidade, tentando encantar os telespectadores, eu estava à frente do programa. Eu era a mente por trás de tudo, e o programa era líder de audiência.

De vez em quando, meu chefe perguntava: "Diretora Jin, você não disse que é de Daejeon? Nunca pensou em explorar sua cidade?" Minha resposta era sempre a mesma: "Ah, não. Lá é muito sem graça." Talvez tudo o que está acontecendo comigo agora seja coisa do espírito da cidade, que está me fazendo pagar por ter dito essas coisas.

Como cheguei a esse ponto? Será por causa do meu pai, que faleceu há dois anos? Ou do meu ex, que me traiu e foi embora no ano passado? Ou daquele dia, seis meses atrás, em que perdi a paciência com as ideias antiquadas do meu chefe e resolvi bater de frente? Ou do programa que editei do meu jeito, mês passado, desconsiderando as instruções do diretor-chefe? Talvez tenha sido o burnout de duas semanas atrás, quando desmaiei e, mesmo depois de descansar, não consegui me recuperar de verdade.

Ainda me lembro do dia que minha irmã mais velha foi para os Estados Unidos, e o quarto passou a ser só meu. Na época, o espaço parecia o suficiente para eu pular de alegria. Hoje, mal comporta meu desânimo. Encolhida ali, cheguei a uma conclusão: uma sucessão de coisas foi dando errado até que uma tristeza profunda me consumiu. Só quando minha carreira — que até então parecia estar em ascensão — foi ladeira abaixo que percebi: eu estava dando o meu melhor para algo que não era meu. Nem o programa que planejei nem os resultados eram meus. Eu estava focada apenas na linha de chegada, sem cuidar do essencial: de mim mesma. Caí nessa cilada.

Deitada naquele quarto que passei minha infância, repassei minha trajetória marcada por arrependimentos enquanto acabava com os farelos de *streusel*. Até que o grito da minha mãe me chamando me tirou do transe. Então me veio à memória a época do ensino fundamental, quando eu preparava minhas refeições sozinha e ia atrasada para a escola, e eu era tão corajosa.

Sim, houve um tempo assim. Pensando que não podia simplesmente desistir, levantei rapidamente e murmurei: prefiro ser uma vírgula do que um ponto final.*

* "I'd rather be a comma than a full stop", trecho de *Every Teardrop Is a Waterfall*, do Coldplay.

2 – O que eu vou fazer?

Saí de casa e fui ao parque Yangji. Quando cheguei, não havia uma alma viva sequer, talvez por conta do frio do fim de outono. Subi no gazebo e observei o centro antigo da cidade. Mais à frente dava para ver o prédio onde eu morava, o comércio da rua de baixo e o córrego Daejeon com suas trilhas para caminhada. Esse pedaço — a área chamada Seonhwa-dong, que vai do parque Yangji até o córrego Daejeon — é o que chamo de meu.

Sentindo o vento tocando no rosto, tentei organizar os pensamentos.

O que vai ser da minha vida?

Eu estava com trinta anos, era uma atriz que havia desperdiçado o primeiro ato e saído de cena. Com qual papel eu deveria retornar para o segundo ato? Como poderia apresentar uma performance digna de ser paga? Ganhar a vida nada mais é do que transformar o dinheiro dos outros em meu. Então eu precisava fazer alguém — espectador ou empregador — querer me pagar.

Será que eu tinha confiança suficiente para competir com recém-graduados e entrar numa empresa decente? Não. Eu devia usar minha experiência de produtora para voltar a trabalhar na área? *Definitivamente não.* Eu me recuso a aceitar um trabalho exaustivo no qual até mesmo a satisfação de ter feito um bom trabalho é tirada de mim. Talvez abrir uma startup? Dizem que dá pra inventar algum produto... mas e o capital e as possibilidades de investimento? Somando tudo, o resultado era zero.

Minha mãe sugeriu que eu estudasse para algum concurso público ou casasse e virasse dona de casa. Passar em concurso não é fácil. E a ideia de casar era antiquada e uma fantasia difícil de alcançar dada a situação que eu enfrentava no momento.

Eu deveria jogar tudo pro alto e apenas ir fritar frango? Até então minha mãe não falou nada, mas, se eu continuasse prostrada em casa, com certeza ela tomaria alguma atitude. Primeiro ela demitiria a funcionária de meio-período. Depois, eu seria efetivada. E então, como filha da dona, além de trabalhar lá, eu acabaria herdando o negócio da família, um restaurante de franquia praticamente extinto, que quase não se vê mais hoje em dia. Ontem, comi frango com cerveja que minha mãe trouxe de lá, e sinto muito mesmo por dizer isso, mas prefiro carne bovina. Quero ganhar dinheiro suficiente para comer todos os cortes possíveis: fraldinha, acém, paleta, picanha, bisteca, costela, e outras partes que ainda nem provei...

O sabor da carne bovina me fez lembrar do segundo ato da vida do meu pai. Em 1998, o banco no qual ele tinha um emprego estável faliu de repente quando o Fundo Monetário Internacional entrou na economia da Coreia do Sul. Meu pai, que achava que passaria a vida sendo funcionário de banco e nunca sonhou em ter um plano B, decidiu usar a indenização para abrir uma franquia de costela bovina. Parecia um negócio seguro.

Mas quem estaria despreocupado comendo uma carninha enquanto o país afunda numa crise? A tentativa precipitada e, digamos, sem muita estratégia do meu pai em abrir um negócio fracassou em menos de um ano.

Mas ele não desistiu. A segunda tentativa, mais experiente e com uma pesquisa de mercado em mãos, foi uma franquia de *samgyeopsal* — um prato típico coreano de barriga de porco grelhada — chamada Sonho de Porco. Na Coreia do Sul, sonhar com porcos é sinal de sorte, e meu pai acreditava que, se o povo sul-coreano conseguia empurrar a economia pra frente à base de *samgyeopsal* e soju, o restaurante também prosperaria em tempos difíceis. Dessa vez, com estratégia, deu certo. Os negócios iam tão bem que meus pais voltavam para casa tarde da noite sorrindo como se realmente tivessem sonhado com porcos.

Mas, em 2000, uma epidemia de febre aftosa atingiu em cheio as fazendas de porcos e os restaurantes de *samgyeopsal*. Meu pai não conseguiu superar esse golpe e teve de enfrentar, mais uma vez, a dor de fechar seu negócio.

Naquele ano, nossa família deixou Seul e se mudou para Daejeon, mais precisamente para esta casa em Seonhwa-dong. Meu pai, que vinha afundado em uma tristeza silenciosa, explodiu de raiva quando minha mãe sugeriu que ele arranjasse um trabalho, nem que fosse em uma obra. Ele saiu de casa irritado e, algumas semanas depois, voltou com um dinheiro sabe-se lá de onde, anunciando que abriria outro restaurante — que se tornou a atual franquia de frango frito, desconhecida por muitos, e que minha mãe administra até hoje. Lembro da minha irmã mais velha perguntando qual seria a próxima carne se o restaurante de frango frito falisse.

Felizmente, não foi necessário procurar outro tipo de proteína animal para vender. O restaurante de frango, aos trancos e barrancos, sustentou nossa família de cinco pessoas. Eu estava no começo do ensino médio e passava as minhas férias preparando conserva de nabo e servindo chope. Afinal, é assim que funciona um negócio de família. Hoje penso que era inevitável que meu pai, nascido no ano do galo, em 1957, abrisse um restaurante de frango, parecia mesmo destino.

Mas agora chega de restaurante de frango frito e também chega de empresas que exigem lealdade enquanto só pensam em lucro. Nessa altura da vida, estudar para tentar concurso público ou uma nova carreira já não são mais uma opção. E eu me recuso a pensar em viver dependendo da boa vontade de algum homem.

Então, o que me resta é minha carreira e a experiência que acumulei como produtora de programas de TV. Lembrei de uma vez ter ouvido que é preciso gostar do que se faz para conseguir fazer por muito tempo, e que é justamente o tempo que nos permite dominar o que fazemos. E, pensando bem, nunca perdi o interesse nem a curiosidade. Nem mesmo quando precisei percorrer ilhas remotas ou enfrentar festivais caóticos. Lembrei da empolgação que senti ao criar, do zero, um programa baseado numa ideia só minha — e que acabou deixando sua marca na indústria. A conclusão era simples: eu precisava continuar trabalhando com produção. Mas como?

Sozinha.

Para falar a verdade, até pouco tempo atrás, eu estava jogada num canto do quarto, desbravando a infinidade que é o YouTube. Depois de assistir a tantos vídeos, senti como se meus olhos fossem saltar das órbitas. E foi então que me dei conta: era ali, naquele mesmo espaço onde tantos outros mostravam seu trabalho, que eu deveria exibir o meu.

Confesso que, na época em que trabalhava com produção, eu tinha um pé atrás com o YouTube. Mesmo quando "My Little Television", um programa de entretenimento da TV aberta que convidava celebridades para transmissões ao vivo, fez sucesso, achava meio absurdo ver apresentadores tentando copiar o formato do YouTube. Quando *mukbang* virou febre no ano passado e surgiram estrelas do gênero, achei ridículo e torci o nariz. Ver alguém comendo diante da câmera, enquanto conversa com os espectadores? Que graça tinha isso? Mas, quando comecei a assistir YouTube pra valer, percebi que não há nada mais divertido que um *mukbang* e que nem todo mundo tem talento para isso. Alguém me disse uma vez: "O YouTube é a maior casa de câmbio do mundo." E é verdade. Basta você oferecer algo que tenha valor, e, se esse valor for reconhecido, vira dinheiro.

Foi assim que decidi abrir o segundo ato da minha vida no YouTube.

Mas eu não tinha nada brilhante em mente. Criar um conteúdo realmente atrativo, sozinha, era muito mais difícil do que eu imaginava. Era preciso ter presença de palco — como um cantor, uma humorista. Ou eu podia me especializar em algo: *mukbang*, viagens, tutoriais.

Fiz uma autoanálise. Minha aparência era comum demais, tanto que nem eu me procuraria no meio de tantas outras: um metro e setenta e dois, pernas compridas, barriga saliente. Minhas habilidades para canto, dança ou qualquer atividade física eram risíveis. Fazer *mukbang* exige resistência e estômago, e criar conteúdo de viagens requer um espírito aventureiro e muita sociabilidade, o que era demais para alguém como eu, que só saí do país a trabalho.

Será que, para iniciar o segundo ato da minha vida, precisaria revisar o primeiro? Foi com esse pensamento que me dirigi à área comercial de Seonhwa-dong, o lugar que até então eu evitava. Tinha medo de que as memórias que deixei lá se juntassem e me atacassem como zumbis.

3 – Quinze anos antes

Eu me formei na faculdade com dificuldade, esmagada entre bicos e créditos acadêmicos. Quanto mais eu estudava sobre administração de empresas, mais me convencia de que jamais administraria coisa alguma. Depois da formatura, parei para pensar no que eu realmente gostava de fazer, pensei numa agência de viagens. Para alguém como eu, que nunca fez um mochilão ou um intercâmbio, uma agência de viagens, na qual poderia trabalhar e ao mesmo tempo viajar, parecia incrível. Foi então que, por acaso, descobri uma empresa chamada Nomad Enterworks.

A Nomad Enterworks era, na verdade, uma produtora de vídeos sobre viagem. Hoje vejo que a vaga estava listada erroneamente como agência de turismo em um site de empregos, e eu me candidatei sem perceber. O que me atraiu foi a chamada que dizia: "Procuramos alguém apaixonado por viagens, de negócios ou lazer." De qualquer forma, aquilo foi um sopro de ar fresco nos pulmões da minha juventude sufocada.

Assim que fui contratada, saí viajando pelo país inteiro. Meu primeiro programa foi "Quero ir para essas ilhas", e passei um ano viajando entre as costas oeste, sul e leste do país, incluindo de Jeju. Apesar de ter sido desgastante, pude apreciar as maravilhas das formas e da vida marinha das deslumbrantes ilhas de todos os três cantos que cercam a Coreia do Sul... só que não. Vomitava toda vez que subia em um navio e temia pela minha vida quando éramos atingidos por tufões, certa de que seríamos engolidos pelo mar.

Depois veio um programa sobre festivais regionais liderados por um cantor de *trot* da velha guarda. Era melhor que vagar de ilha em ilha, mas não deixava de ser igualmente exaustivo. Os festivais de produtos locais pareciam nunca acabar. E se antes eu sofria com a fúria da natureza, dessa vez foi com a imprevisibilidade humana: apresentadores que desapareciam, convidados mal-educados, organizadores que não se entendiam...

O que me fez aguentar tudo isso foi o salário. Era o que pagava meu aluguel, as contas da casa e a parcela do meu financiamento estudantil. Parando para pensar, percebo que troquei minha energia e entusiasmo dos vinte e poucos anos por dinheiro.

Mas, felizmente, dinheiro não foi a única coisa que ganhei. Com o tempo, fui acumulando experiência e acabei sendo promovida de assistente de produção a diretora. Quando subi de cargo, meu chefe comentou que eu deveria usar mais a cabeça do que o corpo e me pediu que entregasse um novo projeto. Apresentei como se fosse um dever de casa, mas que acabou sendo um grande sucesso.

Desbravadores de cidades.

Até hoje me pergunto como algo assim saiu da minha cabeça. Será que depois de tanto tempo em alto-mar e em vilarejos do interior, fiquei com saudades das cidades grandes?

O conceito do programa era simples. Recrutar subcelebridades bem-humoradas e cheias de energia (até porque a empresa não tinha verba para contratar celebridades de verdade), levá-las para uma nova cidade a cada semana e fazê-las explorar o charme local por meio de pistas escondidas em locais inusitados.

Mas eu não fazia ideia de que a proposta fosse realmente sair do papel. Muito menos que o astro Joo Hyeseong compraria essa ideia e colocaria a equipe dele mobilizada para garantir que o programa fosse ao ar no horário nobre. Jamais sonhei que, cinco anos após sua estreia, se consolidaria como o principal programa de variedades da emissora.

Desbravadores de cidades virou o carro-chefe da Nomad Enterworks, impulsionou o crescimento da empresa e transformou o diretor-chefe — que aparecia no programa como rival de Joo Hyeseong — em celebridade, a ponto de ganhar um fã-clube. O presidente da empresa, por sua vez, ficou tão importante que era difícil até conseguir uma reunião com ele.

Consegui viver e botar comida na mesa por cinco anos com esse programa. Mas isso foi tudo. Mesmo que nos bastidores todos soubessem que a idealizadora de *Desbravadores de cidades* era eu, os créditos iam para o diretor-chefe, e os lucros iam para o presidente. Minha única recompensa era a permanência no projeto — e até isso me foi tirado no fim.

Caminhei imersa nesses pensamentos e, quando dei por mim, estava diante da Escola Primária Seonhwa. Dei a volta no quarteirão, acompanhando os muros da escola, enquanto lembrava da época em que cheguei àquela cidade. Daejeon não tinha uma identidade regional forte. Ninguém achou estranho eu vir de Seul, nem demonstrou resistência ao meu jeito de forasteira. Mas eu me lembro de um menino que implicava só comigo. Fui aguentando, aguentando... até que explodi. Peguei meu estojo, a primeira coisa que vi, e joguei nele, acertando-o em cheio no nariz. Mas, em vez de me sentir vingada, me apavorei ao vê-lo chorar alto, como se o mundo estivesse desabando.

Acertar alguém no nariz foi o suficiente para assustar, mas o preço sempre vinha depois. Meu instinto de defesa nunca foi preciso, nem estratégico. Apesar do meu temperamento esquentado ser uma influência do meu pai, eu já tinha idade suficiente para assumir responsabilidade pelas minhas ações em vez de culpar minha personalidade ou o ambiente.

Há muito tempo, alguém me disse: "A personalidade das pessoas não muda, ou muda muito pouco, mas o caráter pode ser moldado. Basta controlar a personalidade e construir o caráter. Eu mesmo já fui uma pessoa explosiva, mas agora não sou uma pessoa calma, né?"

Foi o Dom *ahjussi* quem disse isso.

— Você não é assim, *ahjussi*... você não brigou com aquele policial da outra vez?

Dom *ahjussi* pigarreou, desviou o olhar e fingiu que não era com ele.

Acelerei o passo e atravessei o cruzamento de Seonhwa-dong, pegando o caminho para casa. Cheguei ao lugar onde o Dom *ahjussi* costumava passar o dia varrendo. Por que será que fiquei tanto tempo sem visitá-lo? Diferente de mim, que por algum motivo me senti sem jeito, o prédio de tijolos marrons de três andares continuava ali, impassível.

A locadora de vídeos que havia no térreo se transformara numa cafeteria decorada com tons pastel. Quase dava para imaginar o Dom *ahjussi* saindo de lá, carregando uma sacola de pano cheia de fitas de vídeo. Muitas imagens passaram pela minha mente. Caramba... Dom *ahjussi* fazia questão de entregar as fitas pessoalmente, mesmo quando já não havia tanta demanda. E eu cuidava da loja enquanto ele ia fazer as entregas de bicicleta. As crianças da vizinhança, que se reuniam como se estivessem à espera. Os filmes, quadrinhos e romances que víamos todos os dias na locadora.

Entrei na nova cafeteria.

O banco embutido da antiga locadora se tornou o balcão de preparo. A antiga vitrine virou uma mesa do bistrô. O carpete deu lugar ao piso de madeira. Tudo era diferente e, ao mesmo tempo, igual.

Pedi um café americano gelado com shot adicional de café e me sentei à uma mesa ao lado da janela. Ao olhar para fora, as lembranças daquele tempo tremulavam diante dos meus olhos como miragem. A caixa preta na minha cabeça, onde essas memórias estavam guardadas, começou a se abrir devagar.

— Alô? Aqui é a Locadora Dom Quixote Vídeos. A fita que você alugou está atrasada. Quando você consegue trazer? Como esse é um lançamento, tem que trazer logo. Buscar? A gente entrega, mas não busca. Quem sou eu? A gerente da loja. Quantos anos eu tenho? Estou no fundamental, por quê?

Atrevimento puro. Eu não tinha medo de nada, nem invejava ninguém. Seria porque eu era uma típica "aborrecente"? Naquela época nem existia esse termo. Então seria porque o *ahjussi* confiava em mim a ponto de me deixar responsável pela loja? Talvez fosse isso. Aquele lugar era o meu esconderijo, um espaço só meu onde eu podia respirar tranquilamente.

Quem diria que um dia eu estaria ali, bebendo café e lembrando dessas coisas? Era como se ontem mesmo tivesse sido uma daquelas tardes tranquilas de domingo em que o Dom *ahjussi* tomava seu café instantâneo e eu tomava o meu achocolatado enquanto comentávamos sobre os clientes do dia anterior. Havia adolescentes preguiçosos que pagavam mais pela multa de atraso do que pelo aluguel das fitas e *ahjummas*, as senhoras de meia-idade, que pediam desconto por devolverem a fita no mesmo dia do empréstimo. E, quando uma família alugava o mesmo filme várias vezes, comentávamos: "Ih, parece que alguma coisa não está indo bem." Quando alguma jovem alugava vários romances, apostávamos: "Essa quer ser escritora."

Pensando bem, os dias que passei na Dom Quixote Vídeos talvez tenham sido os mais felizes que tive em Daejeon. Meus pais estavam sempre ocupados com o restaurante, minha irmã trancou a faculdade e foi morar com a nossa tia nos Estados Unidos, meu irmão ficava a maior parte do tempo no cursinho, e eu, a caçula, costumava passar as noites comendo lámen sozinha numa casa escura e silenciosa. Aquela locadora foi minha verdadeira casa.

Resolvi que, pelo menos por enquanto, eu iria trabalhar ali todos os dias. Decidi que escreveria o roteiro do meu segundo ato no lugar onde vivi tantas boas lembranças.

4 – Hanbin e o porão

Missão: provar todos os pães da Seongshimdang, a padaria mais famosa da Coreia do Sul e referência de Daejeon. Não exagerar. Comer prestando atenção aos detalhes.

Rota de *kalguksu* de Daejeon: Apesar da fama pelos pães, Daejeon — conhecida como a cidade da farinha de trigo — tem como prato mais famoso o kalguksu. Uma jornada para experimentar os diversos tipos da sopa de macarrão artesanal da cidade.

Até onde você foi com uma Tashu? As bicicletas públicas de Daejeon são chamadas de Tashu. Elas estão em todos os lugares. Todos os dias, uma Tashu me leva até um cantinho escondido da cidade.

O blues de Daejeon – a linha de trem que começa aqui. Daejeon é um dos grandes entroncamentos ferroviários da Coreia do Sul. Um dia, a linha

Gyeongbu; no outro, a Honam; depois, a Chungbuk.
Dá para atravessar o país inteiro em algumas horas.
É só subir no trem e deixar a viagem começar.

Fiquei o dia na cafeteria anotando ideias num caderno. Era difícil pensar em conteúdo para um canal no YouTube sobre Daejeon com a conta corrente quase zerada. Então, isso foi tudo o que consegui extrair. Depois de considerar "Passeio pelas fontes termais de Yuseong" e " Operação torcida Marihanhwa", acabei descartando ambas. Mesmo com várias fontes termais em Yuseong, o conteúdo se esgotaria rápido, e torcer para o time de beisebol Hanhwa com sua torcida fanática, seria puro estresse, então desisti.

Daria para encher de conteúdo se postasse alternadamente as experiências com a Seongshimdang, *kalguksu*, a bicicleta e o trem-bala a cada três dias. O verdadeiro desafio era tornar o conteúdo envolvente. A diversão e a curiosidade que fazem com que alguém se inscreva e curta. E o nome do canal? Daejeon, a cidade divertida? Uma parada em Daejeon? Desbravando Daejeon?

Nada soava bem. Era como se eu estivesse tentando copiar o programa do qual fui chutada. A frustração tomou conta e, sem pensar, rabisquei todas as anotações no meu caderno.

No fim, tudo se resume às pessoas. Aos personagens. *Desbravadores de cidades* bombou porque o principal explorador era o Joo Hye-seong. No YouTube também é preciso alguém cativante, embora não tão talentoso ou charmoso como uma celebridade. Será que eu, uma pessoa comum, poderia despertar interesse? Que conteúdo eu poderia oferecer que gerasse interesse? O desânimo me atingiu em cheio e toda empolgação se desfez num instante.

Precisava pensar em alguma coisa que transmitisse verdade, tinha que ser algo no qual eu acreditasse. Fechei o caderno e engoli as lágrimas que tentavam escapar.

Naquele momento a porta da cafeteria se abriu e dois homens entraram. A conversa deles ia e voltava como uma bola de pingue-pongue. Sentaram numa mesa no canto. Um deles me parecia familiar. Quando se virou para o balcão e pediu dois cafés americanos gelados, meu corpo enrijeceu.

Aquela voz aguda e clara era familiar.

Era Hanbin.

A gente continuou se falando por um tempo graças ao Cyworld, uma rede social sul-coreana. Foi por ali que reencontrei amigos de Daejeon quando voltei para Seul. Fuçava perfis, atualizava minha página com músicas e fotos tiradas em uma câmera digital. O que uma adolescente do ensino fundamental teria de interessante para compartilhar? Mesmo assim, eu passava horas decorando minha mini-home page.

Tudo bem, Sancho *nuna*?

Um dia, quando já estava esquecendo dele, Hanbin deixou um recado no meu livro de visitas. Também deixou na seção de comentários. Não sabia se ele realmente queria notícias ou se entrou em contato por hábito, mas logo entendi.

O Daejun *hyung* está bem?

O Seongmin *hyung* está bem?

A Saerom está bem?

Ele fazia isso periodicamente, como se deixasse pegadas por toda minha página de visitas.

Um dia, entrei no meu Cyworld e vi aquela mensagem anual: "Tudo bem, Sancho *nuna*?" Mas dessa vez fiquei com uma sensação estranha. Então respondi: "Claro. E você?" Para minha surpresa, ele respondeu quase de imediato, deixando o número de celular e pedindo o meu.

Conversamos, compartilhamos os acontecimentos recentes de nossas vidas e acabamos comentando sobre nos vermos. Encontrei com ele alguns dias depois na cafeteria do shopping IFC Mall. Ele estava praticamente a mesma coisa, só um pouco mais alto. Reconheci na hora. A primeira coisa que me veio à cabeça foi que aquele rostinho de bebê devia fazer sucesso entre as mulheres.

Hanbin demonstrou interesse na minha vida de diretora de produção, mas quando perguntei o que ele fazia, apenas sorriu de canto e disse que não conseguiria me vender um carro.

— Então foi pra isso que você queria me ver? Pra vender um carro?

— Também queria ter notícias suas.

— Então a outra mensagem que você me mandou no Cyworld também foi para vender um carro?

— Não. Naquela época eu vendia seguro de vida. Tinha um muito bom no mercado.

— Inacreditável! Você só encontra as pessoas para fazer negócio?

— São dois coelhos com uma cajadada só. Desde quando as pessoas se encontram por um único motivo? Aliás, *nuna*, você tem namorado? Conheço um *hyung* gente boa.

— Agora você também vende pessoas?

— Ele entende tudo de carros. Ele vende tudo, de Kia a Bentley. É o melhor do ramo.

— Eu não estou nem aí se ele vende Bentley ou carrinho de mão.

— Ah, fala sério, *nuna*. Sua língua continua afiada, hein?

— Vamos ao que interessa, como anda o *ahjussi*?

— Hã? Quem?

— O Dom *ahjussi*. Seu pai.

Na verdade, eu só me encontrei com Hanbin porque estava curiosa sobre o *ahjussi*. Pois é, a vida tem dessas coisas. Ele é filho do Dom *ahjussi*. Depois do divórcio, os dois se afastaram, mas Hanbin sempre passava as férias na Dom Quixote Vídeos com o pai e ficava um tempo com a gente.

Hanbin respondeu de forma evasiva, dizendo apenas que o pai ainda morava no porão em Daejeon e continuava escrevendo, sem se aprofundar no assunto. Depois, voltou a falar sobre formas de ganhar dinheiro e tentou me apresentar outras pessoas, o que só me irritou. Depois disso, nunca mais nos falamos.

Eu me inclinei levemente e dei uma espiada na mesa dele. Ele estava analisando um documento, percebi que estavam falavam sobre finanças e dívidas. Do que será que se tratava aquilo? De repente, perdi o equilíbrio e quase caí do banco.

Me ajeitei rápido e, cheia de vergonha, fui em direção à porta do estabelecimento.

— Sancho *nuna*!

Congelei.

— É você... não é?

Hanbin já estava de pé. Ele veio até mim, sorridente, bloqueando o caminho com aquele jeito espalhafatoso.

— Nossa, quanto tempo! Você ficou mais alta desde aquela vez? Quanto você mede agora, um e setenta e três? Setenta e cinco?

— Ei, não exagera!

— O que você está fazendo aqui, *nuna*? Não mora mais em Seul?

— Eu que devia perguntar isso. E você, por que está em Daejeon? — Hanbin apontou para o chão depois de dar um sorrisinho. — Aconteceu alguma coisa com o porão? Dom *ahjussi* está bem?

— O porão continua igual, tirando o fato de meu pai não estar mais nele.

Todo tipo de pensamento invadiu minha mente. O porão daquele prédio era onde o *ahjussi* vivia. A gente costumava ir lá para assistir TV e comer o *rapokki* que ele fazia. Uma combinação de *tteokbokki* com *ramen*. Será que ainda estava tudo como antes?

Perguntei se podia visitar o lugar. Hanbin fingiu se fazer de difícil, disse que pretendia voltar para Seul à tarde, mas com um sorriso maroto acrescentou que poderia ir depois do jantar, desde que eu pagasse a conta. Aceitei com a condição de que ele não poderia escolher o cardápio.

Descemos a escada em direção ao subsolo. A entrada, coberta por folhas de outono molhadas, estava tão escura quanto eu me lembrava, mesmo de dia.

Hanbin pegou a chave, girou-a com força na fechadura.

— Não se assuste, Sancho *nuna*.

Hanbin abriu a porta e indicou que eu entrasse com um gesto de mão educado, como se estivesse recebendo uma nobre convidada.

Engoli em seco e entrei na morada do Dom *ahjussi*.

5 – Andarilho dos pensamentos

Estava tudo igual. Assim que entrei, meus olhos se acostumaram à penumbra do porão. Notei o sofá marrom-escuro, a mesa gasta e a pia ao lado — com o mesmo armário de antes pairando acima dela. Do lado oposto do sofá, estava a TV de tubo em cima do rack, imóvel, como se perguntasse se ainda poderia ser ligada. No canto, a escrivaninha marrom-avermelhada. E, ao lado da porta, o velho aparelho de som com toca-discos e a caixa cheia de vinis.

Tirei os sapatos e me dirigi para o centro da sala. O revestimento do piso parecia ressecado, e, a cada passo, ele rangia com um som áspero.

Mas, não, não estava tudo igual. À medida que fui andando, vestígios da locadora foram surgindo pouco a pouco diante dos meus olhos. A estante, antes vazia, agora estava tomada de livros e quadrinhos da Dom Quixote Vídeos. As prateleiras sob a TV também estavam cheias de fitas VHS.

— *Nuna*, olha aqui! — chamou Hanbin, triunfante.

Virei o rosto e soltei um suspiro surpreso. Meus olhos se arregalaram ao encontrar algo que não havia notado antes: uma parede inteira tomada pelo letreiro da videolocadora.

As letras vermelhas sobre o fundo branco estavam tortas. Recitei baixinho as sílabas.

Dom. Qui. Xo. Te. Ví. Deos.

A poeira escura acumulada ao redor das letras arredondadas parecia um sombreamento proposital. A última letra, o "S", estava quebrada, deixando à mostra a lâmpada fluorescente do interior — como se pudesse acender a qualquer momento.

Aquele letreiro parecia me chamar com uma voz envelhecida. Parecia me repreender: "Por que você demorou tanto? Esqueceu que eu estava aqui? Qual o sentido de um Dom Quixote sem seu Sancho?"

Eu me aproximei e acariciei o letreiro com uma das mãos. Até a poeira acumulada parecia ter esperado pelo toque dos meus dedos.

— Está tudo igual, né? — perguntou Hanbin, do meu lado com um ar pretensioso.

— Não. — Ele inclinou a cabeça, confuso. — O Dom *ahjussi* não está aqui. Aonde ele foi? — perguntei fitando Hanbin nos olhos.

— Eu ia mesmo entrar em contato com você, *nuna*. Você é a Sancho, não deveria seguir o Dom Quixote? Achei que ele teria procurado você.

— Não. E não era você quem deveria saber disso? Você é o filho dele.

— Faz tempo que a gente deixou de ser pai e filho. Mas achei que assim como Sancho, o fiel escudeiro, você ainda teria alguma ligação com ele. Ele realmente não te deu notícias?

— Para de falar besteira e me diz o que você sabe. Quero entender como o Dom *ahjussi* passou todos esses anos.

— Então você vai me ajudar a procurar meu pai? Daí eu posso te contar tudo sobre a história da minha família. Você é esperta, *nuna*, aposto que consegue descobrir onde ele está.

Por um instante, hesitei. Algo dentro de mim vacilou, como se estivesse prestes a ceder. Mas antes que eu pudesse responder, o celular de Hanbin tocou. Ele atendeu e, com um gesto, pediu que eu esperasse enquanto saía do porão.

Logo o silêncio tomou conta do ambiente e fui envolvida por uma animação inexplicável.

Fui até a estante. Observei os livros que o *ahjussi* havia deixado. Romances, histórias de artes marciais, séries de fantasia. E os best-sellers: os quadrinhos coreanos *Toemarok, Unplugged Boy* e *He was cool*, *O código Da Vinci*, *Morning Person*, *Gashi Gogui*, entre outros.

Agachei para olhar as fitas que estavam no rack. Ali estavam os filmes que vi com o *ahjussi*, os que assisti com o Clube La Mancha, os que ele me emprestou como pagamento por cuidar da loja, e... os que o *ahjussi* disse serem muito bons, mas que eu ainda era muito nova e não podia ver. "Não deixe de assistir quando for para a faculdade."

Deixei as fitas para trás e fui para o toca-discos. O conjunto de toca-discos Eroica era um dos bens mais preciosos do Dom *ahjussi*. Havia um vinil sobre o prato. Abaixei para ler o título e, por alguma razão, senti um alívio imenso. Aquela música estava lá. Ao ligar o aparelho, pequenas luzes vermelhas piscaram aqui e ali.

Movi o braço do toca-discos com cuidado e coloquei a agulha sobre a primeira faixa. Um chiado suave preencheu o ambiente. Em seguida, o som delicado de um violão e duas vozes masculinas e aveludadas ecoaram pelo ambiente:

É por existirem sonhos felizes neste mundo que a neve cai, carregada de amor.
Se houvesse uma canção para o nosso amor, ela traria sentido para a bela vida.
Neste mundo, há sonhos tristes, e a chuva molha os corações solitários.
Se nossa saudade tivesse asas, vagaria sem rumo, andarilha nos pensamentos.
Se eu te amar com todo o meu coração, há apenas tristeza e separação.
Se eu te amar com todo o meu afeto, há apenas sinceridade e confiança.
Se eu for um andarilho silencioso, me tornarei uma pedra neste mundo.
*Se eu for um viajante à sua procura, irei até o fim deste mundo.**

A canção transformou aquele lugar. Como se tivesse passado por uma máquina do tempo, o porão voltou a ser a videolocadora da minha infância. Sem perceber, comecei a cantar baixinho — do mesmo jeito que o *ahjussi* fazia.

Naquela época, eu repetia a melodia sem entender. Agora, as palavras me atravessavam. Quando o refrão alegre e o clímax poderoso chegaram, senti meu coração bater mais forte.

---

* "Naega", de Kim hak-rae e Lim Chul-woo, uma das canções do Festival Universitário de Música de 1979. (N. do T.)

Talvez o *ahjussi* quisesse mesmo ser um andarilho. Talvez ele sonhasse em ser um "andarilho dos pensamentos" e cantar a justiça do mundo a plenos pulmões, como Dom Quixote. Mas e se, no fim, ele tiver se tornado um "andarilho silencioso", desaparecendo e endurecendo como pedra em um lugar longe demais?

A música terminou. Fiquei com uma vontade imensa de ver o Dom *ahjussi*.

6 – O domínio das lembranças sombrias

— Tô dizendo que a gente só vai conseguir vender o lugar por um preço decente se achar meu pai! Aí, sim, a gente consegue sair daqui! — gritou Hanbin, misturando alguns fios do macarrão do *kalguksu* no molho apimentado do *dubuduruchigi*, um prato de tofu frito bem picante.

Em seguida, apoiou a comida no prato e o aspirou.

— Nossa, não sei por que eu estava com tanta vontade de comer isso. Quando eu era criança, meu pai e o vovô daquela loja de equipamentos mergulhavam o tofu frito do *dubuduruchigi* no *makgeolli*, enquanto eu misturava com o *kalguksu* daqui.

— Era o vovô Rosinante. E não era uma loja de equipamentos, era uma oficina de bicicletas.

— Ah, é? Você tem uma memória incrível, *nuna*. Mas e aí, como a gente pode encontrar meu pai? Alguma ideia?

Hanbin esvaziou o copo de soju com uma expressão frustrada. Dei um gole no meu *makgeolli* e refleti sobre o que ele tinha acabado de me contar.

Por volta de 2010, a Dom Quixote Vídeos fechou. A locação de DVDs já tinha virado coisa do passado, e a loja, que ainda se arrastava com o aluguel de livros e quadrinhos, encerrou as atividades. Felizmente a dona do prédio permitiu que o Dom *ahjussi* continuasse morando no porão. Assim, uma parte dos móveis da loja foi transferida para lá. Ele continuou vivendo ali por um tempo, mas desapareceu de repente há três anos.

Naquele verão, a dona do prédio faleceu. O neto, herdeiro do imóvel, não conseguiu entrar em contato com Dom *ahjussi*, então chamou Hanbin e entregou a chave do porão, pedindo que ele esvaziasse o lugar. Mas Hanbin encontrou um contrato entre o *ahjussi* e a dona do prédio dentro de uma gaveta quando foi organizar as coisas. No contrato, escrito à mão em papel carbono, constava que o porão seria concedido ao Dom *ahjussi* de forma permanente e gratuita. O documento estava carimbado e assinado.

Hanbin apresentou o contrato ao novo dono e exigiu que ele pagasse a multa de rescisão se quisesse tirar seu pai de lá. O herdeiro não estava esperando por isso. Hanbin disse que ele estava tentando convencê-lo a abrir mão. Hanbin verificou o valor do prédio com o avaliador que encontrou na cafeteria e disse que pretendia se manter firme para garantir a multa de rescisão. Por outro lado, como ele teria que esvaziar o porão depois de negociar com o dono, tinha que encontrar o pai logo. Hanbin devolveria os preciosos bens do *ahjussi* e usaria o dinheiro da rescisão para começar o próprio negócio.

Mas por que a dona do prédio faria um contrato tão generoso? E como o neto dela não tinha o contato do próprio inquilino, mas tinha o de Hanbin?

— Ele me perguntou se eu era um marginal.

— O Seongmin *oppa*?

— Sim, esse otário. Agora ele só fala comigo por intermédio da imobiliária, acredita? Se ele simplesmente me ligasse e marcasse para conversar e tomar um soju, você não acha que eu deixaria pra lá?

— Acho que não.

— Não deixaria mesmo. Mas, pelo menos, as coisas não teriam chegado a esse impasse. Ele não sabe mesmo viver em sociedade.

Pois é. O neto da dona do prédio era o Seongmin *oppa*, líder do Clube La Mancha, com quem assistíamos filmes na Dom Quixote Vídeos.

Além disso, ele foi meu primeiro *crush*.

O Clube La Mancha era o meu "grupinho" na Dom Quixote Vídeos. Chamávamos uns aos outros de "amigo". Seongmin era o líder por ter 14 anos, enquanto eu e Daejun tínhamos 13, e Hanbin e Saerom, 12. Embora esses fossem os integrantes principais, também houve outros que entraram e saíram pelo caminho. Mesmo atolados nos estudos e lidando com as turbulências da adolescência, estávamos sempre juntos. E no meio disso tudo, tinha o Dom *ahjussi*. Obviamente, foi ele quem deu o nome de "La Mancha" ao clube e também quem teve a ideia de chamarmos uns aos outros de "amigo".

Naquele momento, quem de fato já tinha sido meu "amigo" do Clube La Mancha estava roncando com a cabeça encostada na parede, bem diante dos meus olhos. Por trás do rosto adormecido de Hanbin, pude enxergar o do Dom *ahjussi*.

Dom *ahjussi*. Aquele que se autoproclamava o Dom Quixote coreano e vivia perseguindo sonhos impossíveis. O xerife da vizinhança, que na realidade quase nunca ficava na própria loja, pois estava sempre patrulhando as ruas de Seonhwa--dong e Daeheung-dong. Ele que, mesmo sendo xerife, não tinha qualquer autoridade nem sabia lutar, por isso, sempre acabava na delegacia ou no hospital. Aquele *ahjussi* que era a personificação do personagem que avançava de peito aberto contra os moinhos de vento.

Com o celular em uma mão, iluminei a maçaneta de ferro da porta. Com a outra, encaixei a chave, pesada e antiga, na fechadura e tentei girá-la, sem sucesso. Hanbin me entregou a chave e foi para a estação Daejeon. Mas, antes de sair, me pediu que encontrasse pistas sobre o paradeiro do pai no porão. Coloquei mais força e girei a chave de novo. Dessa vez, foi.

Claro que um lugar que nem tinha fechadura eletrônica não teria uma iluminação inteligente. Primeiro, precisei encontrar o interruptor e acender a luz da entrada, depois a da sala. Das quatro lâmpadas antigas, só duas acenderam. A escuridão, aliada ao frio da noite, fazia o ambiente parecer ainda mais sombrio.

Por que eu tinha voltado? Peguei a chave para procurar pistas sobre o paradeiro do Dom *ahjussi*, mas não era como se eu fosse vasculhar o lugar naquela noite. Então, por quê?

A verdade é que eu estava ali para testar os melhores ângulos de gravação. Meu próprio estúdio. Era ali que eu gravaria os vídeos para o meu canal no YouTube. E o nome do canal...

Puxei o cabo enrolado na extremidade do letreiro. Olhei em volta e vi uma régua de tomadas ao lado da geladeira. Ao conectá-la, a luz do letreiro se acendeu. Apaguei a luz da sala. Confirmei a presença das três palavras que resplandeciam em meio à escuridão.

Dom Quixote Vídeos.

E foi assim que nasceu o nome do meu canal no YouTube.

O que percebi com a minha experiência curta, porém intensa, como produtora, foi que, no fim, todo conteúdo televisivo consiste em encontrar pessoas especiais, exibi-las e falar sobre elas. O processo de encontrar o Dom *ahjussi* se tornaria um ótimo conteúdo. Pelo menos, ajudaria a encontrá-lo, algo que tanto Hanbin quanto Seongmin precisavam. Já podia até imaginar a reação do *ahjussi* quando descobrisse que estava sendo "procurado" no YouTube.

— Ah, isso vai ser muito divertido, Sol!

7 – Autocontratação

No dia seguinte, os olhos arregalados da minha mãe me seguiam enquanto eu me preparava para sair. Quando parei na entrada para calçar meu tênis, ela segurou meu braço.

— Você está namorando? — perguntou, quase encostando o rosto no meu.

— Mãe, de onde você tirou essa ideia absurda?

— É que... ontem você saiu para beber e voltou tarde e hoje tá toda arrumada para sair...

— Vou começar a trabalhar hoje e o dia vai ser puxado, não precisa me esperar para jantar.

Então uma enxurrada de perguntas me atingiu como tiros de uma metralhadora.

É bico ou emprego fixo? Quanto é o salário? Se for um lugar estranho, eu vou ter um treco, então é melhor que você fale a verdade. Que tipo de empresa é essa? Você não voltou a trabalhar com produção, né?

Esse interrogatório me tirou toda a paciência antes mesmo de eu abrir a boca. Fiz um sinal de "X" com as mãos, tentando encerrar o assunto. Ao invés de fechar a boca, minha mãe só me olhou de soslaio.

— Eu mesma me contratei. Então, não importa o salário e nem o tipo de contrato. E, não, não é um lugar estranho.

— Como não é estranho?! Nada faz sentido, começando com você mesma ter se contratado!

— Ué, a senhora sabe que tem uma filha meio esquisita, né? Mas, como a empregadora estranha sou eu mesma, não tem problema. Se tiver abuso de poder, vai ser eu abusando de mim, e ainda que o pagamento atrase, vai ser eu não pagando a mim mesma. Tá bom assim?

Minha mãe não era a única que sabia disparar palavras como uma metralhadora. Despejei tudo aquilo nela e saí de casa arrastando o tênis, que nem tinha calçado direito.

Hora de trabalhar. No meu próprio estúdio. Era realmente muito bom trabalhar a cinco minutos de casa. Assim que passei pelo beco da vizinhança, avistei a cafeteria em tons pastel. A atendente de cabelo chanel que eu tinha visto no dia anterior estava ajeitando as mesas externas. Entrei e pedi um latte.

Pouco tempo depois, peguei o copo descartável, saí do estabelecimento e fui direto pra escada ao lado da cafeteria. Era só um latte barato, mas me sentia como se segurasse um café da Starbucks a caminho de um estúdio em Cheongdam--dong, o bairro chique de Seul. Ainda com a lição da noite anterior na cabeça, empurrei a porta com firmeza.

Oh. My Studio.

Sentar à escrivaninha do Dom *ahjussi* era um sentimento novo. A mesma mesinha marrom-clara que ele usava como balcão da loja. Era lá que ele ficava copiando o conteúdo de um livro grande e volumoso. De primeira achei que era uma bíblia, mas era *Dom Quixote*, em espanhol. Sempre achei que Dom Quixote era um velho cavaleiro que enlouquece brigando com moinhos de vento, então não tinha como eu não me surpreender ao ver o livro real.

— Quando você vai terminar?

— Estou traduzindo à mão, lembra?

— Por quê?

— Para compreender o espírito dele. E duvido que alguém na Coreia do Sul tenha feito isso antes. Então, este deve ser o primeiro manuscrito coreano de *Dom Quixote*.

— E quem liga pra isso? Mesmo que os espanhóis liguem, eles nem vão entender porque tá tudo em coreano!

— Não devemos partir em uma aventura esperando reconhecimento. Quando a gente segue o próprio caminho, o olhar dos outros não importa. Não é mesmo, Sol?

— Entendi. Boa sorte, então!

— Isso, obrigado. Mas *Dom Quixote* tem um segundo volume. Só depois de terminar os dois é que terei concluído de verdade.

— Vixe... e é tão grande quanto esse?

— É... ainda mais. Haha.

Abri o notebook na escrivaninha do *ahjussi*. Achei uma rede wi-fi com o nome da cafeteria e digitei a senha que tinha visto mais cedo. Pronto. Internet garantida pelo preço de um latte.

Mergulhei de cabeça no trabalho. Primeiro, entrei numa loja on-line e comprei os itens que precisava: mini tripé, suporte, luz, microfone direcional pro celular. Pensei em comprar também um estabilizador ou uma GoPro pras externas, mas deixei pra depois. Quase baixei o programa de edição que usava na empresa, mas a consciência (e o bolso) pesaram, então fiquei com um gratuito no celular mesmo. Com isso, daria para começar a gravar e editar.

O próximo passo era começar o canal. Procurei no YouTube um tutorial sobre como fazer isso. Era bem simples. Primeiro fiz o login com a minha conta do Google. Quando entrei na página do usuário e vi que precisava de uma foto de perfil, tirei uma do letreiro da Dom Quixote Vídeos com o celular. Até a luz fluorescente exposta na borda suja e quebrada do letreiro parecia proposital. Pronto. Enfim, estava na hora da descrição do canal.

Locadora Dom Quixote Vídeos,
que continua existindo nos nossos corações!

Alugamos os filmes, quadrinhos e livros
que marcaram a sua infância.

Depois de escrever a descrição, minha barriga roncou. Senti uma gratidão inesperada pela existência da pausa pro almoço — fazia tempo que eu não vivia isso. Mas o que comer? *Kalguksu*, é claro.

Fui ao restaurante Shindo, e no caminho de volta passei na Loja de Departamentos NC pra comprar produtos de limpeza. Fiquei a tarde inteira varrendo, esfregando o chão e enchendo um saco de lixo de cinquenta litros. O inverno já dava sinais da sua chegada, e, antes mesmo das seis horas, o porão estava mergulhado na penumbra. Tirei as luvas de borracha e dei um suspiro. Como vou criar conteúdo se nem terminei a limpeza?

Combinei comigo mesma que faria hora extra.

Foi só no final da faxina que encontrei uma mala de mão dentro do guarda-roupa de lona do canto. Fiquei curiosa, claro. Abri a mala e não consegui conter uma exclamação.

Dentro havia dezenas de cadernos universitários de anotação. Nem precisei abrir para saber o que era. No fundo da pilha estavam dois volumes de *Dom Quixote*.

Comecei a folhear os cadernos e senti um aperto no peito. Estavam repletos do manuscrito de *Dom Quixote*, feita com a letra tortinha do *ahjussi*. Cada letra parecia um cavaleiro marchando com precisão — firme e determinada. Não conseguia conter minha admiração enquanto folheava. Me apressei em conferir a última página.

Tinha um fim. O último caderno chegava até a página final do segundo volume. O sonho do *ahjussi* de levar à Espanha sua versão manuscrita em coreano de *Dom Quixote* estava ali. Folheando caderno por caderno, eu sentia como se tocasse na alma do *ahjussi*. E pensava: como ele pôde ir embora e deixar para trás a essência do próprio sonho?

Não dava mais para adiar. O canal "Dom Quixote Vídeos" se tornaria uma missão pública para encontrar o Dom *ahjussi*.

8 – Jjin-Sancho: a verdadeira Sancho

¡Hola, amigos! Sejam muito bem-vindos ao canal "Dom Quixote Vídeos". Aqui, todos são *amigos*! Vocês devem estar se perguntando quem sou eu. O próprio Dom Quixote? Que nada! Eu sou Jjin-Sancho, a fiel escudeira dele. Como é? Vocês acham que não combina comigo porque sou mulher e alta demais? Ah, gente, vamos usar a imaginação. Eu sou ninguém mais, ninguém menos que a única e verdadeira Jjin-Sancho da Coreia do século XXI. E sou a criadora e anfitriã do canal Dom Quixote Vídeos. Prazer em conhecê-los! *¡Encantada!*

E por que Jjin-Sancho? Você achou que era porque eu sou uma Sancho cheia de Jjinga? Ginga, entendeu? Haha. Bem que eu queria! Mas, na verdade, Jjin vem do meu sobrenome, Jin, e também de *jinjja*, que em coreano quer dizer "verdadeira". Ou seja: a verdadeira Sancho.

Venha comigo nessa aventura pelo mundo da Dom Quixote Vídeos — com a Jjin-Sancho e o Dom Quixote!

Para começar, o que vem à cabeça de vocês quando olham para esse letreiro? Aposto que pensaram: "Olha ali uma videolocadora!" Pois é, daquelas quase extintas. Mas não era só isso. Essa loja emprestava filmes incríveis, sim, mas também quadrinhos, romances e até novelas de cavalaria!

Eu moro em Daejeon, no bairro de Seonhwa-dong. E foi aqui que, por muitos anos, funcionou a Dom Quixote Vídeos.

A locadora acabou fechando junto com o colapso dos vídeos e DVDs. Eu vivi intensamente a era de ouro da loja, lá pelos anos 2003, 2004 — quando eu ainda era uma estudante do ensino fundamental. Passei boa parte da minha adolescência mergulhada nesse universo. Naquela fase cheia de exageros e dramas que todo mundo enfrenta.

E olha só quanto tempo já passou! Agora, com 30 anos nas costas, o dobro da idade que eu tinha naquela época, voltei para minha cidade... e adivinha? A Dom Quixote Vídeos continua a mesma. Ela pode até ter sido transferida do primeiro andar para o porão, mas até o letreiro continua igualzinho. Foi aí que pensei: esse é o lugar perfeito para conversar com vocês!

E o dono da locadora? Para onde foi o nosso Dom Quixote, hein? Sumiu e deixou só a Jjin-Sancho por aqui? O homem que cuidava da loja, que a gente chamava carinhosamente de Dom *ahjussi*, desapareceu. Eu também quero saber a resposta para essa pergunta, e é por isso que o meu canal vai ser tanto um tributo a ele quanto o ponto de partida da minha aventura para reencontrá-lo.

Os vídeos vão ao ar duas vezes por semana. A ideia é resenhar filmes e livros que conheci naquela época com o Dom *ahjussi* e ler trechos icônicos da obra que dá nome ao nosso canal: *Dom Quixote*.

Pessoal, deem só uma olhada nisso. O *ahjussi* pode ter ido embora, mas deixou a mala dele aqui. E se a gente abrir?

Vamos encontrar os cadernos manuscritos do Dom *ah-jussi*, nos quais ele traduziu *Dom Quixote*.

Os clássicos atravessam gerações e nos ensinam sábias lições. E, pra fazer os vídeos, eu finalmente comecei a ler *Dom Quixote* — coisa que não fiz quando era adolescente nem depois, já adulta. Achava que ia ser difícil, meio chato...

Mas me surpreendi. Não são só *Dom Quixote*. É muito divertido! Não é à toa que é considerado o primeiro romance moderno e uma das maiores obras da literatura mundial. Você sabia? Em 2002, numa pesquisa feita pelo Instituto do Prêmio Nobel com cem autores do mundo todo, *Dom Quixote* foi escolhido como o melhor livro da história. E tem mais: o livro já vendeu mais de 500 milhões de exemplares, é um dos mais vendidos da história, além de ser a segunda obra mais traduzida do mundo, perdendo apenas para a Bíblia.

A história começa em La Mancha, uma região no centro--sul da Espanha. Lá vivia um dono de terras chamado Alonso Quijano, que enlouqueceu depois de ler muitos romances de cavalaria. Ele passou a acreditar que era um cavaleiro de verdade e criou o alter ego Dom Quixote e decidiu sair por aí consertando o mundo. Como todo cavaleiro precisa de uma princesa, ele inventou uma chamada Dulcinéia. E como ninguém luta sozinho, seu fiel escudeiro era Sancho Pança, um morador local, que, na verdade, era um simples fazendeiro. Ah, e só pra esclarecer: não é Sancho Pansa porque ele se chamava Sancho e tinha uma "pança", viu? Pansa fazia parte do nome dele mesmo. Juntos, Dom Quixote e Sancho Pansa partem numa aventura para combater o mal do mundo. E é assim que o autor, Miguel de Cervantes, apresenta seus personagens — com humor, exagero e muito coração.

"'Quem mais seria?', disse o barbeiro. 'É claro que é o famoso Dom Quixote de La Mancha! Aquele que rebate insultos, endireita o que está torto, protege as donzelas, enfrenta os gigantes e vence todas as batalhas.'"

E assim começa essa longa, longa história.

Amigos, todos temos um Dom Quixote dentro do nosso coração! Então venham comigo nessa jornada. Assim, eu, Jjin-Sancho, me despeço por hoje.

Nos vemos no próximo vídeo.

¡Hasta luego!

9 – A expectativa e insegurança de uma youtuber novata

Ao contrário do que eu tinha imaginado, postar dois vídeos por semana dava um trabalho danado. Só tinha eu para escrever os roteiros e selecionar os trechos do *Dom Quixote*. Também precisava resumir os filmes e livros escolhidos para o quadro "Aluguel do dia". E isso era só a parte da preparação, ainda tinha a gravação — que também era um sufoco. Porque ficar sozinha na frente da câmera, tentando fazer um show sem ter nenhum talento pra isso, era estranhíssimo. E ainda tinha a edição: colocar legendas, tentar deixar o vídeo fluido e engraçado... eu ficava horas só nisso.

Depois do trabalho, minha mãe me perguntou na mesa de jantar quando eu ia começar a trabalhar no restaurante. Tentei mudar de assunto, mas ela foi direta. Disse que, embora não soubesse exatamente com o que eu estava trabalhando, sem salário não dava mais para me sustentar. E então, do nada, soltou uma bomba: precisaríamos ter uma conversa séria em breve. Depois disso, foi direto para o quarto.

Inferno. Eu queria dizer que estava tocando meu próprio negócio, mas não conseguia admitir para minha mãe que tinha virado youtuber. E se ela resolvesse me procurar no YouTube? Só de pensar, já me dava um frio na barriga.

Apesar de já ter completado uma semana desde que criei o canal Dom Quixote Vídeos, até agora eu tinha míseros trinta e um inscritos. Apesar de poucos, às vezes tinha até comentários para responder — desde os simpáticos, como "que interessante" e "isso me traz lembranças", até os mais ácidos, como "sinto o cheiro de mofo daqui" e "é só uma loja velha". Para todos, eu deixava uma resposta sincera, prometendo me dedicar mais.

Na lógica do YouTube, minha pequena locadora ainda estava longe de se tornar minimamente rentável. Nesse ritmo, eu acabaria presa no restaurante de frango frito da minha mãe para sempre.

Inquieta, abri o KakaoTalk e enviei uma mensagem em grupo, como se estivesse me agarrando ao último fio de esperança. Compartilhei o link do meu canal com algumas pessoas conhecidas, com quem não me importava de dividir essa novidade: "Olha quem é a mais nova youtuber do pedaço!" Foi arrogância minha pensar que eu conseguiria fazer tudo sozinha. Abrir um negócio e dispensar a ajuda das pessoas à minha volta? Que sentido isso fazia? Eu precisava de uma rede de apoio.

As respostas começaram a chegar imediatamente. Mensagens como "parabéns", "que incrível", "já curti e me inscrevi", "que interessante" e "deixei um comentário" começaram a aparecer uma atrás da outra. Fiquei toda orgulhosa.

Até que, ao abrir uma nova notificação, levei um susto: era do Hanbin.

— O que é isso? O que você está fazendo, *nuna*?

Oh, my God. Eu não pretendia contar para o Hanbin sobre o canal agora, mas acabei colocando ele na lista de destinatários por engano. Comecei a digitar uma resposta, mas ele me ligou antes.

— Você se apoderou do lugar, foi isso?

— Não, só abri uma loja. Uma locadora.

— Eu fui muito ingênuo mesmo, né? Bastou você prometer que ia encontrar meu pai para eu te entregar a chave. Nunca pensei que seria enganado assim. Sinceramente...

— Ei! Se eu quisesse te enganar, você acha que eu mandaria o link do canal? Me diz o que achou. Você gostou?

— Você resolveu usar o lugar pra fazer vídeo pro YouTube do nada? Você precisa pagar uma taxa de uso. Aliás, tem que pagar aluguel. Se virou uma loja, tem que pagar aluguel. Mas isso vai dar dinheiro?

Senti meu peito esquentar quando Hanbin perguntou se daria dinheiro. Então quer dizer que, se não der dinheiro, eu não posso fazer? E *você,* Hanbin, ganha quanto? Você está sempre vendendo alguma coisa toda semana... Foi aí que me veio a resposta perfeita:

— Claro que dá. Se você me der uma ajudinha...

— E como é que eu ajudo? Se esse é o seu jeito de me pedir para aparecer nos seus vídeos, pode esquecer. Esse rostinho aqui custa caro.

— Você consegue vender qualquer coisa. Sem falar que conhece muita gente. Quantos contatos você tem no seu celular, uns mil? Manda o link para eles. Diz que é o canal de uma *nuna* próxima de você e pede para todo mundo curtir e se inscrever. Pode ser?

Ele só conseguiu rir, incrédulo, como se não acreditasse no que estava ouvindo.

No fim da ligação, disse que em breve viria pra Daejeon, pra conversarmos melhor e chegarmos a um acordo. E desligou. Pelo visto, tanto minha mãe quanto Hanbin adoravam resolver as coisas por meio de acordos. E, sim, acordos podem ser ótimos — quando há boa vontade dos dois lados. O problema era que, por trás daquele papo diplomático, existia uma necessidade de sair por cima. De qualquer forma, decidi que transformaria a pressão dos dois em um estímulo positivo para crescer como youtuber.

10 – "Não é sua culpa"

Gerald Lambeau — professor do MIT e vencedor da Medalha Fields, considerada o Nobel da Matemática — deixou uma questão desafiadora no quadro do corredor da pós-graduação. A ideia era simples: ver se algum aluno ousaria tentar resolvê-la. Mas ninguém conseguiu. Até que, numa noite qualquer, a solução apareceu lá, escrita anonimamente. No dia seguinte, durante a aula, o professor perguntou quem havia resolvido o desafio, mas ninguém se manifestou. Intrigado, Lambeau escreveu um problema ainda mais complexo, na expectativa de que também fosse resolvido. Só que, mesmo depois de alguns dias, nada aconteceu.

Certa noite, enquanto saía do campus, o professor viu um jovem faxineiro parado diante do quadro, escrevendo concentrado. Achando que ele estava apenas rabiscando, Lambeau se aproximou para repreendê-lo. Mas o jovem faxineiro fugiu, deixando para trás não rabiscos, mas a solução do problema matemático.

Um faxineiro solucionou um problema que nenhum estudante do MIT conseguiu? Quem era aquele rapaz? A equação era tão complexa que até o professor Lambeau teve dificuldade para resolver, mas o jovem a resolveu de forma simples. Cada vez mais intrigado, o professor começou a procurá-lo na universidade e descobriu que, em breve, ele seria julgado por envolvimento em uma briga de gangue e agressão a policiais. Ao comparecer ao tribunal, Lambeau se deparou com mais uma surpresa: o jovem estava fazendo a própria defesa com lógica e conhecimento jurídico impressionantes. Mesmo assim, o juiz, cansado do histórico de incidentes do garoto, decidiu sentenciá-lo à prisão.

Mas quem era esse sujeito? Seria um gênio reencarnado com todas as memórias de vidas passadas? O que vocês fariam se fossem o professor Lambeau? Ignorariam um talento tão raro só por causa do passado problemático do garoto? Ou fariam de tudo para salvá-lo e permitir que seu brilho alcançasse o mundo?

Se você ficou curioso, alugue este filme: *Gênio indomável*. É o filme que aparece na capa desta fita que estou segurando. Vamos abrir? Foi lançado na Coreia do Sul em 1998 e classificado para maiores de 15 anos. Por isso, consegui assistir a este filme quando estava no oitavo ano. No cinema? Não. Vi com o Dom *ahjussi* e o Clube La Mancha, aqui mesmo, na Dom Quixote Vídeos. Naquela época, eu achava que o *ahjussi* sabia tudo sobre cinema, como se não houvesse um filme sequer que ele não conhecesse.

O *ahjussi* sempre dizia que Robin Williams, o protagonista deste filme, era o melhor ator que já tinha visto na vida. O faxineiro é interpretado pelo Matt Damon. E aquele amigo inseparável dele no filme? É o Ben Affleck, que fez o Batman. E o mais incrível é que Matt Damon e Ben Affleck escreveram o roteiro juntos — e ganharam um Oscar por ele.

Na vida real, o Matt Damon era realmente um gênio, assim como o jovem faxineiro que interpretou no filme.

Mas o que significa o título original do filme, *Good Will Hunting*? O nome do faxineiro é Will Hunting. Um gênio com temperamento difícil, que repele as pessoas por causa das cicatrizes emocionais que carrega desde a infância. É a história de um rapaz machucado que se torna "*good*", ou seja, alguém "bom", alguém melhor. Por isso, a tradução do título original do filme seria "O bom Will Hunting". Inclusive, quem me explicou isso foi o Dom *ahjussi*.

Gênio indomável marcou a estreia brilhante de Matt Damon e Ben Affleck, que se tornaram grandes atores de Hollywood, e trouxe uma das interpretações mais emocionantes do Robin Williams, que já não está mais entre nós.

"*Not your fault.*"

Não é sua culpa. Essa é a fala mais marcante do filme. Robin Williams, no papel de psicólogo, alterna entre o acolhimento e o confronto, ajudando Will Hunting a enfrentar seus traumas e seguir em frente.

Essa cena me fez pensar no Dom *ahjussi*. Acho que foi por isso que ele escolheu mostrar esse filme pra gente. Era como se dissesse: "Quando a vida for dura, não é culpa de vocês. Sigam em frente com coragem." Mas então foi embora sem dizer nada. Deixou só ensinamentos e algumas fitas de vídeo. Por isso eu, Jjin-Sancho, decidi procurar o Dom *ahjussi*. Repito: o canal Dom Quixote Vídeos é um tributo a ele e o ponto de partida da jornada para encontrá-lo.

O aluguel de hoje foi *Gênio indomável*.

¡Hasta luego!

11 – Notícias de um velho amigo

O canal ultrapassou 500 inscritos. Quando chegar a mil, vou poder ativar os anúncios. O número de inscritos estava subindo tão rápido, eu estava radiante com a novidade. Os comentários animados, pedindo o próximo vídeo, aumentaram, e as pessoas estavam elogiando até minha aparência e minha voz. Aquilo me deixava um pouco sem jeito, mas... confesso que não era uma sensação ruim.

Fiquei me perguntando se havia saído recentemente algum conteúdo sobre *Dom Quixote*. Dei uma busca, mas tudo o que encontrei foi um programa de viagens em que dois comediantes visitavam a "Dom Quixote", uma loja de departamentos no Japão. Não apareceu sequer uma menção dos conteúdos relacionados à videolocadora.

Voltei a conferir os comentários cheios de lembranças afetuosas sobre as videolocadoras, cada um à sua maneira.

> Eu queria tanto um daqueles aparelhos de rebobinar fita em formato de carro.

Com 10 mil wons dava para alugar cinco lançamentos ou sete filmes que não fossem lançamentos.

ㄴ No meu bairro também eram sete fitas por 10 mil wons, mas de lançamentos.

ㄴ De que época você está falando? Eu estou falando da época da Copa de 2002.

ㄴ Ah, eu estou falando da Copa de 2006. As videolocadoras estavam no fim.

Sou mais feliz com a Netflix. Acesso ilimitado é tudo!

ㄴ A Netflix é tipo uma videolocadora moderna hahaha.

ㄴ Na real, a Netflix começou como uma locadora mesmo.

ㄴ O quê?

ㄴ Era uma franquia de videolocadoras dos Estados Unidos. Depois virou streaming.

A Dom Quixote era uma franquia? Acho que tinha uma no meu bairro...

ㄴ Acho que só existia em Daejeon. O dono parecia o Dom Quixote, por isso o nome.

ㄴ Dom *ahjussi*, haha. Meio doido, carismático, né?

Fui respondendo aos comentários um por um, tomada pela nostalgia. A máquina de rebobinar da Dom Quixote Vídeos realmente era um carro esportivo vermelho, e em 2003 a promoção era exatamente essa: cinco fitas por 10 mil wons. A Netflix evoluiu e dominou o mercado, enquanto as videolocadoras foram extintas. Eu e os inscritos do canal estávamos como arqueólogos, relembrando o passado, reconstruindo na memória como a locadora foi um dia.

Mas então, ao ler o comentário seguinte, meus dedos ficaram imóveis no teclado:

> Que alegria ver esse letreiro de novo. E você também, Sol. Sinto falta do meu bairro Seonhwa-dong, da Dom Quixote Vídeos e do Dom *ahjussi*...

Se essa pessoa sabia meu nome e era de Seonhwa-dong, então só podia ser alguém com quem estudei. O nome do usuário era DJ Hwang. Naquela época, eu só conhecia um Hwang. Juntei as iniciais e tive certeza.

Daejun. Hwang Daejun, meu amigo de infância, aquele garoto desajeitado da rua Mokcheok. A última vez que falei com ele foi há muito tempo, quando Hanbin fez um Cyworld para o Clube La Mancha. Trocamos umas mensagens curtas por lá. Mas... como ele encontrou o canal?

Mandei um e-mail para ele, perguntando como estava. A resposta veio tarde da noite. O tom direto, seco e sincero era exatamente como eu me lembrava.

Sol,

Sempre achei você incrível, desde aquela época.

Seu trabalho no programa de TV era muito bom e agora você está tocando um canal no YouTube sozinha, uau!

Seus vídeos me fizeram lembrar de várias coisas, fiquei assistindo em looping.

Hoje tenho uma lanchonete em Busan. Sou casado e tenho uma filha.

Ah, foi o Hanbin quem me contou sobre o canal. Ele pediu que eu também divulgasse, então enviei para os meus amigos de Daejeon.

Vou continuar acompanhando seu canal. Continue compartilhando boas lembranças.

E me avise se encontrar o Dom *ahjussi*. Se vier para Busan, me mande uma mensagem.

Daejun (010-45XX-XXXX)

Fiquei muito emocionada com aquela mensagem. Então o número de inscritos subiu tão rápido durante aqueles dias graças a Hanbin e Daejun. Fiquei surpresa com as notícias de que Daejun era dono de uma lanchonete em Busan, e não Daejeon, e que aos trinta anos ele já tinha uma família. Era como descobrir que aquele primo desajeitado casou e está feliz.

Conheci Daejun no ano em que me mudei de Seul para Daejeon, éramos do 5º ano C, da Escola Primária Seonhwa. Sentei ao lado dele, um garoto grande e quieto que sentava sozinho no fundo da sala. Talvez ele se sentisse solitário, pois sempre puxava assunto comigo. Um dia, até me levou para comer *topokki* num restaurante famoso do centro comercial subterrâneo.

Quando estava com Daejun, os outros alunos lançavam olhares curiosos para a gente. Alguns tiravam sarro dele e o tratavam mal. Mas eu gostava de Daejun, que dava apenas um sorriso amarelo quando essas coisas desagradáveis aconteciam.

Depois, caímos em turmas diferentes e fui me afastando. Fiz novos amigos e, com o tempo, fingia que não o conhecia se o encontrasse na rua. Me diziam que ele morava com a avó numa casa de um cômodo e que passavam necessidade. Eu nunca contei que ele já tinha pagado *topokki* para mim.

Só nos vimos de novo anos depois, na Dom Quixote Vídeos. Um dia entrei na loja e o encontrei com o Dom *ahjussi*, comendo bolinhos. Ele me cumprimentou, todo feliz.

— Vocês são amigos? — perguntou o *ahjussi*.

Fiquei sem reação. Sem saber o que dizer, respondi só: "Colegas." Depois daquilo, toda vez que eu ia até a locadora, Daejun estava lá comendo alguma coisa com o Dom *ahjussi*.

Mais tarde, soube que estava tentando mudar de escola, por conta do bullying que sofria. Quando trocamos mensagens no Cyworld do Clube La Mancha, ele confessou que a Dom Quixote Vídeos era seu único refúgio. Fiquei profundamente tocada por ter compartilhado algo tão difícil.

Agora, com mais inscritos no canal e reencontrando um amigo do passado, me senti motivada. Na primeira parte do vídeo do dia, eu falaria da locadora. Na segunda, leria um trecho de *Dom Quixote*. A reação ao último filme, *Gênio indomável*, foi ótima. Mais de 40 comentários! Dessa vez, escolhi com muito carinho um livro para o quadro "Aluguel do dia".

A vida aos nove anos foi uma recomendação do Dom *ahjussi* que fez os membros do Clube La Mancha chorarem um pouquinho. É um romance sul-coreano adaptado para o cinema em 2004, com o título *When I Turned Nine*. Coloquei o livro sobre a mesa e gravei uma tomada focando nos detalhes. Quando virei a página, uma leve nuvem de poeira subiu, denunciando que aquele livro era um dos mais alugados. Naquele momento, parecia que eu estava rebobinando quinze anos de história.

Preparei o celular no tripé, apertei para gravar e fui para o centro da cena. Pigarreei e bati palmas para marcar o início da gravação, como se fosse uma claquete. Pronta para fazer minha introdução, fui interrompida por um som seco, seguido do barulho de uma porta se abrindo bruscamente.

Droga. Será que era o Hanbin, chegando sem avisar, justo naquele momento? E se eu o colocasse no vídeo para despertar nele o espírito de parceria? Isso! "Caros inscritos, hoje temos uma visita especial! Um dos nossos membros mais fiéis do Clube La Mancha: Jang Hanbin!"

Parei a gravação e me virei para encará-lo.

Não era o Hanbin.

Era o Seongmin. O dono deste prédio e a pessoa que estava pressionando Hanbin para desocupar o porão. Ele *também* era um membro do Clube La Mancha. Mas era alguém que eu nunca quis ver no meu canal. Na verdade, era quem podia acabar com ele.

E, para complicar tudo ainda mais... também era o meu primeiro amor.

12 – Hand to mouth

Assim como Sarah tinha seu príncipe em *A princesinha*, Anne tinha Gilbert em *Anne de Green Gables*, e Amy tinha Laurie em *Mulherzinhas*, eu tinha o Seongmin. Quando entrou para o Clube La Mancha, ele parecia um aluno exemplar, muito dedicado. Mesmo ocupado com os estudos para entrar no ensino médio, dizia que amava ler e assistir a filmes e perguntou, sempre muito educado, se podia se juntar ao grupo.

O Dom *ahjussi* não poupava elogios quando falava de Seongmin. Dizia que ele era brilhante nos estudos e sabia um pouco sobre tudo. Eu, que antes era a melhor do grupo e a favorita do *ahjussi*, fiquei com uma pontinha de inveja.

O livro escolhido para o debate daquele dia foi *O pequeno príncipe*, o meu favorito. Compartilhei minha interpretação de que o principezinho representava o próprio Saint-Exupéry, que o aviador que caiu no deserto simbolizava os adultos cansados da vida e que o livro expressava tudo que o autor gostaria de dizer aos adultos de hoje.

Dom *ahjussi* achou plausível. Vi nos olhos de Daejun, Hanbin e Saerom que eles estavam impressionados, como se confirmassem que eu ainda era a melhor do grupo. Mas então chegou a vez do Seongmin.

— Acho que o principezinho representa a infância de Saint-Exupéry, enquanto o aviador, sua versão adulta.

Ele compartilhou sua opinião com tanta naturalidade que, por um momento, fiquei sem reação. Quando Dom *ahjussi* pediu que explicasse, Seongmin respondeu com a maior tranquilidade do mundo. Contou que o autor realmente foi piloto e que, após um pouso forçado, ficou no deserto por dias, à beira da morte, e que *O pequeno príncipe* teria sido escrito com base nessa experiência.

Eu rebati.

— Mas será que não é simplista demais pensar que o aviador é o autor só por causa disso? Acho que faz mais sentido entender o aviador como um símbolo dos adultos perdidos neste mundo difícil.

Seongmin retrucou, como se me desafiasse com outra pergunta.

— E os personagens que o principezinho encontra? O rei, o bêbado, o homem de negócios e o acendedor de lampiões? Não seriam eles que representariam os adultos saturados pela realidade?

— ...

— Logo no início do livro, tem aquela frase: "Gente grande primeiro foi criança. (Mas poucos se lembram isso.)" Acho que o livro é um convite para reencontrarmos nossa criança interior. Assim como o autor reencontrou o pequeno príncipe dentro de si.

Fiquei tão perplexa que não consegui dizer mais nada. O modo como ele falou, calmo e confiante, era irritantemente convincente. E, o pior de tudo, fazia muito sentido.

— Tá bom, tá bom. Vocês dois são incríveis — interrompeu o *ahjussi*, animado. — E digo mais: Saint-Exupéry com certeza era um grande fã de *Dom Quixote*! O principezinho, partindo de seu planeta, viajando e encontrando todo tipo de gente... claro que tem influência! Por isso que este livro é um clássico da humanidade...

Enquanto o Dom *ahjussi* começava mais uma daquelas digressões que sempre acabavam em *Dom Quixote*, eu não consegui mais segurar o choro. Nunca imaginei que perder um debate pudesse ser tão frustrante. Foi então que Seongmin me ofereceu um lenço. Uau... um lenço de bolso? Quem anda com isso hoje em dia? Mesmo chorando, percebi que estava impressionada — e me encolhi, assustada comigo mesma. Aceitei o lenço com relutância e, ao enxugar as lágrimas, um perfume suave chegou até meu nariz.

Lavei o lenço em casa escondida da minha mãe, deixei secar, e todo esse processo até encontrar o Seongmin para devolvê-lo me pareceu precioso. Quando nos reencontramos, ele me deu um pão da Seongsimdang como agradecimento. Depois disso, comecei a chamá-lo de *oppa* e meus sentimentos por ele foram crescendo. Ele continuava gentil — às vezes tímido, às vezes distante — e isso me deixava um pouco chateada. Mas, mesmo assim, eu gostava dele. E aceitei o segundo lugar no Clube La Mancha.

Passava a semana inteira ansiosa pelo encontro do clube só para estar com Seongmin. Como dizia a raposa de *O pequeno príncipe*: "Se tu vens, por exemplo, às quatro horas da tarde, desde as três eu começarei a ficar feliz."

No ano seguinte, já no ensino médio, Seongmin parecia cada vez mais ocupado e sua participação nas reuniões passou a ser cada vez mais espaçada. Escrevi uma carta para ele. "O Clube La Mancha está vazio sem você, *oppa*. Vê se aparece, seja pelo clube ou seja por mim." A frase parecia simples, mas continha todos os meus sentimentos.

Não houve resposta. Meses depois, Seongmin foi viajar com a gente. Sorriu como se nada tivesse acontecido, como se estivesse feliz em me ver. Eu me sentei ao seu lado e comecei a puxar assunto. Ele ouviu tudo, atencioso como sempre, mas hoje vejo que soava... vazio. Logo adormeceu, com a cabeça encostada na janela. Fiquei ali, encarando seu rosto.

Aquela viagem para Busan foi o último encontro do Clube La Mancha.

Quem diria que um reencontro depois de quinze anos poderia ser tão desconfortável?

Seongmin não me reconheceu de cara, depois ficou todo sem jeito e ainda começou a falar todo formal, como se eu fosse uma estranha. Ah, fala sério, né?

Enquanto o corretor que o acompanhava inspecionava o porão, fomos até a cafeteria. Ele me perguntou o que eu queria beber e, em seguida, pediu dois cafés gelados americanos para a atendente de cabelo curtinho.

— Então o Hanbin te entregou a chave, certo?

Mal nos sentamos e Seongmin já disparou essa pergunta, como se estivesse esperando receber uma resposta objetiva. O olhar dele continuava hesitante, sem saber onde pousar.

— Pois é. Quando voltei para Daejeon e vi que a locadora ainda estava ali, fiquei tão feliz que pedi ao Hanbin para me deixar usar o espaço.

— Mas preciso desocupar o lugar... Eu também fiquei feliz, mas não dá pra manter assim...

— Seongmin *oppa*. Pode falar à vontade. Sou eu, a Jin Sol — interrompi, encarando-o.

Ele finalmente me olhou de verdade. Quando éramos mais novos, ele era um pouco mais alto que eu, mas agora, sentados, estávamos na mesma altura.

— Você ficou tão alta... não te reconheci. Achei você diferente. Enfim, foi mal.

Aquilo era uma indireta educada? Eu estava começando a me irritar quando o café chegou. Tomei um gole, tentando manter a calma. Hanbin dizia que o Seongmin era irritante e pretensioso por trabalhar numa grande empresa. Mas eu tinha um objetivo. E, para conseguir o que queria, ia ter que convencer o Seongmin.

— Fiquei sabendo que você quer vender logo. Mas por quê? Seonhwa-dong está se valorizando, o centro também... Parece que logo vão valorizar mais ainda.

Seongmin esboçou um leve sorriso.

— Ouvi dizer que você trabalhou numa emissora. Em Yeouido? Ou era em Sangam?

— Comecei em Yeouido e terminei em Sangam.

— Se você morou em Seul, deve saber bem como é, né? O mercado imobiliário de lá é assim: se não for Gangnam ou Yongsan, esquece. Hoje em dia, não tem mais saída.

Apesar de frustrada, tive que concordar com a cabeça.

— Você acha mesmo que vou conseguir segurar um emprego para sempre? Com sorte, até os quarenta anos. Preciso alcançar minha liberdade financeira antes disso. E este prédio é o *seed money* para o meu *pipeline*.

Não entendi nada. *Pipeline*? *Seed money*? Nada daquilo fazia muito sentido para mim. Seongmin deve ter percebido a minha expressão confusa, pois apenas deu de ombros.

— E o seu trabalho? Ouvi dizer que é bem puxado. Mas, com experiência, não melhora?

Foi a minha vez de esboçar um sorriso.

— A gente é basicamente *freelancer*. Acaba vivendo no cada um por si, no esquema *hand to mouth*.

— *Hand to mouth*?

— Tipo o *pipeline* que você mencionou.

Ele me olhou por um instante, pensativo.

— Ah... então foi por isso que você criou um canal no YouTube.

Como assim? Será que o tonto do Hanbin também mandou o link pra ele?

Escondi meu rosto no copo de café para disfarçar minha reação.

— Assisti alguns vídeos e até pensei que você era apresentadora e não produtora. Você é boa nisso. Isso me lembrou dos velhos tempos, o que foi legal. Mas essa história não parece que vai dar dinheiro, você está bem com isso?

— Não, mas eu gosto. E para ganhar dinheiro fazendo o que se ama precisa de tempo.

Olhei para ele como se aquela fosse minha última chance. Ele encarou o fundo da xícara.

— Sei que esse lugar tem muitas lembranças pra você, e que o Hanbin ainda carrega a herança do pai. Mas, sendo sincero, o corretor disse que precisamos resolver a questão do porão pra vender o prédio.

— E o contrato vitalício entre o Dom *ahjussi* e a sua avó?

— Aquilo não serve para nada. Estou aqui justamente pra resolver isso de vez.

— Hum. Entendi.

— Aproveitem bem esse tempo para lidar com as lembranças.

Franzi a testa sem querer, tocada com aquela conversa, precisei abaixar o rosto para disfarçar.

Na frente da cafeteria, pedi o número dele. Seongmin hesitou, mas logo em seguida tirou um cartão com o logo da empresa e me entregou. Ele disse que tinha namorada e que só responderia durante o dia, em dias úteis.

Voltei à cafeteria. A funcionária de cabelo curto me olhava com desconfiança.

— Oi, eu vim pagar os cafés de agora há pouco.

— Não precisa, ele é o dono do prédio.

— Mesmo assim, seu chefe não vai brigar com você se ficar sabendo?

— Eu sou a chefe.

— Ah, então você é a chefe! Achei que você fosse uma funcionária. Desculpe.

— Tudo bem. Muita gente pensa isso.

— Eu vou pagar. Quem não está bem com isso sou eu. Por favor, aceite. São duas xícaras.

A jovem chefe não conseguiu me vencer e, depois de finalizar o pagamento, ela me agradeceu com o olhar enquanto me devolvia o cartão. Só então me senti melhor. Existe alguma lei que diga que o dono do prédio não precisa pagar? Seongmin poderia até ser um doutor em economia, mas não tinha um pingo de vergonha na cara.

Então é assim que vai ser? Você pensa que só você mudou com o tempo? Eu também mudei. As pessoas que me conhecem no mundo real não me chamam de Sol. Elas me chamam de Sur. Jin Sur. Jin Surtada.

13 – 24/7

No dia seguinte, fui direto para a cafeteria. A dona me cumprimentou com um olhar amigável e voz calorosa. Respondi no mesmo tom e fiz meu pedido.

Enquanto ela preparava meu café, fiquei pensando em como puxar assunto. Assim que peguei meu café, resolvi arriscar:

— Não sei se fica chato eu perguntar...

— Imagina, pode falar. Sobre o quê?

— Não sei se você sabe, mas tenho usado o porão como escritório. Sou amiga do *oppa*, o dono do prédio. Até agora estava tudo meio informal, mas acho que vou ter que começar a pagar aluguel.

— Ah, sim.

— Já perguntei várias vezes quanto seria o aluguel, e ele só me fala para deixar para lá. Então fiquei pensando que talvez você soubesse de alguma coisa.

— Na verdade, ouvi dizer que o prédio vai ser vendido em breve. Ele comentou alguma coisa com você ontem? Se for vendido mesmo, talvez eu tenha que fechar a cafeteria. Consegui alugar por um preço bom, mas com a condição de sair caso isso acontecesse...

Na mosca! Consegui uma aliada. Respondi com uma expressão preocupada, mesmo que por dentro estivesse batendo palmas que nem uma foca.

— Sério? Você deve estar tensa com essa situação. Ontem eu até que tentei arrancar alguma coisa, só que ele quase não fala. Mas, olha só, se o prédio for vendido, não é como se fosse ser reformado no dia seguinte, né? Então, mesmo que venha um novo dono, não vai fazer mal algum receber aluguel do primeiro andar e do porão, né? Se a gente pensar direitinho, dá pra ganhar um tempo.

— Será? Tomara! Ia ser um alívio. O que você perguntou mesmo...? Ah, e você tinha perguntado do aluguel, né? Não é muito caro, aqui em cima eu pago 700 mil wons.

— Entendi! Vou fazer umas contas e pensar num valor justo. Obrigada, de verdade!

— Que isso. Você sempre compra aqui, e trabalhamos no mesmo prédio... seria bom se nos déssemos bem.

— Obrigada. Vou aproveitar o café.

Eu estava saindo quando ela me chamou de novo.

— Eu estou um pouco curiosa... o que você faz lá embaixo? Não parece ser uma loja...

Segurei o sorriso, desbloqueei o celular e abri o YouTube. O canal acabou de ganhar mais um inscrito.

Desci para o porão. Desde o encontro com o Seongmin no dia anterior, não conseguia parar de pensar nas palavras dele. Eu precisava proteger o estúdio do canal Dom Quixote Vídeos, que finalmente começava a atrair atenção.

Fiquei pensando no Seongmin. Desde criança ele era o aluno modelo. Ao contrário da aparência doce, também tinha um lado durão, por mais surpreendente que pudesse ser. Ele era bom nos esportes, mas sempre foi um pouco mesquinho, especialmente com dinheiro. Mesmo sendo o mais velho, nunca pagou um *topokki* para o pessoal do Clube La Mancha. Muito pelo contrário, quem bancava com a mesada costumava ser eu ou o Daejun. E ele? Era sempre o primeiro a meter o garfo.

Para entender o Seongmin, era preciso entender a família dele. Quando o fim da tarde chegou, fui até o restaurante de frango frito em busca de pistas. E não é que minha mãe estava mesmo trabalhando sem ajudante? Havia um papel colado na porta que dizia: "Procura-se ajudante de meio--período. É desejável que tenha experiência."

Essa informação valia ouro. Enfim tinha um ponto de partida para negociar com Seongmin. Mas ver minha mãe ali, sobrecarregada, me deu um aperto no peito, e fiquei sem saber o que fazer quando nossos olhares se cruzaram. Ela me olhou com aquela cara de "chegou na hora certa" e me mandou entrar no restaurante.

Passei a noite servindo chope e acompanhamentos. Apenas cinco mesas foram ocupadas durante a noite toda, mas fiquei inquieta o tempo inteiro, apreensiva, achando que algum conhecido ia aparecer. Ainda assim, precisava cumprir minha missão. Enquanto lavava as canecas de chope, perguntei à minha mãe, que fritava o frango:

— Mãe, lembra do prédio onde ficava a locadora? Disseram que ficou de herança para o neto da antiga dona... você sabe alguma coisa sobre eles?

— O que você disse?

Tive que repetir a pergunta por conta do barulho da louça e do óleo estalando. Finalizei a louça, me aproximei dela e perguntei de novo. Minha mãe soltou um suspiro antes de responder.

— Aquele lugar tem história. Só de pensar naquela senhora... já me dá um troço.

No começo dos anos 2000, o pai de Seongmin ficou internado por muito tempo por causa de uma doença crônica. A grana ficou curta, e a mãe dele se mudou com ele para a casa da avó. Parei para pensar que ele devia faltar às reuniões do Clube La Mancha para visitar o pai no hospital.

Segundo minha mãe, o único bem da avó era aquele prédio de três andares e ela deixou a propriedade de herança ao único neto na esperança de que ele tivesse uma vida tranquila. O pai de Seongmin faleceu quando o menino ainda estava no ensino médio. Depois disso, a mãe se casou de novo — e ele acabou ficando mais de lado. Foi aí que minha mãe soltou uma bomba do nada: disse ter ouvido falar que o Seongmin trabalhava numa grande empresa, e sugeriu que eu saísse com ele. Não contei que o havia encontrado no dia anterior e que ele era um completo babaca. Mas ela já estava toda empolgada com o futuro genro. Segundo minha mãe, *oppa* tinha emprego bom, um prédio no nome dele e nem sogra eu teria para atrapalhar. Já estava me levando para o altar.

Eu, ali, bebendo uma cerveja num restaurante vazio de madrugada, senti que precisava agir antes que minha mãe tivesse mais algum plano mirabolante. Sem falar nada, entreguei o cartão de visitas do Seongmin. Ela sorriu como se eu tivesse ganhado um prêmio.

— Você se encontrou com o Seongmin? Nossa, até o cartão de visitas dele é elegante. Ah, então é por isso que você está me fazendo todas essas perguntas! Como foi?

— Enquanto me dava isso, ele me disse para não entrar em contato sem motivo porque a namorada não gosta.

— O quê?! Já tá contando com os ovos antes da galinha.

— Pois é, então não faça isso você também.

Ela estalou a língua, como se tivesse levado um balde de água fria, e bebeu o resto da cerveja.

— Mas por que você se encontrou com ele? Você não é de correr atrás de homem comprometido. O que você tanto faz fora de casa?

Tomei o último gole da cerveja e, antes de responder, pedi que ela não surtasse. Expliquei que estava planejando alugar o porão do prédio do Seongmin, pois estava trabalhando como youtuber e usando aquele espaço como estúdio e escritório. Tentei convencê-la, deixando claro que, apesar de ser um porão, era muito útil, e perguntei se ela não achava melhor que eu me sentisse realizada indo e vindo de um escritório em vez de ficar presa em casa.

E fui atingida nas costas por uma raquete mata-mosquitos.

Minha mãe explodiu, perguntando se eu estava levando uma vida tão boa agora que podia me dar ao luxo de fazer besteiras — e disse logo que, se fosse continuar com essas ideias, era melhor sair de casa. Meu peito ferveu ao ouvi-la chamar aquilo de "coisa inútil". Senti o pouco álcool que tinha bebido borbulhar dentro de mim.

Gritei que não estava atrapalhando ninguém e que ela tinha nada a ver com isso — e saí do restaurante. Quando o ar frio da noite envolveu meu corpo, me perguntei se não tinha exagerado. Bateu um arrependimento, mas recuar não era uma opção. Se eu deixasse minha mãe tomar o controle, sabia que passaria o resto da vida sendo conduzida por ela. Eu não podia desperdiçar minha vida num restaurante de frango frito servindo cinco mesas como tinha feito naquela noite.

Separei só o essencial e coloquei numa mala. Não era muita coisa. Decidi deixar em casa os itens mais volumosos, como casacos, jaquetas e botas.

Voltei para o estúdio arrastando a mala com estardalhaço pela calçada desnivelada.

O ar estagnado e frio daquela noite de fim de outono preenchiam o porão. O radiador estava quebrado, e eu não tinha coragem de ligar o fogão a óleo com medo de causar um incêndio. Logo, a ponta do meu nariz estava dormente e meus dentes batiam. Me arrependi de ter saído de casa, mas rapidamente me controlei. Eu tinha que passar a noite naquele lugar. Eu tinha que sobreviver ao inverno. Se não fosse racional, morreria congelada.

Primeiro, abri o sofá-cama que estava jogado num canto. Até que dava pro gasto. Encontrei uns cobertores socados na parte de baixo do armário, mas o cheiro de mofo era tão forte que não dava pra usar. E agora? Bom, tive que roubar alguns lá de casa.

Felizmente minha mãe ainda estava fechando o restaurante. Embrulhei o cobertor normal e o elétrico do meu quarto num lençol bem rapidinho e voltei para o porão com o embrulho jogado por cima de um dos meus ombros, parecendo o Papai Noel.

Estendi o cobertor elétrico sob o sofá e o liguei na tomada. Estendi o outro por cima e me enrolei bem, como um casulo, e meu corpo finalmente relaxou. Ufa. Depois de tomar um ar, peguei meu celular e chequei meu saldo bancário. O depósito de 5 milhões de wons que me foi devolvido quando esvaziei a quitinete de Seul foi sendo gasto aos poucos e agora só restava 3,81 milhões. Por quanto tempo eu conseguiria me virar no porão depois de pagar o aluguel?

Quer saber? Melhor assim. Já que enfim estava totalmente sozinha, iria investir tudo no meu canal ali dentro. Hora extra. Ou melhor, um expediente de vinte e quatro horas. Steve Jobs e Elon Musk também trabalhavam no regime 24 horas/7 dias quando começaram. Eles dedicaram a vida inteira ao trabalho. Só faltava convencer o pão-duro do Seongmin. Um aluguel de 300 mil. Se eu pagar 300 mil de aluguel para o besta do Seongmin, a renda dele vai subir para 1 milhão. Não tem jeito — seis dígitos têm um peso diferente de cinco.

Como se fosse uma fogueira, o calor do cobertor elétrico foi se espalhando pelo meu corpo até que eu ficasse bem quentinha. Então era só desligar a luz e dormir. Mas o interruptor ficava na entrada do porão... Soltei um grunhido e me desenrolei do cobertor como uma cobra que troca de pele, apagando a luz logo em seguida. Em um piscar de olhos, a escuridão tomou conta, como se fosse o exército inimigo.

Consegui me localizar graças ao fraco feixe da luz da rua que entrava no porão, e, depois de voltar para o cobertor, encolhi meu corpo como se fosse um casulo. Ok, estava aquecida e as luzes estavam apagadas. Hora de dormir. Mas algo frio se ergueu aos poucos do chão: a percepção de que eu estava deitada sozinha num porão escuro.

Em outras palavras, eu estava com medo.

O que eu faria se aparecesse um fantasma? E se entrasse um bandido? Com um ladrão pelo menos daria para lutar... detesto fantasmas e pesadelos. Então eu me lembrei de algo mais assustador do que fantasma ou ladrão: a barata que vi semana passada quando movi o sofá! Ah, droga! Queria minha mãe, não, odiava minha mãe.

Não tinha jeito. Era calar a boca e dormir. Cerrei os dentes, sem saber se tremia de frio ou de medo, e me forcei a pegar no sono.

14 - A oportunidade da penitência

Assim que acordei, fui direto ao banheiro e verifiquei minha imagem no espelho de moldura enferrujada. Minha boca definitivamente não estava funcionando.

O espelho logo ficou embaçado por causa da minha respiração e perdeu sua utilidade. Como era possível a manhã estar mais fria que a noite? Esfreguei as mãos no colete acolchoado como se isso fosse me aquecer e saí do banheiro. Sem uma caldeira, água quente era apenas um sonho distante.

E o pior de tudo era que os vestígios da minha rotina naquele espaço bagunçado faziam com que o lugar parecesse um lixão... tá, não era para tanto, poderia ser a área de coleta de lixo reciclável de um prédio. Depois de passar a noite ali, senti que tinha tomado o controle daquele lugar. Sem aquecimento, sem água quente e com apenas metade das lâmpadas funcionando, tudo isso era um argumento forte para negociar um aluguel de 300 mil wons. Passei a noite sem fantasmas, sem pesadelos e sem ladrões. Pronto, era só chamar uma empresa de dedetização. Mas isso ficaria para depois que ganhasse algum dinheiro. Nesse meio-tempo, era melhor comprar algum inseticida.

Enfim aquele espaço velho e gelado era minha moradia, meu escritório e meu estúdio de gravações.

Mas como o Dom *ahjussi* suportava passar todos os invernos ali? Como ele sobreviveu tantos dias em um lugar tão frio, sem água quente, onde a única luz vinha através de um pequeno respiro de ventilação e era preciso conviver com mofo? Eu não pensava nisso quando era mais nova. Para mim, parecia apenas um refúgio subterrâneo estiloso.

Comecei a trabalhar no conteúdo que ia postar no dia seguinte. Peguei um dos cadernos do Dom *ahjussi* e comecei a ler suas anotações sobre *Dom Quixote*.

> Sancho tirou a comida que trouxera e ambos comeram. No entanto, tiveram de encurtar a parca refeição, pois precisavam encontrar um local para passar a noite. Montaram seus cavalos e apressaram o passo para chegar a uma vila povoada antes do anoitecer. Mas, como os dias eram curtos, a esperança deles se esvaiu próximo a um abrigo para pastores. Sem escolha, decidiram passar a noite ali. Sancho lamentava por não dormir em um lugar habitado, enquanto seu mestre estava satisfeito por passar a noite em um lugar aberto. Ele considerava aquilo mais uma oportunidade de penitência em sua jornada de cavalaria.

Surpreendentemente, a resposta aos meus questionamentos estava no livro. Dom *ahjussi* certamente via aquele espaço maltrapilho como um treinamento para uma "oportunidade de penitência". Ler *Dom Quixote* me fez sentir como se estivesse conversando com ele. E ainda extraí a frase principal daquele roteiro.

Uma chance de consertar as coisas. Você já passou por isso? Ou ainda está fugindo dela?

A inspiração veio rapidamente, e logo finalizei a parte introdutória do roteiro. Enfim era hora de escolher o "Aluguel do dia". Caminhei até a estante onde as fitas estavam. Na semana anterior tinha apresentado um filme de Hollywood, então decidi que escolheria um filme coreano daquela vez.

O Dom *ahjussi* era apaixonado pelo cinema coreano. Ele sempre dizia que o cinema do país se tornaria o melhor do mundo, o que nos deixava aturdidos. Quando Saerom disse: "claro que não, os filmes coreanos são ruins", acabou entrando num longo debate com o *ahjussi*. Lembrei que ele usou vários filmes como exemplo, e tentei recordar quais enquanto vasculhava a pilha de fitas cassete.

Waranago.

O Dom *ahjussi* falou sobre o Movimento Waranago com a gente, quando telespectadores quiseram reassistir de modo espontâneo filmes bons, mas pequenos, e que acabavam sendo tirados rapidamente de cartaz para dar lugar a sucessos de bilheteria. Para ele, esses filmes eram o orgulho e o futuro do cinema coreano. Mas, por mais que tentasse, não conseguia lembrar o título dos filmes que começavam com "wa", "ra" e "na", apenas do que começava com "go".

Goyangi-reul Butakhae. Cuide do meu gato.

Nós assistimos *Cuide do meu gato* para dar uma conclusão ao debate de Saerom com o *ahjussi*. No fim, deu empate. Saerom achou o filme entediante e sem propósito; Seungmin ficou do lado do *ahjussi*, defendendo que retratava bem a sociedade coreana e poderia chegar a ser um sucesso internacional; Daejun disse que até entendeu do que se tratava, mas era muito depressivo para seu gosto, e Hanbin voltou para Seul com a desculpa de que não faltava muito para a volta às aulas.

Quanto a mim, fiquei tão imersa na história que não consegui expressar minha opinião. Quando o *ahjussi* me pediu para compartilhar meus pensamentos, foi como um sinal para que as lágrimas escorressem pelo meu rosto. No fim, falou que o choro era a forma mais sincera de apreciação e teve que encerrar o debate rapidamente.

No ano seguinte, *Oldboy*, de Park Chan-wook, venceu o Grand Prix do Festival de Cannes. Tivemos que reconhecer que Dom *ahjussi* estava certo quando disse que o cinema coreano ganharia reconhecimento mundial. Ficou tão orgulhoso que parecia ter sido ele o premiado. Também foi mais ou menos nesse período que Seongmin declarou que queria se tornar diretor de cinema.

Perdida em pensamentos, finalmente encontrei o "go" em meio às outras fitas. Claro que o Dom *ahjussi* não teria se livrado dela.

A senha secreta delas aos vinte anos

Cuide do meu gato

Havia uma estampa azul ao lado do título com os dizeres "Lançamento do Cinema de Seul". Na época das fitas, os dizeres "lançamento de cinema" eram premium. Na capa, três amigas estavam sentadas num quarto que parecia ter saído de um sonho, e entre elas era possível ver a forma de um gato de três cores envolto por uma luz brilhante.

Foquei completamente e terminei o roteiro de *Cuide do meu gato* durante a manhã. Se eu gravasse e editasse durante a tarde, poderia fazer o upload do vídeo no dia seguinte. Me senti orgulhosa por estar lutando contra a crença da minha mãe de que o que eu estava fazendo era inútil.

Me levantei e peguei meu celular, que estava vibrando há algum tempo. Ué! Imaginei que veria inúmeras mensagens e ligações perdidas da minha mãe, mas eram de Hanbin.

Toquei no botão para fazer uma ligação. Assim que ele atendeu, Hanbin já começou disparando.

— *Nuna*. Por que está retornando meu contato só agora? Não dá para fazer negócios assim.

— Estava ocupada escrevendo um roteiro. Ser youtuber dá trabalho, tá?

— Que seja. O Seongmin *hyung* ligou para me ameaçar a esvaziar o porão dentro de uma semana. Disse que também te avisou. Não tem com o que se preocupar, eu cuido disso.

— Ah, é? Na verdade, isso me deixa insegura. Por algum motivo, a palavra do Seongmin parece ter mais peso do que a sua...

— Ah, é sério?! Você sempre foi assim, *nuna*, só fica do lado desse *hyung*! Eu já disse que a gente tem um contrato. Conversei com um *hyung* que conheço que é advogado, e ele disse para a gente não se preocupar e que, mesmo se um superadvogado ajudar o Seongmin, não daria para invalidar esse contrato!

— Será mesmo? As partes do contrato são uma senhora falecida e um desaparecido. Os direitos da vovó foram para o Seongmin, mas os do Dom *ahjussi* não foram para você. Então, legalmente, não tem nada que você possa fazer.

— Por isso que eu tô dizendo, *nuna,* que o fim para esse jogo é o que? Encontrar meu pai!

— Por isso que estou aqui agora escrevendo roteiro para o canal Dom Quixote Vídeos. Já até entrei em contato com o Daejun. Só de reencontrar ele e a Saerom, já conseguimos mais informações sobre o *ahjussi.*

— Fui eu quem falou para o Daejun *hyung* sobre o seu canal!

— Também foi você quem falou para o Seongmin.

— ...Foi um deslize.

— Não dá para fazer negócios assim.

— Uau, *nuna*, você sabe dar o troco, hein? Estamos do mesmo lado. Bom saber que dá para contar com você.

— Fiquei bem irritada com o Seongmin fazendo cosplay de chefe ontem.

— Não liga pra isso, *nuna*. Foca no canal e em encontrar meu pai, como você prometeu. Ando muito ocupado com meu trabalho, mal tenho tempo para respirar.

— O que é que está te deixando tão ocupado? O que você está vendendo agora?

— Vendendo? Comprando. Você sabe o que é Ethereum?

— ...É o nome de um condomínio?

— É parecido com Bitcoin. Está bombando ultimamente.

— Posso não entender de *coin*, mas sei disto: se você for depois de ouvir que está dando dinheiro, já está atrasado.

Você tem que ser a pessoa que começa esses rumores para conseguir dinheiro.

— Eu entendo dessas coisas. Espera só. Eu vou ganhar um montão de dinheiro e comprar esse prédio. Vou fazer o Seongmin *hyung* me implorar para comprar. Daí você vai poder continuar no porão, *nuna*.

— Você tá delirando!

— Delirando, por quê? Sonhos não são assim? Meu pai é Jang Yeongsu, o Dom *ahjussi*. Eu também sou, só que meu "don" é do coreano, de dinheiro. Eu sou o *ahjussi* cheio da grana.

Desliguei a chamada e não consegui afastar o sentimento de desconforto. Queria dizer que o sonho do Dom *ahjussi* não era um delírio, mas ele não ia entender.

Conferi minha outra chamada perdida. Meu Deus, e tinha uma mensagem do diretor chefe da Nomad Enterworks.

Diretora Jin, é importante. Me liga de volta, *please*.

Uma risada de desdém escapou pela minha boca. A criatura que me derrubou para se realizar às minhas custas agora me ligava tranquilamente e ainda enviava uma mensagem pedindo para que eu ligasse de volta? O que mais me atormentava quando trabalhava lá era justamente esse tipo de coisa. É um falando mal do outro pelas costas e sendo amigável cara a cara, brigando feio quando surge um conflito de interesse e depois voltando a trabalhar junto, como se nada tivesse acontecido, quando necessário. "Trabalho é assim", dizem as pessoas desse ecossistema em que as pessoas não têm vergonha e se fingem de *cool*.

Eu era diferente das pessoas de lá. Eu não fingia que não tinha nenhum problema. Sou um ser humano, tenho emoções, e não queria mais seguir alimentando as palavras vazias de gente desprezível. Foi por isso que fui embora.

A mensagem do diretor-chefe fez com que eu me recordasse do momento em que parti de Seul. Apertei o botão de chamada.

— E aí, diretora Jin.

Ele disse com aquela voz traiçoeira.

— O que aconteceu?

— Nada, nada. Só lembrei de você. Ouvi dizer que você está trabalhando na programação local.

— Programação local?

— Haha, não seja tão engomadinha, Jin. É piada. Fiquei sabendo que você virou youtuber, que está até mostrando a cara. O roteirista Choi me mostrou e, olha...

— Já falei várias vezes que uma piada que deixa o outro desconfortável não é uma piada.

— Pra que isso, Jin? Não fica ofendida e me escuta.

— O senhor não sabe que essa foi a frase selecionada como primeiro lugar das "falas altamente ofensivas"?

— Ei! Jin Luna! Eu estou te dando uma oportunidade. Você tem que aprender a separar o joio do trigo. Um profissional não se deixa levar pelas emoções. Desentendimentos são apenas isso, agora o assunto é negócio. Não misture sentimentos...

— Olha aqui, diretor Kim. O ser humano é um animal com emoções. Emoções são importantes. Também é preciso manter a educação nos negócios. Faz pouco tempo que fui chutada da empresa, que oportunidade é essa que vai me fazer voltar para Sangam-dong?

— Ei. Você está com uma língua afiada agora que virou youtuber, hein. Jin, sobre o tal de Dom Quixote, a gente olhou com mais cuidado e sentimos potencial. O que acha?

— Eu também sinto.

— Sabia!

— É. Sinto cheiro de gente podre.

— Que? O que você disse?

— Ficou ofendido? Então não me liga mais. Não fica se fazendo de legalzão enquanto esconde quem você é de verdade. E não é "o tal de Dom Quixote", é "Dom Quixote Vídeos", seu nojento!

Desliguei, ofegante, e tentei me acalmar.

Ele continuava o mesmo. Ele começou com "programação local" para me diminuir e depois disse que era piada. Mas não era piada, era um comentário maldoso. Por isso que levei a sério. E hoje em dia mal se usa o termo "engomadinha". Como pode um diretor de programa de variedade ser tão desatualizado?

Era uma pena não poder falar mais coisas para ele, mas foi uma pequena vitória. Eu protegi a mim mesma. Sou independente. Nunca mais vou deixar alguém me tratar de qualquer jeito. Mesmo que ainda não esteja ganhando dinheiro e que resistir seja um trabalho árduo, vou superar. Vou produzir conteúdos incríveis. Vou abrir o segundo ato da minha vida como youtuber.

15 - A fuga não reconhecida

Felizmente, Seongmin permitiu que eu alugasse o porão por 300 mil wons mensais. A papelada foi trocada por e-mail, e ele acrescentou duas cláusulas ao contrato. A primeira era: "o proprietário do edifício não se responsabiliza por manutenção nem reparos do espaço". A segunda foi: "em caso de venda do edifício, este contrato será renegociado com o novo proprietário e o atual estará livre de qualquer obrigação".

Depois que assinei o contrato, passei a sempre rezar antes de dormir, pedindo que o prédio não fosse vendido. O que não se pode resolver com dinheiro tem que ser feito com o coração, e por isso que eu pedia e pedia.

No décimo dia da minha fuga, fui para casa lavar roupa escondida e acabei dando de cara com a minha mãe quando estava indo embora. Não tive escolha a não ser admitir que estava morando no porão.

Ela apareceu lá com minhas roupas e comida no dia seguinte. Eu disse que estava me virando bem, porém a expressão dela ao ver a pilha de embalagens de marmita da loja de conveniência era apreensiva. Sem aviso, me levou a uma loja de usados e comprou uma mini geladeira, um micro-ondas, um cabideiro e um aquecedor para mim.

Enfim senti um leve sopro de felicidade ao descongelar os pés no aquecedor que minha mãe comprou para mim enquanto aquecia o corpo com anchovas fritas e soju, observando o cabideiro cheio com as roupas que minha mãe me trouxe.

Mãe é mãe.

Pensando bem, aquela não era minha primeira fuga. No dia em que chorei depois de assistir *Cuide do meu gato*, o Dom *ahjussi* me chamou de lado para perguntar se eu estava com algum problema e dizer que eu podia desabafar com ele. Então, confessei sobre minha fuga de casa nas férias de inverno da quarta série, alguns meses antes de nos mudarmos para Daejeon.

Naquele inverno absurdamente frio, saí de casa levando meu coelho de pelúcia preferido e 70 mil wons na mochila. Só que por mais que eu tentasse, não consegui sair de Seul. Apenas vi uns tiozões sem-teto assustadores na estação Seul e voltei. Naquele dia em que cheguei mais tarde do que o normal e tossindo um pouco, ninguém da minha família perguntou por onde eu estive. Acabei tendo uma febre alta e minha mãe apenas me deu um remédio para gripe, ralhando: "Por onde você foi sassaricar num dia tão frio assim?" Falei tudo, até que lembrava de ter acordado de madrugada com o corpo encharcado de suor e a boca seca.

— Então foi uma fuga não reconhecida.

Quase comecei a chorar de novo, mas me esforcei para segurar ao ver o olhar preocupado do Dom *ahjussi*.

— Por que você fugiu, Sol? Estava com raiva da sua mãe e do seu pai? Seu irmão te importunou? Ou você não gostava da escola e das outras crianças? Por que a nossa gentil Sol ficou tão furiosa a ponto de sair de casa?

Hesitei e ele apenas assentiu, como se dissesse que estava tudo bem.

— Não tem problema. Me fala e depois esquece. Se você falar e esquecer, não vai mais chorar por causa disso.

— Porque eu não era necessária.

— Hum... por quê?

— Acabei escutando meu pai falar uma coisa para a minha mãe sem querer... ele disse que não deveriam ter tido a caçula...

— É mesmo?

— Ouvi muito bem. Foi quando o restaurante do meu pai faliu e ele só ficava em casa, deprimido... Se eu não tivesse nascido, talvez minha família inteira tivesse sofrido menos...

— Sol, você acha que seu pai realmente sentia isso?

— ...

— Seu pai pode ter dito algo sem pensar, num momento de dor, não?

— Sabe quando a Taehee, em *Cuide do meu gato*, corta ela mesma da foto da família no final? Eu lembrei disso... Minha fuga fracassada... Será que eu conseguiria fazer isso? Senti inveja da Taehee por ela ter partido, mas também fiquei triste.

Apesar de ter falado tudo aquilo segurando o choro, parecia que tinha tirado um peso do peito.

O Dom *ahjussi* ouviu toda a minha história e fechou os olhos lentamente. Cerrei os lábios, decidida a não me deixar convencer no que ele fosse dizer. Mas, logo depois, ele abriu os olhos e me observou com um olhar cheio de ternura.

— Deve ter sido muito doloroso guardar isso até agora. Mas, Sol, ao meu ver, seu pai realmente se importa com você. Da última vez, ele me deu 30 mil wons e pediu para eu deixar você alugar todos os livros, filmes e quadrinhos que quisesse.

— Isso foi pago com o meu dinheiro pelo trabalho na loja.

— Não foi. Você lê muitos quadrinhos, já usou seu pagamento há muito tempo. Se não fosse pelo dinheiro que ele me deu, você não teria mais crédito.

— ...Mentira.

— Tsc! Você já me viu mentir? Só faço umas piadas de vez em quando. Ele também me agradeceu por te ensinar inglês e me chamou para beber uma cerveja no restaurante, e eu só não fui porque cerveja me dá diarreia. Pode perguntar para o seu pai.

— Você pode parar, eu estou bem agora.

— Está bem mesmo?

— É só eu partir quando fizer vinte anos, que nem a Taehee. Até lá eu aguento, fazer o quê.

— Isso. Em vez de fugir, embarque numa aventura. Como a Taehee, como Dom Quixote.

— E como você, *ahjussi*? Você também é Dom Quixote.

Naquele mesmo instante, lágrimas brilharam nos olhos afetuosos dele, que tomou um longo gole do chá verde quente como se fosse água gelada e enfiou o rosto em uma das mãos, como se estivesse se escondendo. Eu engoli em seco, sem saber como reagir.

Então, sem levantar o rosto, ele disse:

— Sol. Eu fugi. Parti para uma aventura diferente, mas... no fundo o que eu fiz mesmo foi abandonar minha casa e minha família.

— ...Mas o Hanbin vem te ver.

— Sabe por que ele é tão frio comigo? Por causa dos dois anos em que estive longe depois de abandonar ele. Está um pouco melhor hoje, mas mesmo assim. Eu cometi um erro e vou ter que compensar meu filho por ele pelo resto da minha vida. Eu abandonei minha família. Por um sonho mesquinho. Sol, seu pai nunca desistiu de você. Você não pode se esquecer disso. Enten...deu...?

— Ah, entendi. Mas não chore... Dom *ahjussi*.

Ele já estava chorando, copiosamente. Lágrimas grossas como chuva de verão caíam sobre a mesa. Era a primeira vez que eu via um homem adulto chorar na minha frente, então fiquei profundamente desconcertada.

O *ahjussi* percebeu, assoou o nariz com um lenço de papel e pegou outro para secar as lágrimas, os olhos úmidos ainda fixos em mim.

— Sol, desejo de coração que um dia você embarque em uma aventura.

— Você também, Dom *ahjussi*.

Ele sorriu amargamente e assentiu com a cabeça.

— Vou tentar.

Eu assenti de volta.

16 - Waranago

Em 2001, o cinema coreano testemunhou o "Movimento Waranago". Vocês conhecem esse movimento? Não foi algo como o Movimento Vila Nova, que foi o incentivo de modernização de áreas rurais que ocorreu em 1970, ou a Campanha de Arrecadação de Ouro, realizada pelo governo em 1998 durante a crise econômica. O Movimento Waranago foi algo espontâneo que cineastas e cinéfilos fizeram para apoiar filmes nacionais impecáveis que não fizeram sucesso de bilheteria. Esse movimento surgiu em torno de quatro pequenas obras, que, apesar de terem sido lançadas, foram ofuscadas por produções de grandes estúdios com diretores renomados e estrelas do cinema.

Ontem, encontrei esta fita lá no fundo do arquivo da Dom Quixote Vídeos e me lembrei do Movimento Waranago. Por quê? Porque mesmo que o movimento já tivesse chegado ao fim, o Dom *ahjussi* sempre recomendava os filmes do Waranago aos clientes e chegou até a oferecer pacotes promocionais para que os quatro filmes fossem alugados juntos.

Então quais são esses quatro filmes? Restam apenas as fitas de três desses filmes na nossa locadora. O "wa" vem de

Waikiki Brothers, dirigido por Im Soon-rye, é um filme no qual vemos os atores Park Hae-il e Ryu Seung-bum ainda bem jovens. Ouvi dizer que esse filme é particularmente querido pelos homens.

O "ra" é de *Raibang*. Você já ouviu chamarem os óculos da marca Ray-ban de "raibang", certo? Estes óculos eram o item dos taxistas de antigamente. Se você é taxista, tem que ter óculos de sol raibang! Era quase uma regra. O filme *Raibang* é uma obra que retrata a vida cotidiana de taxistas quase como um documentário.

O "na" é de *Nabi*, borboleta. É um filme de ficção científica — e de baixo orçamento! Realmente uma proposta ousada. O que será que estava acontecendo na indústria cinematográfica coreana no ano de 2001? De qualquer forma, só de olhar a capa da fita já se pode sentir um clima onírico e enigmático.

E, por fim, o "go" é o destaque de hoje: *Cuide do meu gato*. O quarto filme do Movimento Waranago é a estreia da diretora Jeong Jae-eun, um filme que registra a juventude de atrizes que agora estão na casa dos 40 anos. Foi nesse filme que vi Bae Doona pela primeira vez e me tornei fã. Na época eu queria que ela fosse uma atriz conhecida apenas por mim, mas, como todos sabem, ela se tornou uma estrela mundial. E assim, mais uma vez, desisti de ser *fangirl*...

Este é um filme teen estrelado por Bae Doona, Lee Yo-won, Ok Go-woon, e as gêmeas Lee Eun-ju e Lee Eun-sil. A história segue um grupo de amigas de escola de Incheon que completam vinte anos e mostra de forma agridoce a realidade enfrentada por elas na vida adulta. Eu assisti a esse filme na sétima série, no Clube La Mancha. Fiquei me perguntando: "Será que a vida depois da escola é assim?". Ele fez com que eu me preocupasse muito. O centro da cidade de Incheon, onde o filme se passa, parecia a minha vizinhança Seonhwa-dong em Daejeon, perto do rio Daejeon-cheon. É um filme com o qual eu me identifiquei bastante, pois me fez pensar sobre uma amizade que, ao mesmo tempo que era bem próxima, também era desconfortável até certo ponto.

Acima de tudo, tem uma cena e uma fala que me marcaram muito e eu vou falar sobre elas para vocês agora. Tae-hee, interpretada por Bae Doona, e Ji-young, interpretada por Ok Go-woon, estão atravessando um viaduto sobre o metrô de Incheon quando se deparam com uma mulher, aparentemente louca. As duas fazem de tudo para passar longe dela. Um pouco depois, Ji-young vira para a Tae-hee e diz: "Aquela pessoa em situação de rua... sabe, tenho medo de acabar como ela." Tae-hee responde: "Nunca pensei nisso como algo assustador. Às vezes, quando vejo essas pessoas, bate uma curiosidade... Dá vontade de segui-las. Saber o que fazem no dia a dia, como é viver assim, vagando sem apego. Não parece uma liberdade boa?" Ji-young rebate: "Você chama isso de liberdade? Eu, não. E se acontecer alguma coisa com você no meio do caminho?"

Esta cena me fez refletir muito. Na época, minha família já enfrentava dificuldades por causa da crise do FMI, e eu não sabia exatamente o que queria ser. Quando passava pela rua Mokcheok, um beco escuro onde ficam as casas antigas de Seonhwa-dong, e dava de cara com uma senhora estranha, meus pés congelavam no chão e eu me apavorava com a ideia de acabar como uma bruxa velha, igual a ela. O filme capturou exatamente esse sentimento. Hoje, aos 30, trabalhando como youtuber, vivo me esforçando para não parecer uma mulher maluca. Não tenho mais a ousadia de sonhar com a liberdade como Tae-hee, mas também não quero viver com muito medo como Ji-young.

Depois de me tornar fã da Bae Doona por meio de *Cuide do meu gato*, o Dom *ahjussi* me recomendou outro filme em que ela era a protagonista. Era simplesmente incrível. A Bae Doona usava um moletom amarelo com capuz e corria freneticamente pelos corredores e telhados de um prédio. Não lembro exatamente da trama, mas a atmosfera do filme era ótima, e o jeito destemido da personagem era completamente cativante.

O Dom *ahjussi* elogiou muito esse filme e disse que o diretor era um gênio. Quando falei que não achava tudo isso, ele me perguntou se eu não sabia que o segundo filme desse diretor tinha estreado com sucesso na primavera daquele ano. Disse que mais do que um sucesso, era uma obra que se tornaria uma lenda do cinema coreano, e ficou todo empolgado. Quando pedi para alugar esse filme, o *ahjussi* fez uma cara de lamento e disse que era proibido para menores e que eu deveria assisti-lo dali a quatro anos.

Não aguentei esperar quatro anos e aluguei em segredo dois anos depois, quando estava no ensino médio. O filme era *Memórias de um assassino*. Mandei uma mensagem para o Dom *ahjussi*: "É um gênio mesmo."

Ele me respondeu com uma mensagem enorme e empolgada, dizendo que aquele diretor estava filmando um filme sobre um monstro no Rio Han, e que o lançamento no ano seguinte atrairia atenção mundial. Ainda disse que não faltava muito para ele ganhar a Palma de Ouro em Cannes.

Respondi: "Não acha que é exagero?" Continuamos trocando inúmeras mensagens, até que perdi meu celular e não consegui mais entrar em contato com ele.

Todos vocês conhecem esse diretor. Ele pode não ter ganhado a Palma de Ouro, mas se tornou mundialmente reconhecido, assim como o Dom *ahjussi* tinha previsto. Talvez o *ahjussi* devesse ter se tornado não um diretor, mas um produtor de cinema, já que ele tinha um bom olho para reconhecer um gênio, apesar de não ter se tornado um.

A Dom Quixote Vídeos encerra por hoje. Aqui vai minha última fala. Digam comigo:

— Então, onde está o Dom *ahjussi* agora?

PARTE 2

나의 돈키호테

À procura do Dom Quixote

17 – Entrevista

2019

Minha primeira visita a Seul naquele ano revelou uma cidade tão caótica quanto sempre foi. Apesar de estar a pouco mais de uma hora de distância de trem-bala, a distância emocional tinha se estendido por incontáveis quilômetros. Mas, curiosamente, assim que fui arrastada pela multidão que saía da estação e desci para a praça da Estação Seul, percebi que meu 'modo Seul' ativou automaticamente, captando tudo ao redor num piscar de olhos. Era como um instinto de sobrevivência. Me esquivei agilmente de pombos preguiçosos, driblei rapidamente um homem distribuindo panfletos religiosos e um homem em situação de rua que se aproximava, e puxei o celular ao sair da praça.

— Tá aonde?

— Oh, *nuna*. Tô indo.

— O encontro não era às duas?

— Aqui é Seul, né? Você tem que considerar o trânsito.

— Você é quem devia ter pensado nisso e saído mais cedo. Seu moleque!

Fiquei brava e desliguei. Mesmo tendo sugerido a gente se encontrar direto em Seocho-dong, ele fez questão de vir me buscar... e agora estava atrasado. Suspirei.

Existem pessoas assim, que se oferecem para fazer um favor que no fim acaba nem parecendo um favor. Que tornam o favor tão custoso que a gente prefere nunca mais aceitar ajuda delas. E se recusarmos, as respostas são as mesmas: "nossa, mas eu estou oferecendo", "fiz o que podia".

Ao perceber que o Hanbin se encaixava direitinho nesse perfil, a dúvida começou a me invadir aos poucos: será mesmo que vale a pena trabalhar com alguém assim?

Entretanto, cooperar com esse idiota era uma escolha inevitável. Era ele quem tinha as informações essenciais para encontrar o Dom *ahjussi*. Alguns dias antes, ele me ligou todo triunfante dizendo que, por meio da mãe, tinha entrado em contato com um amigo da época da faculdade que era bem próximo do *ahjussi*. Fiz mais algumas perguntas para verificar a credibilidade da informação e descobri que os dois cursaram direito na Universidade Sogang no mesmo período, dividiram moradia e participaram juntos do movimento estudantil. Ou seja, alguém com quem o *ahjussi* compartilhou as tristezas e as alegrias dos 20 anos.

Ameacei o Hanbin dizendo que, se aquela informação fosse furada, eu cortaria relações com ele. E, quando eu disse isso, ele apenas falou que era eu quem devia me preparar direitinho para a entrevista. Realmente um idiota.

Nosso entrevistado do dia, esse tal amigo próximo do Dom *ahjussi*, no momento trabalhava na administração de um escritório de advocacia em Seocho-dong. Eu tinha que coletar o máximo de informações possíveis sobre o passado do *ahjussi* naquele dia. E meu objetivo era não voltar tarde para Daejeon. Assim, eu conseguiria editar o "Aluguel do dia" que ia ao ar no dia seguinte no canal.

Duas postagens por semana.

O canal Dom Quixote Vídeos sobreviveu ao inverno rigoroso porque eu nunca falhava nas duas postagens semanais. Publicava conteúdo constantemente, como quem alimenta a um bebê, enquanto sobrevivia àquele inverno cortante e ao porão congelante. Finalmente, começou a entrar renda de propaganda, por menor que fosse. Se eu negligenciasse as postagens nesse ponto, seria o fim.

Meu celular tocou. Enquanto atendia, o rosto do Hanbin surgiu de repente na janela de um carro importado azul-marinho. Ele gritou que era difícil estacionar ali, então eu deveria atravessar a rua e entrar no carro. Me segurei para não explodir e fui em direção a ele.

Assim que entrei no carro de tamanho opressor com o símbolo de um tridente, Hanbin, todo cheio de pose com seus óculos escuros, me lançou um olhar de canto e pisou no acelerador.

— E a câmera? — perguntou, seco.

Quando indaguei do que ele estava falando, Hanbin respondeu com impaciência:

— Você não é youtuber? Você vai ter que adicionar o cavaleiro Wonbin depois de encontrar o Dom Quixote.

— Wonbin? Cavaleiro?

— Já que você é a Sancho, eu também preciso de um título, né? E tem que ser no mínimo de cavaleiro. E como meu apelido é Wonbin, então: cavaleiro Wonbin.

— Se contente em ser o motorista. Corre pra gente não chegar atrasado, temos que estar lá até as três.

— Poxa. Vim em um carrão de luxo, coloquei até óculos de sol de marca, e é assim que você me trata? Que decepção.

Repeti mentalmente o ideograma chinês de paciência (忍), tentando me controlar. Não obstante, talvez percebendo meu mau humor, Hanbin me lançou um olhar de canto e voltou a abrir a boca.

— Qual é! Você é a famosa youtuber Jjin-Sancho. Tem que deixar uma imagem bonita pros seguidores ficarem felizes, não acha?

— Ahh! Então é por isso que você veio nesse carro importado que só tem tamanho e está usando roupa falsificada da Ferragamo?

Hanbin ergueu os óculos até a testa e me lançou um olhar de desprezo.

— Isto é original! E este não é qualquer carro, é um Maserati. É um sedan italiano de luxo! Andy *hyung*, o mestre de carros, que me emprestou e disse que as pessoas vivem falando dos carros alemães, mas os luxuosos mesmo são os italianos. Lamborghini! Maserati! Alfa Romeo! Já ouviu falar, por acaso?

Repeti o ideograma de paciência mentalmente mais uma vez.

— Que seja. Vire à esquerda em Samgakji. Vai logo.

— *Nuna*, sério, hoje eu tô te dando material pro seu canal, tô vindo junto pra entrevista... não tá sendo meio grossa? Se continuar assim, vou ativar meu modo empresário. Quanto você vai me pagar pelo dia de hoje?

— Cala a boca e dirige direito! Eu tô aqui procurando o seu pai. Isso é só trabalho meu? Você me pediu pra encontrar ele, e agora vem com papo de negócio, de pagamento? Tá me testando? Eu que pedi esse encontro? Eu nem preciso fazer esse vídeo! Quem devia estar me ajudando, e bancando, é você! Quer saber? Vamos cancelar tudo e voltar pra Daejeon logo!

— Tá bom, tá bom... Nossa, até cuspiu em mim.

Foi só então que Hanbin fez bico e voltou a focar na direção.

— Gostaria que você filmasse de um modo que meu rosto não apareça.

Kwon Yeonghunera um homem alto e magro, de óculos sem armação e com o pouco de cabelo grisalho que ainda lhe restava, tinha um ar severo. Apesar do tom calmo, sua fala carregava uma autoridade velada, revelando a experiência de um adulto maduro. Sentamos frente a frente na sala de reuniões, coloquei um apoio em um lado da mesa, encaixei a câmera, e abaixei o ângulo dela, reafirmando que iria apenas gravar o ambiente quando percebi que ele continuava a lançar olhares para o aparelho. Enquanto isso, Hanbin conversava com o senhor Kwon, que não via desde a infância.

— Sua mãe está bem?

— Sim. Minha mãe? Ah, ela tá bem... O problema é o meu pai.

— Pois é. Ele sempre foi o foco dos problemas. Criava confusão por conta própria, mas também resolvia do jeito dele.

Apesar do homem ter falado aquilo como se não fosse nada demais, naquele momento eu tive certeza de que aquela gravação seria importante.

O senhor Kwon disse que não costumava assistir YouTube, mas conferiu o canal pelo link que Hanbin enviou. Ficou surpreso ao saber que Yeongsu tinha tido uma locadora, algo que ele mesmo não sabia. E comentou que ficou feliz por estarmos ali perguntando sobre o amigo — foi assim que começou a nossa conversa. Ele disse que também estava curioso sobre o paradeiro de Yeongsu e achou que não haveria problema em se encontrar comigo e com Hanbin.

Eu, que estivera nervosa com a gravação da primeira entrevista para encontrar o Dom *ahjussi*, me senti aliviada com a habilidade que ele tinha de conduzir a conversa. Como se estivesse conversando com um cliente, o senhor Kwon perguntou sobre os pontos que eu tinha checado durante aquele tempo e fazia anotações ocasionais em sua caderneta.

Apertei o botão de gravação e, aos poucos, comecei a puxar conversa.

— Como vocês ficaram próximos?

— Yeongsu era de Chuncheon e eu, de Sokcho. As duas cidades ficam na província de Gangwon, mas são separadas por uma cadeia de montanhas, então parece até que são lugares diferentes. Mas como só nós dois éramos de Gangwon entre os calouros, acabamos nos aproximando naturalmente.

— Quando foi a última vez que o senhor viu meu pai? — perguntou Hanbin.

— Quando ele dava aulas em cursinho. Eu tinha acabado de ser reprovado no exame da Ordem mais uma vez, e seu pai me pagou um jantar para me animar. Era uma churrascaria cara em uma ruazinha de Daechi-dong, e foi a primeira vez na vida em que comi uma carne tão boa — respondeu ele, sem sorrir.

— Segundo minha mãe, ele ganhava bem como professor de cursinho. Por que ele largou o emprego?

— Não sei ao certo, mas tenho uma suspeita.

— O senhor poderia me contar?

— Ativistas do movimento estudantil, como nós, não conseguiam emprego em grandes empresas. Ainda mais o Yeongsu, que chegou até a cumprir pena. Era difícil conseguir um trabalho decente.

Eu e Hanbin nos olhamos por um momento, hesitantes, sem saber como responder.

— Vocês não sabiam? Ele foi preso uma vez, como prisioneiro político. Ele até foi dispensado do exército por causa disso.

Fiquei curiosa sobre quantos anos de sentença ele recebeu, se até dispensado do serviço militar foi. Lembrei também de como minha mãe detestava que eu fosse à locadora — dizia que o *ahjussi* era um ex-presidiário. Na época, achei que era só uma desculpa absurda pra me manter em casa. Mas agora vejo que não era tão infundado assim.

— Enfim, no início dos anos 1990 havia algumas áreas que aceitavam pessoas como o Yeongsu, que apesar de terem se formado em boas universidades, não conseguiam emprego facilmente por terem sido ativistas do movimento estudantil. Primeiro, política. Dava para ser assistente de parlamentar, ou fazer atividades políticas em organizações sociais. Depois, a imprensa. Mas nada de grandes veículos, estou falando de jornais ou revistas progressistas. Em seguida, o setor cultural, como editoras ou cinema. E, por fim, os cursinhos. Alguns veteranos do movimento abriram cursinhos no mercado de educação privada em Gangnam e estavam se dando muito bem nessa área. Com bom conhecimento acadêmico e cabeça para estudar, o trabalho de professor de cursinho era perfeito para eles. Além disso, o Yeongsu adorava crianças. Quando a gente morava juntos na pensão, ele dava aula particular de graça para os filhos dos donos da casa.

O senhor Kwon falava misturando uma linguagem educada com uma certa informalidade, mas aquilo não era desconfortável por ele ser uma pessoa mais velha.

— Hum... ele nunca me ajudou direito nos estudos — murmurou Hanbin.

— Isso porque você nem estudava. E o Dom *ahjussi* só ensinava quem pedia — falei, séria.

— Na última vez em que nos encontramos, ele estava passando por dificuldades no cursinho. Provavelmente por causa de algum conflito com o diretor. Pensa bem: ele tinha passado toda a sua juventude, os vinte e poucos anos, lutando contra a ditadura. E aí vai trabalhar num cursinho... e o diretor também age como um ditador. Ele estava indignado, muito irritado mesmo, e eu lembro que tentei acalmá-lo, dizendo que agora ele era pai de família, que fechasse os olhos e aguentasse aquele trabalho.

— Depois disso o senhor não teve mais notícias dele?

— Nos falamos algumas vezes por telefone. Anos depois, ele apareceu do nada dizendo que estava trabalhando numa editora e pediu meu endereço pra me mandar o novo livro deles.

Escrevi rapidamente "trabalho em editora" no meu bloco de notas e encarei o senhor Kwon.

— Que livro era? Eu queria saber o nome da editora, se for possível.

— Na época eu tava sem cabeça pra nada, passando por um momento difícil, então disse que não tinha tempo pra ler. Recusei sem nem perceber o quanto meu amigo tinha se esforçado. Por isso nem lembro o nome do livro.

— Será... que podemos perguntar por quais dificuldades o senhor estava passando naquela época?

— Eu tinha desistido da prova para a qual eu me preparei por muito tempo. E depois de trabalhar por anos com uma outra coisa ou outra, acabei conseguindo uma vaga na área legal de Seocho-dong com muita dificuldade. No fim, meu destino era me tornar administrador de escritório.

— O senhor teve contato com o senhor Jang Yeongsu depois de se tornar administrador?

— Apenas uma vez. Chamei ele para ir beber por minha conta, quando recebi meu primeiro salário, e ele disse que no momento não conseguia. Trocamos algumas poucas novidades rapidamente e desligamos. Essa foi a última vez.

Minha cabeça começou a girar com suposições. O Dom *ahjussi* não era do tipo que deixava de comemorar a conquista de um amigo. Sendo assim, aquela deve ter sido uma época muito difícil para ele. A possibilidade de ter ocorrido durante o divórcio era grande. Não perguntei mais nada, pois sabia que era uma parte que poderia machucar Hanbin.

— Foi em 1999? Quando meus pais se divorciaram? Ouvi dizer que meu pai ficou acabado nessa época.

Hanbin foi direto ao ponto, sem hesitar.

Depois de assentir com um pesado movimento da cabeça, o senhor Kwon olhou ao redor por um instante antes de voltar a nos encarar.

— Mesmo pelo telefone, pude sentir a dor do meu amigo. Mesmo dizendo que eu iria até ele, ele me dissuadiu. Fiquei frustrado por não poder fazer nada para consolá-lo a não ser dizer coisas clichês. Foi então que ele disse mais ou menos isso: que agora ia virar diretor de cinema e fazer um filme só mostrando, por meio do cinema, o quão caótico era o mundo em que vivíamos, seria possível reconstruí-lo do jeito certo.

Assenti com a cabeça, em silêncio.

— Sabe o que mais me surpreendeu no seu canal?

— O quê?

— O nome: Dom Quixote. Fala sério, combina perfeitamente com ele, não acha? Eu é que devia ter pensado nisso primeiro e dado esse apelido pra ele. Agora fico até com a sensação de que roubaram minha ideia.

— Uma vez eu perguntei por que a locadora se chamava Dom Quixote Vídeos. O Dom *ahjussi* respondeu assim: "Uma pessoa me chamou de Dom Quixote... e ficou por isso mesmo."

— Parece que realmente não fui eu, então. Alguém conseguiu compreender o Yeongsu muito bem.

— Então, será que...?

Me virei para olhar Hanbin. Ele rapidamente negou com a cabeça.

— Minha mãe? Com certeza não. Ela não é dessas que fazem analogia. É direta, sempre manda na lata.

— E o que sua mãe dizia sobre o Yeongsu? — perguntou o senhor Kwon, curioso.

Olhei para Hanbin. Com os olhos, perguntei se tudo bem ele responder. Ele fez uma expressão de resignação e respondeu:

— Que ele é louco, né.

Talvez a fala final do Hanbin tenha sido o ponto mais marcante da entrevista com o senhor Kwon. Louco. Talvez essa tenha sido a avaliação mais honesta de quem esteve mais próximo dele. Claro que, com o senhor Kwon, descobrimos informações importantes: que o Dom *ahjussi* sofreu por conta do movimento estudantil, enfrentou conflitos com o diretor do cursinho e, mais tarde, acabou indo trabalhar com livros e cinema. Mas ainda não havia qualquer pista concreta sobre o paradeiro, nem conseguimos o contato de outros conhecidos.

Nos despedimos e nos preparamos para sair, mas o senhor Kwon me chamou de modo repentino. Liguei a câmera instintivamente. Ele falou sem se importar.

— Encontre o Yeongsu.

— Sim, senhor. Vou tentar.

Ele hesitou por um instante, então sorriu, tímido.

— Quando o encontrarem, lhe digam, por favor, que o amigo dele sente saudades.

18 - Novo Quadro

¡Hola! ¿Qué tal? Amigos, hoje, no episódio 72, vamos estrear o quadro "Em busca do Dom Quixote", como prometido. Aqui quem fala é Jjin-Sancho! E não é que, depois de sete meses em Daejeon, voltei a Seul? Vamos ter que rodar o país inteiro para encontrar pistas do Dom *ahjussi*, e, claro, essa busca começa aqui na capital, Seul.

Na semana passada, recebi uma dica do Hanbin — ou melhor, do autoproclamado "Cavaleiro Wonbin". Segundo ele, conseguiu o contato de um grande amigo da época da faculdade de Jang Yeongsu, o Dom *ahjussi*, então, marcamos um encontro com ele. Esse amigo hoje trabalha como administrador de um escritório de advocacia, então pareceu ser uma fonte confiável. Afinal, o Dom *ahjussi* se formou em Direito na Universidade Sogang, logo fazia sentido que um colega da faculdade estivesse no meio jurídico.

Com certa dificuldade, marquei uma entrevista com ele. O problema foi que o digníssimo Hanbin, como sempre, se atrasou! Disse que viria me buscar, mas apareceu com dez minutos de atraso, dirigindo um carro importado emprestado, insistindo pra eu filmar aquilo pro canal — filma, não filma, toda hora querendo mostrar o carro. Então filmei rapidinho, bem na hora em que desci. Olhem só o Hanbin, saindo do carro emprestado com aquele ar de importância, usando um Ferragamo falsificado. E do nada ele manda um coraçãozinho com os dedos. Vai entender... Me desculpem, pessoal. Será mesmo que eu tenho que confiar nesse cara para sair nessa longa missão em busca do Dom *ahjussi*? Só me resta contar com o apoio de vocês!

Seguindo em frente, o que vocês estão vendo agora é a imponência do bairro jurídico de Seocho-dong. Quantos escritórios de advocacia devem existir apenas neste prédio? Agora vamos entrar. Mas abaixo a câmera para não ser barrada por violar direito de imagem. Não é como se eu estivesse gravando em segredo... Mas, pra ser sincera, eu fiquei com medo mesmo.

Aqui já estamos no escritório, sentados frente a frente com o senhor Kwon — ele pediu para não mostrarmos seu rosto —, e depois passamos cerca de uma hora ouvindo histórias sobre o passado do Dom *ahjussi*. Então, agora, vamos ouvir os melhores trechos da entrevista. Enquanto escutam, tentem imaginar o rosto do *ahjussi*... Vai que é alguém que vocês conhecem...

Que tal? O jeito quieto e gentil de falar do senhor Kwon tem um certo fator viciante, não acham? Descobrimos várias informações importantes. Primeiro, o Dom *ahjussi* nasceu em Chuncheon, na província Gangwon. Segundo, ele estudou Direito na Universidade Sogang. E, por último, algo que na verdade eu já suspeitava, o *ahjussi* participou do movimento estudantil e chegou até a ser preso por isso. Fora das câmeras, perguntei ao senhor Kwon porque o Dom *ahjussi* se envolveu tanto com o movimento estudantil, deixando os estudos de lado. E a resposta dele foi a seguinte: naquela época, não dava pra conquistar liberdade sem lutar — e o Yeongsu foi um dos que estiveram na linha de frente dessa luta.

Ah, já que estamos no assunto, pesquisei sobre o regime militar autoritário dos anos 1980. Naquela época, era comum os estudantes serem parados a caminho da faculdade e questionados, e que policiais à paisana ou o esquadrão de choque até revistavam bolsas e mochilas. Se alguém se recusasse, ia direto para a delegacia. E pensar que as mulheres, com itens íntimos nas bolsas, eram forçadas a mostrá-los... só de imaginar já dá um nó no estômago. Além disso, os policiais dos anos 1980 praticamente moravam nas universidades e estavam sempre vigiando os estudantes, e ocasionalmente o exército cancelava as aulas ou até fechavam as universidades. Será que tudo isso acontecia só porque os estudantes eram considerados subversivos e viviam protestando? Ou será que pessoas como o Dom *ahjussi* não lutavam para uma sociedade onde o exército e a polícia não pudessem invadir os campi universitários sem motivo, para uma sociedade que respeitasse os direitos humanos básicos e a autonomia educacional das universidades?

Depois da entrevista, Hanbin e eu analisamos o que conseguimos e decidimos procurar conhecidos do Dom *ahjussi* por onde ele passou: cursinhos, editoras e o meio cinematográfico.

Depois de uma pesquisa intensa, identificamos um bem-sucedido cursinho em Daechi-dong criado por ex-ativistas do movimento estudantil, chegando até a autobiografia publicada pelo diretor do lugar, intitulada *Os Blues de Dae-chi-dong*. O título é meio tosco, não acham? É este livro aqui. E a capa também é mais ou menos. A partir de agora, vou devorar este livro e conseguir mais informações sobre o cursinho. Seria ótimo encontrar algum relato relacionado ao Dom *ahjussi*, mas, mesmo que não tenha, penso que posso conseguir informações significativas.

Hanbin ficou encarregado de pesquisar sobre a editora onde o Dom *ahjussi* trabalhou. O senhor Kwon não chegou a receber o livro publicado pelo amigo, mas a ex-esposa dele com certeza deve saber ao menos o nome da editora. Espero, de verdade, que mãe e filho tenham uma conversa tranquila e que consigamos descobrir o nome da editora.

Além disso, vou investigar sobre a época em que o Dom *ahjussi* atuou na área cinematográfica. Ele veio para Daejeon, uma cidade onde não tinha nenhum laço com ninguém, por causa da locadora, mas ainda ia para Seul com frequência visitar produtoras de cinema. Precisamos ir atrás dessas pistas.

E é assim que encerramos o novo quadro "Em Busca do Dom Quixote". *Amigos*, nós vamos conseguir encontrar o Dom *ahjussi* juntos, certo? Conto com dicas de vocês. O segundo episódio será lançado assim que reunirmos mais pistas. Obrigada por assistirem! Não se esqueçam de curtir, se inscrever e ativar o sininho! *¡Hasta luego!*

19 - Sonho à Luz do Dia

O livro *Os Blues de Daechi-dong*, do diretor Bae Seongsik, o rei dos cursinhos de Daechi-dong, tinha quatro partes. A primeira contava sobre sua infância e juventude como o filho mais velho de uma família pobre do interior que cresceu ouvindo que era o gênio da vizinhança até ser aprovado em uma universidade de prestígio — a clássica história do "dragão do riacho", como os coreanos chamam pessoas que superam as suas origens humildes. A segunda narrava como, enquanto se empenhava nos estudos, ele se dedicou ao movimento estudantil confrontando a tirania e repressão da ditadura militar com o sangue fervente da juventude.

A terceira parte, e a com mais páginas, era sobre a fundação e administração do Cursinho Sky. Após sete anos de faculdade, incluindo um período na prisão devido ao ativismo, o plano inicial dele era seguir no caminho da política. No entanto, a morte repentina de seu pai o fez repensar a vida, e então se deu conta de que não é apenas a política que muda o mundo, mas também a educação. Acabou entrando na indústria de cursinhos. Juntamente com antigos companheiros que pensavam igual a ele, abriu uma pequena escola de reforço no terceiro andar de um prédio comercial de Daechi-dong. No começo, a escola foi ofuscada por concorrentes que já existiam no mercado. Por isso, ele encorajou os colegas a aumentarem o nível das aulas com um esforço sobre-humano. Primeiro, promoveu seminários semanais de pesquisa de métodos de ensino e aprimorou a capacidade dos colegas por meio de aulas demonstrativas em que faziam críticas duras uns aos outros para melhorar suas habilidades. Além disso, percebeu a influência crucial dos pais na escolha do cursinho e, por isso, começou a conduzir pessoalmente reuniões individuais com os pais, perdeu sono para se reunir com dezenas de famílias e fazer centenas de telefonemas em um só dia. Com sua liderança, em cinco anos construíram um prédio próprio e puderam pendurar um letreiro que dizia: "Cursinho Sky — avançando rumo à glória da aprovação."

A quarta parte era dedicada à sua visão sobre o sistema educacional coreano. Com tantas notas de rodapé e o uso excessivo de caracteres chineses, parecia que ele tinha simplesmente colado a própria tese de doutorado. Li até a metade e desisti.

Não parecia haver motivo para perguntar ao diretor Bae Seongsik sobre o Dom *ahjussi*. Além de não parecer capaz de compreender o *ahjussi* de verdade, era improvável que ele tivesse alguma pista sobre seu paradeiro. Fiquei tão frustrada por ter desperdiçado três horas de esforço árduo de leitura e 5.800 wons num livro usado que minhas mãos tremiam.

Por via das dúvidas, voltei à página que havia marcado durante a leitura, sobre a demissão de alguns professores. Ele mencionava como teve que romper com os fundadores com o coração pesado, mas o nome do *ahjussi* não estava lá. Porém, ao olhar com mais atenção, vi uma nota de rodapé.

"Aos professores K., J. e P.: ainda sinto gratidão e arrependimento em relação a vocês, que estiveram comigo naquela época. Se lerem este livro, entrem em contato comigo por meio da editora. Eu pago o soju."

O que chamou minha atenção nessa nota — e me deu vontade de jogar um copo de soju na cara dele — foi o professor J. Eu apostaria uma das minhas mãos que o professor J. era o Dom *ahjussi*. Se eu me encontrasse com os professores K. ou P. talvez pudesse descobrir mais sobre o que o *ahjussi* fez naquele período, mas não havia como encontrá-los.

Porém, no momento em que eu ia fechar o livro, minha mão parou sem que eu percebesse. Na página seguinte, ele descrevia o processo de contratação de novos professores após romper com os antigos — e aquilo me chamou a atenção. O diretor Bae dizia que nunca contratou professores por indicação, mas que fazia anúncios públicos no "Vila Ordem de Mérito" e selecionava os candidatos unicamente com base no seu faro apurado e nas habilidades de entrevista. Deixei o livro de lado e fiz uma pesquisa rápida. Vila Ordem de Mérito. Era um site de vagas de emprego que conectava cursinhos e professores. Então, se eu fizesse um post lá, não poderia encontrar o professor K. ou o J., ou ainda alguém que conheceu o professor de inglês Jang Yeongsu, que trabalhou no Cursinho Sky nos anos 1990?

O problema era que o site não tinha um fórum aberto no qual eu pudesse fazer esse anúncio. Mas eu, Jin Sol, não sou de desistir. Pesquisei por um site parecido com o Vila Ordem de Mérito. E acabei descobrindo um outro chamado P.C.R, abreviação de: Professores de Cursinho, Reúnam-se! Era só se inscrever para conseguir criar postagens. Bingo!

> Olá, desculpem se esta mensagem não condiz com o propósito do fórum. Se você trabalhou no Cursinho Sky, em Daechi-dong (Gangnam, Seul), entre 1992 e 1997, e conheceu o professor de inglês Jang Yeongsu ou sabe algo sobre ele, por favor, entre em contato pelo telefone ou e-mail abaixo. Amigos e conhecidos do professor Jang Yeongsu estão fazendo de tudo para localizá-lo. Se alguém conheceu o professor Jang naquela época ou tiver notícias recentes sobre ele, por favor, entre em contato. Ficarei muito agradecida se compartilharem lembranças dele comigo.

Depois de postar a mensagem no fórum com meu contato, me senti completamente exausta e fui dormir.

No dia seguinte, quando conferi o fórum, vi que havia muitos comentários no meu post. Porém, infelizmente a maioria era crítica sobre o Cursinho Sky ou repreensão por ter postado algo daquela natureza ali. Fiquei desanimada ao ver que aquele post feito num ato de desespero estava tomado por comentários negativos.

Frustrada, tentei ligar para Hanbin e ele não atendeu. Cansada, me sentei no sofá que ficava num dos cantos do porão e fiquei olhando o estúdio, sem foco. Foi então que meu olhar parou na estante, e comecei a pensar nos livros antigos que estavam ali. Aquilo me deu um estalo. Uau. Por que eu não pensei nisso antes? Nem todos os livros ali eram para empréstimo — alguns eram do próprio Dom *ahjussi*. Sendo assim, não poderia haver um ou dois exemplares da editora onde ele trabalhou?

Levantei-me em um salto e corri até a estante. Os livros que não tinham o adesivo que dizia "Dom-Víd" estavam na parte de baixo da estante, postos de forma organizada. Eram cerca de dez volumes cobertos de poeira e mofo, talvez por estarem tão perto do chão. Peguei um por um, fazendo meu nariz arder e me causando tosses repetidas. Mesmo assim, movi os livros para o meio do porão com extremo cuidado, como se estivesse lidando com ouro, e depois examinei um por um.

Minhas expectativas desmoronaram. Todos os livros eram de editoras diferentes. Se fossem da mesma, a chance de aquela ser a editora em que o Dom *ahjussi* trabalhou era alta... mas todas eram diferentes. No entanto, era cedo demais para desistir. A época estimada em que o *ahjussi* trabalhou numa editora era entre 1997 e 1998. Ou seja, livros publicados nessa época eram alternativas. Não tinha opção a não ser ir eliminando. Apressada, fui até a página de créditos e conferi o ano de publicação. Dentre os dez livros, havia um de 1997 e dois de 1998.

O próximo passo foi conferir a lista da equipe editorial. O livro de 1997 tinha essa informação, mas não havia o nome Jang Yeongsu. Fora. Os dois de 1998 traziam apenas os nomes do autor e do editor. Por conta disso, não dava para saber em qual dos dois livros o Dom *ahjussi* havia trabalhado.

Coloquei os dois livros lado a lado sobre a mesa e fiquei encarando suas capas fixamente, como se estivesse tentando ler seu destino. Um era o ensaio de um escritor desconhecido, o outro, as memórias de um político de quem eu também nunca tinha ouvido falar. Como nenhum dos dois autores parecia ter qualquer ligação com o Dom *ahjussi*, senti que havia chegado a um beco sem saída.

Me agarrando a um fio de esperança, abri o livro que era o ensaio de um escritor. Era a confissão de um homem de meia idade, que não combinava nada com meu gosto pessoal, escrita numa fonte com baixa legibilidade característica de livros antigos. Como último recurso, abri o livro de memórias do político.

Para minha surpresa, o nome do autor estava escrito na forma de um caractere chinês um tanto grande na folha de rosto do livro. Na hora de conferir os créditos, eu não tinha notado quando verifiquei os nomes da equipe editorial. Logo abaixo da assinatura toda estilizada, estava escrito o seguinte.

29/05/1998. Para Jang Yeongsu, da Editora Byeokhae.

Oh, my God. Senti vontade de dar um beijo no rosto do tiozão estampado na capa do livro, que parecia um sapo. Peguei meu celular depressa. Ao pesquisar "Editora Byeokhae", apareceu o site e a localização no mapa. Significava que o lugar ainda existia. Seul, Mapo-gu, Seogyo-dong. Tinha ouvido falar que existiam muitas editoras na área de Hongdae — ou seja, Seogyo-dong — antes das editoras se mudarem para o parque editorial de Paju, no início dos anos 2000. Mas aquela editora em particular não tinha migrado e estava em Seogyo-dong desde os anos 1990 até aquele momento.

Naquele instante, meu celular vibrou. Era Hanbin. Soltei o ar pelo nariz e atendi.

— Como você responde rápido, hein.

— Haha. Você faz ideia do esforço que foi? Já tentou lidar com a minha mãe? Fiquei lá ouvindo sermão sem parar e mesmo assim consegui um baita resultado... e você ainda vem falar de empenho? Tá de brincadeira, né?

— O quê? Você conseguiu o nome da editora?

— Meu pai saiu do cursinho em 1997 e trabalhou na editora do fim daquele ano até o ano seguinte. Depois ele disse que queria ser diretor de cinema e começou a correr atrás disso.

Aquele moleque estava enrolando, se achando o tal.

— Tá, e qual é a editora?

— Tá curiosa, né?

— É a Editora Byeokhae, não é?

— Hã?! Quê?!... Ah, que saco, tirou toda a graça.

— Eu também acabei de descobrir. Então o que temos que fazer agora?

— Ué, como assim? A gente já descobriu, então é isso.

— Tenho que subir o vídeo no canal. E a Editora Byeokhae fica em Seul, em algum lugar de Hongdae. Pesquisa direitinho, vai até lá e tenta falar com o responsável pra perguntar sobre o seu pai.

— Como assim eu vou sozinho? Tenho alergia a papel impresso, odeio essas coisas de editora e jornal.

— Ah, não, e agora? Pior que eu tenho alergia a hipsters, odeio Hongdae.

— Ah, fala sério!

— Você que tem que ir lá perguntar, faz mais sentido. É seu pai. Vai lá, conversa, e se o clima for bom, eu levo a câmera da próxima vez.

Encerrei a ligação e me levantei. O Hanbin vivia dizendo esse "ah, fala sério!" para tudo. Pensei que eu estava fazendo minha boa ação do dia, dando a ele uma ótima chance de se aproximar do pai.

Depois de me deliciar num jantar tardio com a minha marmita preferida da loja de conveniência cheia de tudo que é bom e gostoso, escrevi um roteiro contando sobre a descoberta da Editora Byeokhae. Também escolhi alguns cortes para usar como inserções no vídeo. No dia seguinte, quando subisse o vídeo, teria mais um novo conteúdo. Um número considerável de inscritos já estavam curtindo o quadro "Em busca do Dom Quixote". Os comentários, o crescimento do canal, e até os poucos fãs que conquistei faziam com que eu sentisse o apoio e a energia positiva chegando até mim.

O sonho impossível do Dom Quixote era nobre. Era o motivo da existência dele. O *ahjussi* partiu numa aventura através da tradução completa de *Dom Quixote*. A mensagem era clara: embarque numa aventura em direção ao seu sonho. A ideia de um cavaleiro do interior, com mais de cinquenta anos, saindo pelo mundo para restaurar a justiça só poderia ser recebida com deboche: "Tá sonhando, né?" Mas o ser humano não pode viver sem sonhar. Eu sentia que estava numa aventura para encontrar o *ahjussi*, cujo rosto já estava ficando borrado na minha memória. E tudo isso sem ganhar dinheiro. Ainda assim, estava no momento em que mais me sentia viva em toda a minha vida, com o coração acelerado e cheia de energia. Isto é sonhar. Não o sonho que invade nosso sono durante a noite, mas o que se sonha de olhos abertos.

O dia tinha sido cheio de acontecimentos. Como Sancho dormindo sob uma tenda no campo, me enterrei no sofá-cama e tentei dormir. Foi quando meu celular tocou, às onze da noite. Era um número desconhecido. Depois que saí do emprego, não atendi mais telefonemas de números que não estavam salvos nos meus contatos. Mas, pensando bem, naquele momento eu meio que estava no modo investigadora. Atendi a ligação.

— Alô?

— Olá. É o número da Jin Sol?

Era a voz robusta de alguém na meia idade.

— Sim, isso mesmo.

— Desculpe pelo tardar da hora, é que terminei meu expediente agora. Vi seu post no site "Professores de cursinho, reúnam-se!" e estou entrando em contato. Você disse que gostaria de conversar sobre o Jang Yeongsu? Você quer saber da época em que ele trabalhou no Cursinho Sky, certo?

— Sim! Fui eu quem postei isso!

Levantei de um salto e respondi como se estivesse batendo uma continência.

20 – Too Much Talker

— Jang Yeongsu era o talento mais cobiçado dentre as pessoas que conheci quando trabalhava na área de cursinhos. Tinha tudo: era ótimo professor, tinha um bom caráter... até sabia beber sem fazer estardalhaço! Se tivesse que apontar algo, diria que ele era um pouco rígido. Mas, para um professor, essa teimosia e convicção acabam sendo qualidades que ajudam a manter o controle da aula. Então, não vejo como defeito, não. Mas me pergunto se não foi essa inflexibilidade que causou desconforto. De qualquer forma, os mandachuvas, ops, como estamos gravando é melhor usar uma expressão mais leve. Bom, os superiores preferem os mais bajuladores e quem obedece bem, né? Esse é o jeito do poder. Não tem como escapar. Quem lidera acaba se sentindo sozinho. E, na solidão, é natural que se encante por quem aparece puxando papo e fazendo média. Eu não sabia disso quando era mais jovem. Só depois de me tornar diretor que vi como é solitário. Ah, estamos aqui para falar do Jang Yeongsu, né? A gente vai chegando aos 60 anos e vai acumulando tanto arrependimento que acaba desabafando sem querer. Pode cortar as partes que não forem necessárias para o vídeo.

O diretor Park, do Cursinho Vitoriosos que ficava em Mok--dong, divagava demais. Ele falava e falava e continuava a falar sem descansar, com uma voz ardente. Ele se mostrava cooperativo com a gravação e nos ofereceu bebidas e refrescos. E, claro, também nos ofereceu conteúdo. Em outras palavras, era a entrevista perfeita.

Pelo menos até ele começar a discursar.

— Eu trabalhei no Cursinho Sky desde o começo. Sou praticamente um dos fundadores. Jang entrou no final de 1992 ou começo de 1993, recomendado por um dos ex-companheiros ativistas do diretor Bae. Naquela época, os ex-militantes do movimento estudantil sempre indicavam uns aos outros para empregos. Mas não sei muito o que acontecia nesse meio, apesar de ter feito faculdade nos anos 80 eu só estudei. O curso de matemática não é fácil. E a disparidade entre os alunos é enorme. Por isso, professores de matemática sempre foram os mais valorizados no mercado. Aliás, cheguei a ser um dos cinco melhores da Coreia do Sul! Posso me vangloriar um pouco, não é ? Naquele tempo, quando não existia aula on-line, professores como eu viajavam muito para dar aulas. Viajar para dar aula em outro lugar era um grande evento. Os alunos sabiam que não era uma oportunidade qualquer e se concentravam, com os olhos arregalados, e eu me sentia valorizado. Ah, mas isso foi depois que saí do Cursinho Sky. Tenho que falar do Jang. Olha essa minha cabeça, haha. Desculpe. Enfim, desde o começo ele já se destacava pela clareza e objetividade de suas aulas. Entre os professores, havia um forte espírito de equipe. Monitorávamos as aulas uns dos outros, promovíamos seminários para aprimorar nossas técnicas. Diferente de hoje, em que cada um só se preocupa com sua própria aula. O diretor Bae se certificou disso. Ele dizia que, para prosperarmos em Daechi-dong, primeiro tínhamos que ser conhecidos de boca a boca pelas nossas habilidades de ensino. Ele sempre enchia nossos ouvidos com isso.

— Li isso na autobiografia do diretor Bae. Diz que, tocando o cursinho com tudo, conseguiu construir um prédio em cinco anos.

Levantei a autobiografia do diretor Bae para enfatizar que já conhecia a história do cursinho. Fiz isso com a intenção de impedi-lo de se prolongar ainda mais. Ele, contudo, pediu para ver o livro e estalou a língua ao folheá-lo antes de jogá-lo sobre a mesa.

— As pessoas são assim, mesmo. Cada um lembra das coisas do seu jeito e registra do seu ponto de vista. É a versão do vencedor, né? O prédio foi construído, sim, assim como diz o livro. Claro que o diretor Bae também se esforçou para isso, porém, na minha opinião, quem mais se esforçou para isso foram os professores que trabalhavam lá naquela época, que se dedicaram de corpo e alma às aulas e aos alunos. Nós chegamos a um entendimento mútuo e decidimos causar a sensação no mercado de ensino particular. Oferecíamos um serviço totalmente diferente do dos grandes cursinhos. E o Jang Yeongsu... sabe o que o tornava diferente? Ele preparava materiais exclusivos para os alunos, listas de vocabulário para o vestibular. Como se chamava, mesmo? "As palavras em inglês do prô Yeongsu"? Bom, de qualquer forma, foi um grande sucesso. Ele também sempre comprava *topokki* para os alunos. No começo achei que fosse para cair nas boas graças deles, mas aquilo aconteceu tantas vezes. Então quando perguntei, ele disse que usava esses encontros para conversar com os alunos, entender seus pontos de dificuldade dos assuntos que estavam estudando no momento, o que eles mais queriam ganhar com suas aulas. Assim, compreendia aquele aluno e criava um vínculo de ensino, então também acabava sendo benéfico para ele. Ah, então eu senti. Comunicação e autenticidade! O Jang está realmente fazendo um esforço para se comunicar com os alunos! É que isso não é algo fácil. A gente também se cansa de ficar o dia inteiro em pé na frente dos alunos. Foi quando percebi que o Jang tinha nascido para ser professor.

— Então por que o ele saiu do Cursinho Sky? Nenhum diretor ia querer que um professor assim fosse embora.

— Ah, essa é uma boa pergunta. Tem toda uma história por trás disso.

Sentindo que o diretor Park ia começar a dar voltas, me adiantei.

— Aqui no livro do diretor Bae tem o seguinte trecho: "Depois da construção do prédio, foi com o coração pesado que percebi que não poderia mais trabalhar com os professores J., P. e K." Me perguntei se o professor J. não poderia ser o professor Jang Yeongsu, e agora me pergunto se o professor P. não é o senhor, diretor Park.

— Haha... "com o coração pesado". Não sei se é porque ele é formado em Letras, mas ele adora escrever e fez a autobiografia do jeito que quis. Mas o diretor Bae escreve muito bem, hein? E, ao meu ver, ele nos passou pra trás. Enfim, o diretor

Bae é assim: todos têm que pensar que nem ele. Não consegue aceitar que alguém se oponha ou sequer o questione. Você acha que os professores não tinham insatisfações? Mas naquela época nós não tínhamos outra alternativa a não ser seguir o entusiasmo ignorante do diretor Bae e suas decisões, que estavam mais para uma ditadura. Usando os termos de hoje em dia, hã, como é mesmo...? Ah, gaslighting. Me pergunto se não era isso.

— Hã, diretor Park. E quanto ao motivo da saída do cursinho...?

— Ah, desculpe. Sim, J. é o professor Jang, P. sou eu e K. é o professor Kim. Eu e Kim já pensávamos em sair desde 1996, estávamos cansados do diretor Bae. Eu dava aula de matemática, o Kim de coreano, e pensamos que se o Jang, de inglês, saísse com a gente, conseguiríamos abrir um cursinho com as três principais matérias. Também pensamos em abrir nossa escola bem ao lado da Sky para fazer concorrência direta e achávamos que, se o Jang estivesse com a gente, muitos alunos iriam segui-lo. Mas quando as coisas estavam difíceis para o Jang, bom, quando ele teve um filho e estava apertado, foi o diretor Bae quem deu aquela posição para ele, e ele sentia dificuldade em abandoná-lo. A gente continuou tentando convencê-lo, só que de nada adiantava. Mas no começo de 97, o professor Jang e o diretor Bae tiveram uma briga feia.

Mesmo enrolando, o diretor Park sabia contar uma história. Ele estava conduzindo a entrevista como se fosse uma de suas aulas.

— Os dois começaram a gritar um com o outro, e todos ficaram chocados. A escola inteira virou um caos. O professor

Jang, normalmente tão calmo, rugia como um leopardo enquanto confrontava o diretor Bae. Foi tenso. E o diretor, com o rosto vermelho, gritava, tentando impor sua autoridade. Foi um verdadeiro espetáculo. Mais ou menos naquela época, ele tinha demitido o orientador educacional e se encarregado pessoalmente também dessa parte de orientação aos pais. Ele tinha uma lábia única e era mestre em convencer os pais a inscreverem os filhos em mais cursos. Por exemplo, ele dizia que se seu filho só está nas aulas de gramática, se ele também fizer os cursos especiais de interpretação de texto e de escuta terá uma aprendizagem muito mais completa, em várias dimensões. Ou então, dizia que se o aluno fizesse só aquele curso sem antes dominar outros conteúdos, isso traria um desequilíbrio no aprendizado. Desse jeito. Basicamente, cursos em excesso para que a escola ganhe mais dinheiro.

O diretor Park tomou ar enquanto nos observava totalmente concentrados na história, abriu uma das garrafinhas de vitamina que havíamos trazido e bebeu tudo de uma vez.

— Então o professor Jang descobriu que um dos seus alunos também estava fazendo um desses cursos e assim se deu a briga.

— Isso mesmo. Você é esperta, hein, produtora? Quando ouvi os detalhes depois, fiquei sabendo que um dos alunos que o diretor forçou a se matricular em aulas extras era aluno de inglês do Jang, ou seja, ele já fazia uma aula e foi inscrito em mais duas. Jang considerou que aquele aluno não tinha necessidade de fazer isso e cancelou a inscrição. E o diretor? Ele ficou ofendido, é claro. Então perguntou berrando porque o Jang tinha estragado tudo quando ele tinha se esforçado tanto para convencer os pais, e o Jang até que se controlou até certo ponto, mas confrontou o diretor dizendo que aquilo não era certo. O diretor disse que ali era Daechi-dong, a linha de frente do mercado de cursinhos, e no meio daquele discurso falou uma coisa que fez o professor Jang perder a cabeça. Talvez... isso, ele perguntou: "Até quando você vai continuar dando aula com mentalidade de supletivo?"

— O professor Jang também deu aula em curso supletivo?

— Pensava que ele tinha feito isso apenas na época da faculdade como aula prática, mas ele disse que deu aula em supletivo primeiro. Lá para os lados de Guro-dong, na época em que tinha muita fábrica por lá. Ele deu aula para jovens que se preparavam para o exame de conclusão do ensino médio.

Assenti com a cabeça em silêncio.

— Então ele era enxerido desde essa época... — disse Hanbin, de uma forma que deixava na dúvida se era admiração ou sarcasmo.

— Talvez ele tenha sido enxerido, mesmo. De qualquer forma, quando o diretor falou "postura de professor de supletivo", o professor Jang agarrou o colarinho dele com um pulo, só que o diretor Bae era enorme. Passava de um metro e oitenta de altura e devia ter mais de cem quilos. O Jang até que conseguiu agarrar o colarinho dele, mas ele é magro e mal deve chegar a um e setenta, certo? No fim ele estava é pendurado. O diretor se balançou para tentar fazer com que ele se soltasse, mas o Jang não largava, e os outros professores correram para separar. Olha, a sala dos professores ficou um caos. Alguns alunos devem ter visto, porque depois surgiram boatos pelos outros cursinhos da área.

— A coisa deve ter sido grande — falei.

— Ele é mesmo o Dom Quixote, batendo a cabeça num moinho desse jeito — disse Hanbin.

— Qual a sua relação com o professor Jang? — perguntou o diretor Park a ele. — Você parece ter bastante ressentimento em relação a ele, fazendo esses comentários negativos.

Como não dava para sair daquela situação, resolvi falar a verdade.

— Este colega não é apenas meu assistente, na verdade ele é filho do professor Jang.

A boca do diretor Park se escancarou e ele encarou Hanbin. O diretor apenas o observou por um bom tempo, como se estivesse maravilhado, enquanto Hanbin continuou com sua típica expressão impassível.

O homem mais velho abriu um enorme sorriso e estendeu uma das mãos para Hanbin apertar, o que ele fez um tanto relutantemente. Enquanto isso, eu conferi o horário de partida da minha passagem de trem-bala para Daejeon.

— Senhor, será que podemos ouvir qual foi o motivo pelo qual o professor Jang saiu do cursinho?

— Ah, claro. Não posso tomar muito do tempo de vocês. Enfim, depois desse incidente, o professor Jang ficou marcado. Só que o diretor não podia demiti-lo, já que ele era o melhor da escola. Mas um dia o Jang simplesmente largou o emprego, sem nem avisar a gente. Então, eu e o professor Kim fomos atrás dele crentes que daquela vez ele concordaria em abrir um cursinho com a gente, mas não é que o Jang disse que ia sair da área de educação privada de vez? Perguntei o que ele ia fazer, o filho estava crescendo, e Jang deu um sorriso relaxado enquanto dizia que poderia trabalhar com qualquer outra coisa. Chamei ele para beber e tentei convencê-lo mais uma vez. Queria entender o porquê, sendo que eu via que ele poderia ter um futuro promissor como professor de cursinho. Foi quando falou que, depois da briga, se tornou difícil para ele ver aquele aluno, que se sentia completamente envergonhado quando estava numa sala de aula. É que, apesar de estar frequentando um cursinho em Daechi-dong, a situação financeira da família daquele aluno era difícil. Até no céu o banheiro precisa ser limpo por alguém, não é? Não é só rico que mora em Gangnam. Se não me engano, o pai era entregador de um supermercado e a mãe, faxineira de um prédio. O Jang sentiu que o sistema de educação privada estava sugando o dinheiro suado deles e estava sendo bem difícil para ele.

— Graças a isso, também foi difícil para a minha mãe.

— Hum...

— E, também graças a isso, eu cresci sem ele.

— Ah, então você resolveu viver ao contrário do seu pai? Olha, isso daria um bom objeto de estudo.

— Estou indo embora.

Hanbin se levantou. Decidi que estava na hora de finalizar a gravação e desci a câmera do tripé. O diretor Park fez movimentos de negação com a mão e nos encarou.

— Não. Não posso deixar isso acabar assim. Vocês podem ter começado a entrevista, mas eu também tenho coisas para falar. Se não ouvirem o que tenho a dizer, não vou permitir que ponham o vídeo no YouTube. Vamos sair para comer e conversar mais. Tenho que ao menos pagar uma refeição para o filho do professor Jang. Vocês não disseram que precisam pensar sobre onde ele possa estar? Então vamos embora juntos.

Isso tudo aconteceu muito rápido. O diretor Park nos guiou como se fôssemos gado e saímos da sala de reunião. Hanbin e eu acabamos mordendo a isca em relação ao upload do vídeo e tivemos que nos dirigir a um restaurante de *jokbal* que havia na frente do cursinho.

Assim que conseguimos um lugar no restaurante, remarquei minha passagem para um trem que partiria três horas mais tarde do que havia comprado inicialmente. Hanbin bebeu apenas refrigerante por estar dirigindo, então o diretor Park se concentrou em manter apenas o meu copo de soju sempre cheio. A expressão dele voltou a se tornar benevolente, e ele fez um brinde aos berros.

A última coisa que me lembro daquele dia foi de descer do carro em frente à Estação Seul e correr pela plataforma para pegar o trem.

21 - Ideias que florescem na ressaca

Acordei no estúdio. Estava deitada encolhida no sofá-cama que nem aberto estava. Meu corpo estava todo travado por conta da posição em que dormi. Logo em seguida, me levantei num sobressalto e procurei meu celular. Se existe uma caixa-preta pessoal, ela é o celular.

Felizmente, ele estava na mesa, ainda conectado ao carregador. Liguei o aparelho e tentei recuperar as lembranças confusas da noite anterior. Havia uma mensagem de Hanbin, enviada às onze da noite: "*Nuna*, vai com cuidado!" Abaixo, outra, também de Hanbin: "Não durma no trem, desça em Daejeon!" Uma figurinha de um pato fazendo o sinal de "ok" com uma das asas tinha sido enviada como resposta.

Por quem? Por mim! Maldição.

Abri o aplicativo da Korail, a empresa do trem-bala. A passagem do KTX das 23h, de Seul para Daejeon, estava lá. Eu tinha adiado a das seis para as nove horas, e depois novamente das nove para as onze. Tudo culpa daquele tagarela beberrão do diretor Park. A sua voz estridente ecoava na minha cabeça junto com a ressaca: "Só mais uma rodada", "ainda não terminei de falar".

— Ai, que inferno...

O diretor Park era um mala. Como entrevistado, até que foi útil. Ele nos deu uma visão detalhada do Dom *ahjussi* nos seus tempos de professor de cursinho, compartilhando histórias que nos permitiram preencher as lacunas do quebra-cabeça que não sabíamos. Mas não nos deu nenhuma pista sobre qual poderia ser o paradeiro atual dele, e como efeito colateral me deixou com seis horas de gravação, incluindo a bebedeira. Talvez eu enlouquecesse quando fosse editar e me visse bêbada falando bobagem atrás de bobagem.

A edição seria difícil, mas ter tanto material significava que eu poderia ter um episódio bem completo. Apesar de ser um mala, o diretor Park era uma figura e com certeza iria entreter os inscritos do canal.

Mas, veja bem, diretor Park, você não é o único mala. Agora é a minha vez de ser uma mala — com a edição. Aliviada por não ter cometido uma gafe na noite anterior, soltei um suspiro e voltei a dormir.

Passava do meio-dia quando batidas na porta me acordaram. Me levantei com dificuldade, sentindo o corpo ainda mais travado, como se eu estivesse prestes a ficar doente. Fui até a porta e notei que, mesmo fora de mim, eu a havia trancado perfeitamente — até mesmo as travas extras. Realmente, meus dez anos morando sozinha não haviam sido à toa.

— *Unnie*, você está aí?

Destravei a fechadura e abri a porta. Parada em frente a ela estava Sangeun, segurando um prato de cookies com um olhar meio preocupado e meio surpreso.

— Eca, *unnie*! Que cheiro forte de álcool é esse?

Sem forças para responder, fui me arrastando até o sofá e me larguei ali. Em vez de me seguir, Sangeun sumiu e voltou depois de um instante com um copo de gelado americano. Era, com certeza, o meu típico "café gelado americano de ressaca" — com seis doses de xarope, como sempre.

Sangeun arrastou uma caixa de plástico até a minha frente e colocou a bebida sobre ela.

— Valeu, dona do primeiro andar.

— Por que você tá falando igual um tiozão?

Me sentei e bebi o café de uma vez, como se fosse cerveja, e soltei um arroto profundo. Sangeun fez uma careta de nojo.

Como agradecimento pelo café, contei a ela sobre o duelo que foi a entrevista em Seul e adiantei o que viria no próximo episódio. Como fã incondicional do canal Dom Quixote Vídeos, Sangeun reagia com exclamações como "ai, meu Deus!", "o quê?", "não é possível!" a cada frase que eu falava.

No inverno passado, sempre que estava em dúvida sobre algum conteúdo, eu subia correndo até o primeiro andar, comprava um café e observava as reações da Sangeun. Às vezes, decidia se ia ou não ao ar com base nisso. Ao contrário de mim, que sempre fui uma criança precoce com alma de um tiozão, Sangeun era o retrato da mulher comum de vinte e poucos anos e, por isso, era o termômetro ideal para me guiar. Além disso, ambas éramos inquilinas de um prédio do qual poderíamos ser expulsas a qualquer momento.

— Esse episódio vai ser incrível! Então você tem que ficar sóbria logo, editar e postar o vídeo.

— Só porque você tá no andar de cima, agora quer agir como se estivesse acima de mim e fosse minha chefe, é? Sangeun, eu larguei tudo em Seul e me mudei pra este porão do centro de Daejeon justamente porque odeio gente mandando em mim. Então, café, sim; cobrança, não.

— Eu também trouxe cookies. Ah, eu acabei deixando os cookies lá em cima quando fui pegar o café. Espera, *unnie*.

— Não tem problema.

— São os da fornada da manhã que não ficaram tão bonitos. É o suborno de uma fã do seu canal, então pode comer sem culpa.

Sangeun voltou correndo para o andar de cima. Sejam cookies feios ou bonitos, quem sou eu para reclamar? Foi por meio da Sangeun que redescobri o valor de ter um vizinho.

Ela pensou em estudar no exterior depois de se formar em gastronomia numa universidade de Daejeon, mas acabou desistindo e abriu a própria loja com o dinheiro que tinha juntado para o intercâmbio e a ajuda dos pais, ainda relativamente jovem. Achou que seria mais tranquilo abrir uma cafeteria do que um restaurante, mas justamente por ser uma escolha comum, acabou se afundando no pântano do mercado de cafés genéricos. No começo ela ainda preparava bolos e sanduíches, contudo, logo ficou claro que aquilo era um serviço de qualidade alta demais para a realidade das cafeterias. Desde então, Sangeun estava focada apenas em refinar suas habilidades de barista, e acabou ficando apenas nos cookies.

Enquanto ela continuava a ajustar a identidade da cafeteria, eu servia como cobaia para suas receitas e compartilhava nossas preocupações em relação à estratégia dos nossos negócios. Nos ajudávamos de forma mútua. Depois que me mudei para o porão, Sangeun se encarregou até das minhas refeições. Além de jantarmos juntas, ela também me trazia acompanhamentos em conserva que preparava em casa.

Sangeun voltou com os cookies e eu agradeci enfaticamente. Ela me olhou estranho, como se eu tivesse sido aleatória, e se dirigiu para a frente da estante. Deveria estar procurando algum livro para pegar emprestado. Sempre que a via assim, sentia uma pontinha de alegria — parecia que o sistema de empréstimos do Dom Quixote Vídeos ainda estava vivo.

Depois de comer os cookies e beber o resto do café, comecei a me sentir mais disposta. Perguntei a Sangeun se não tinha problema deixar a cafeteria fechada por tanto tempo. Ela, no entanto, fez um beicinho e me disse que com a chuva não tinha clientes de qualquer forma e voltou a olhar os livros. Levantei do sofá e me aproximei da estante.

— Desculpe, senhorita, mas o livro que você pegou da última vez ainda não foi devolvido, viu?

— *Unnie*, aquele livro não é pra mim. O autor choraminga demais.

— Quer que eu te faça uma recomendação?

— Não... Achei!

Sangeun se levantou e ergueu o livro, revelando a capa: era a autobiografia de um político que foi presenteada a Jang Yeongsu. Era o livro que confirmava que o Dom *ahjussi* havia de fato trabalhado na editora Byeokhae, aquele que praticamente tinha sido o protagonista do último vídeo do canal.

— Você não vai ler isso, vai?

— *No, no.* É que no vídeo você mostrou esse livro e disse que foi com ele que encontrou a editora... foi tão emocionante! Por isso decidi vir atrás dele. Até parece diferente depois de aparecer no canal. Juro.

Sangeun folheava o livro com admiração e, de repente, começou a tirar selfies segurando-o. Isso me fez rir por um breve instante, mas logo em seguida me lembrou do fiasco do Hanbin com a editora Byeokhae e senti a raiva subir. Mesmo depois de eu ter dito para ele ir até lá pessoalmente, aquele tonto apenas ligou dizendo que queria falar com o chefe... e ainda por cima foi sumariamente recusado com um aviso claro para nunca mais tocar no assunto. Mesmo que tivéssemos ido até lá com bebidas em mãos e tentássemos apelar para a boa vontade deles já teria sido difícil... Não é possível que ele realmente achou que resolveria com um simples telefonema... Dei uma bronca nele por causa disso quando fui a Seul entrevistar o diretor Park. E não duvido que tenha sido por isso que ele passou a entrevista toda emburrado, só para me provocar.

— *Unnie*, você falou com a editora deste livro? Você não disse que precisava se encontrar com alguém de lá para encontrar o Dom *ahjussi*?

— Ai... Pois é. As coisas acabaram se complicando.

— Como assim?

— Não tem mais ninguém lá que tenha trabalhado com o Dom *ahjussi*, e o chefe nem atendeu nosso telefonema, só mandou a gente sumir. Acho que vou ter que procurar outra forma.

— Então por que você não procura outra editora?

— Como é que eu vou sair perguntando isso por aí, pra todo mundo?

— Não tem alguma associação ou coisa assim? Um site que reúna todas as editoras? Ah, e se você perguntar em uma livraria on-line, como a Yes24? Ela não é a maior livraria on-line que tem?

Fiquei olhando a Sangeun despejar um monte de ideias aleatórias na tentativa de ajudar — aquilo me pareceu ao mesmo tempo fofo e um pouco caótico. Dei um risinho e, de repente, tive um estalo.

O site de contratação de professores. Professores de cursinho, reúnam-se!

E se existisse um site no mesmo estilo para pessoas do mercado editorial? A ideia de publicar um anúncio ali e encontrar alguém que tenha conhecido o Dom *ahjussi* começou a borbulhar na minha cabeça. Afinal, tinha sido exatamente assim que eu tinha encontrado o diretor Park.

Rapidamente peguei meu celular e escrevi "emprego em editora" na busca. Sangeun disse alguma coisa, porém eu estava tão concentrada na pesquisa que nem respondi. Nada que prestasse apareceu. Voltei para a barra de pesquisa e reformulei com mais detalhes: "site de vagas para editores".

Pouco depois, encontrei um site chamado "BookEditor" por meio de uma resposta em um post de um aspirante a editor. Cliquei no link, incluído na resposta.

O slogan "Um novo mundo feito por editores" parecia me dar as boas-vindas. O ".org" no endereço, que já caiu em desuso, e a aparência desatualizada do site me deixaram com um pé atrás.

— Encontrou o site, *unnie*?

— Espera um segundo.

Explorei o site por um tempo até encontrar a seção "Área do Editor" e, dentro dela, o quadro de anúncios de vagas. Cliquei. Uau! Só naquele dia já tinham sido postados mais de dez anúncios de vagas. E quem postava os anúncios? Pelos nomes, eram claramente editoras — sem sombra de dúvida. Felizmente, aquele site ainda estava vivo.

— Hoje o jantar é por minha conta, senhorita Jeong Sangeun.

Fiz rapidamente meu cadastro e lancei um olhar cúmplice para Sangeun. Ela sorriu de orelha a orelha e me mostrou o polegar em sinal de aprovação.

Fazer um post no site frequentado por pessoas que trabalham em editoras me deixou apreensiva, e não foi pouco. Já estava sofrendo por antecedência, com medo de que meu post fosse analisado gramaticalmente e reportado como uma publicação inapropriada. Contudo, o que me restava era seguir em frente e continuar avançando. Baseei-me no texto que havia feito para o site de professores, mas dessa vez coloquei duas gotas extras de cuidado e detalhe para encontrar o Dom *ahjussi*. Por último, deixei meu número para contato e o endereço do canal do YouTube, para deixar claro que o post era legítimo.

Por incrível que pareça, às vezes boas ideias surgem no meio de uma ressaca. Como uma flor de lótus que brota da lama, uma ideia sempre acaba surgindo no meio da ressaca. Mesmo doendo, minha cabeça ainda funcionava.

Já no fim da tarde, dominei a segunda onda da ressaca com um lámen de kimchi e fui revisar a gravação do dia anterior. A gravação na sala do diretor estava ótima. Quase não tinha nada que precisasse cortar — e isso me deixou bem satisfeita. O problema era o que tinha sido gravado depois. A parte gravada no restaurante de *jokbal* mostrava o diretor Park esvaziando um copo de bebida toda vez que olhava para Hanbin com seu rosto vermelho, não sei se por emoção ou pelo álcool. E não demorou muito para que começasse a chamá-lo de "prô Yeongsu". Eu achava que àquela altura ele já estava completamente bêbado, porém, na gravação feita no pub para onde fomos depois do jantar, ele continuava firme, bebendo caneca de chope atrás de caneca de chope enquanto fazia seu discurso. E foi só aí que percebi que ele não estava bêbado coisa nenhuma.

— Diretora Jin! Vou te pedir uma coisa e você não pode esquecer!

Desde o restaurante de *jokbal*, o diretor Park já estendia suas mãos de porco para brindar e falava comigo de forma meio condescendente, do jeito típico que algumas pessoas mais velhas que acham que isso automaticamente os coloca acima dos outros. Falar desse jeito, aliás, é praticamente o item número um no kit de um tiozão. Eles adotam esse tom casual e, a partir daí, assumem a dianteira na relação com quem ainda os trata com respeito. A outra pessoa se contém para preservar a própria dignidade, enquanto o tiozão, já sem máscara, sai falando o que quer. Em outras palavras, é pura cara de pau. E a única maneira de vencer um cara de pau não é tentando envergonhá-lo — porque ele não se abala com isso —, mas sendo ainda mais cara de pau do que ele.

Eu ouvi em silêncio.

— Você não pode esquecer de colocar o logo do meu cursinho na gravação de hoje. Eu contribuí com o conteúdo, paguei as bebidas! Sou quase um patrocinador, não é? Não, patrocinador não é uma palavra boa... investidor! Isso.

— O nome do senhor e o do seu cursinho vão entrar no final do vídeo como apoiadores, com destaque.

— Apoio... ah, fraco demais. Não dá pra deixar mais chamativo, não?

— Posso destacar com bastante ênfase, dizendo que o senhor contribuiu muito na gravação de hoje. Bom, qualquer um que assistir vai perceber isso, já que tem tanto carisma! — respondi, tentando ao máximo não soar cínica.

Ele se mostrou satisfeito e virou a caneca de chope de uma vez.

O resto da gravação era tão constrangedor que eu quase fechei os olhos para não ver. No vídeo, o diretor Park insistia em querer ver a versão não editada antes do upload e eu berrava com ele, dizendo que, como diretora-geral, tinha autonomia total sobre a edição e que não podia mostrar nada antes da postagem. Com o rosto vermelho de raiva, ele insistia, resmungando, e perguntava se a legenda com "apoio" não podia ser trocada por "investimento na produção". E então, do nada, perguntou se eu não queria ser diretora de planejamento no cursinho dele — disse que eu podia cuidar do canal do YouTube e da divulgação — e começou a imaginar tudo sozinho. Recusei meio sem jeito, e, para apaziguar o drama, acabei até colocando o braço em seu ombro e brindando com ele.

Hanbin filmava tudo, soltando um risinho disfarçado. Usando a desculpa de que estava dirigindo, ele ficou só no refrigerante, bebendo aos poucos no bar. E, ainda assim, lá estava ele, se divertindo enquanto gravava meu bate-boca com o diretor Park.

Bem que dizem que até um tigre, ou melhor, um gato mia quando falam dele (não dá para comparar esse cara com um tigre de jeito nenhum): recebi uma ligação de Hanbin naquele momento. Bufei antes de atender.

— E aí, minha *nuna* bebum, sobreviveu?

— Você é mesmo meu colega de trabalho?

Respondi dizendo que eu já tinha me levantado há tempos, resolvido pendências, revisado toda a filmagem do dia anterior e no momento estava me preparando para editar o vídeo. Em seguida, critiquei a covardia do Hanbin, que ficou de fora enquanto eu segurava as pontas com o diretor Park. Ele rebateu dizendo que alguém precisava manter a sanidade e me lembrou que foi ele quem me levou de carro até a Estação Seul. Claro que eu estava agradecida por isso, porém deixei bem claro que, dali pra frente, se um bebesse, os dois tinham que beber, e para onde um fosse, o outro seguia.

— Certamente, senhora Jjin-Sancho. Eu sou apenas o humilde burrinho que carrega a senhora Sancho por aí.

— Chega. Olha, essa edição vai ser um estouro. Consegui manter os direitos totais de edição mesmo no meio daquele caos. O diretor Park até testemunhou em frente à câmera dizendo que poderíamos usar o material como quisermos e selou o acordo comigo com um aperto de mãos.

— Eu também gravei isso.

— Bom trabalho. Feliz agora?

— Pare de me azucrinar, senhora. Eu também larguei tudo do meu trabalho para focar nisso.

Eu ainda não fazia ideia de qual era exatamente o trabalho dele, mas resolvi ignorar.

— É mesmo. Bom trabalho, motorista Jang. Ah, e sobre aquele contato com a editora que você não conseguiu, fiz uma busca e encontrei um site visitado por pessoas do ramo editorial. Deixei um post lá. Se algum conhecido do Dom *ahjussi* responder, você vem comigo, né?

— Mas é claro. *Nuna*, acho que a gente tá indo bem. As coisas estão começando a ficar interessantes. Haha.

— Você quer ver o seu pai, não quer?

— Hã?

— Perguntei se você quer ver o seu pai.

— Não sei.

Fiquei sem palavras diante da pronta resposta de Hanbin. Ele ficou um momento em silêncio antes de prosseguir.

— Mas tenho que encontrar ele, de qualquer forma.

— ...É.

Depois de encerrar a ligação e finalizar as configurações da edição, percebi que a pequena luz que entrava no meu porão havia sido substituída pelo brilho dos postes de rua. Subi para a cafeteria, ajudei Sangeun a finalizar seu trabalho e, depois, fomos jantar na rua Euneungjeongi antes de voltar para casa. Enquanto lavava as mãos, preparando-me para começar a edição de verdade, ouvi meu celular vibrar. Apressadamente, peguei uma toalha e enxuguei as mãos.

Havia uma nova mensagem. Bastou uma olhada rápida na tela para perceber que era uma resposta ao meu post no BookEditor. Abri a mensagem, louvando mentalmente a World Wide Web.

Ouvi dizer que você está procurando o Jang Yeongsu, vulgo Dom Quixote.

Conferi o canal do YouTube que você linkou e pude sentir sua sinceridade.

Ótimo! As bolinhas que indicam que a outra pessoa está digitando apareceram na janela da conversa. Fiquei de olhos arregalados, esperando a próxima mensagem aparecer.

Hoje em dia as pessoas inventam cada história ridícula para se divulgar no YouTube, hein?

Pare de mendigar atenção aqui no nosso site e suma kkkkk.

Ah, caramba. Então trabalhar com livros realmente não torna uma pessoa culta. Não, na verdade, talvez seja aqui que se concentrem os piores tipos de intelectuais. Soltei um longo suspiro, que veio lá do fundo do peito, e bloqueei o número que tinha me enviado a mensagem.

22 - De Daejeon até Tongyeong

Passei a noite em guerra com a edição, e quando finalmente terminei o vídeo, intitulei-o de: "O impactante testemunho do colega de trabalho do Dom *ahjussi*." Depois de fazer o upload, desabei e perdi a noção de quanto tempo dormi.

Quando acordei, havia mais algumas mensagens não muito diferentes da do dia anterior. Tinha de tudo, desde cantadas ridículas como "te procurei no YouTube e te achei bem interessante, quer sair comigo?", até teorias completamente absurdas como "o editor Jang Yeongsu estreou como romancista há alguns anos com o pseudônimo Jean Valjean". Aquilo só me confirmava que o mercado editorial tinha mais idiotas do que eu imaginava.

Cheguei a cogitar visitar pessoalmente a Editora Byeokhae. Conferi os créditos dos livros recentemente publicados pela editora e o nome do CEO ainda era o mesmo. Ele certamente se lembraria de algo sobre o Dom *ahjussi*. Mas depois da experiência exaustiva com o diretor Park, eu simplesmente não tinha coragem de encarar outro homem daquela geração. No fim, só me restava confiar no site BookEditor e ir bloqueando uma a uma aquelas mensagens ridículas e absurdas.

Abri o YouTube e comecei a gerenciar o canal. Fui arrancando, sem parar, os comentários maldosos que brotavam como ervas daninhas, usando a opção "ocultar usuário". Registrei numa planilha do Excel o número de visualizações, tempo de exibição, curtidas, comentários e compartilhamentos dos quatro vídeos postados nos últimos quinze dias, além de conferir a variação no número de inscritos. Era essencial analisar constantemente as estatísticas para entender o que o público em geral preferia — só assim seria possível aumentar as visualizações e os inscritos. A monetização do canal do YouTube dependia do número de visualizações e do tempo de reprodução — e esses números pareciam crescer proporcionalmente ao aumento de inscritos.

Felizmente, eu já tinha alcançado no início do ano os requisitos mínimos para monetização do canal: mil inscritos e quatro mil horas de exibição acumuladas. Empolgadíssima, solicitei a ativação dos anúncios e, três semanas depois, recebi a aprovação do Google. Desde então, os números vinham crescendo de forma consistente, mas foi com a série "Em busca do Dom Quixote" que a popularidade do canal disparou e já ultrapassava a marca de dez mil inscritos.

Ganhava em torno de 200 a 250 mil wons por mês. Minha primeira meta era atingir 300 mil por mês, para então conseguir cobrir o aluguel do estúdio apenas com a renda do YouTube. Se eu conseguisse encontrar o Dom *ahjussi* e compartilhasse nossa história em um vídeo, era bem provável que as visualizações disparassem.

Ou seja, a jornada para encontrá-lo estava diretamente ligada ao crescimento do canal Dom Quixote Vídeos. Ao mesmo tempo, era também minha própria aventura. No momento em que me reencontrei com esse espaço e pendurei o letreiro da Dom Quixote Vídeos, senti uma saudade imensa do *ahjussi*. Assim como eu revivia memórias do *ahjussi*, o canal Dom Quixote Vídeos ganhava vida. Mas eu não estava atrás dele só para fazer o canal bombar. Encontrá-lo era o mais importante para mim. E o processo de entender o porquê — e de fazer com que meus seguidores também compreendessem — era o que dava verdadeiro significado a tudo.

Depois de passar um bom tempo curvada no computador organizando as estatísticas do YouTube, a ponto de sentir dor no pescoço, a fome começou a bater. Peguei o celular para chamar Sangeun para comer *topokki* e me deparei com mais uma mensagem tão absurda a ponto de me fazer perder o apetite. Droga!

Pouco depois, Sangeun respondeu empolgada: "Topo!" Resolvi dar uma última conferida nos meus e-mails antes de sair. Foi então que vi um e-mail de um remetente desconhecido, recebido no dia anterior, e novamente perdi o apetite. Mas dessa vez não era mais um absurdo qualquer. O conteúdo do e-mail era tão claro, preciso e impactante que minha mente ficou completamente absorvida e eu até me esqueci da fome.

> Olá. Estou entrando em contato por conta da sua postagem no BookEditor.
>
> Moro no interior e trabalho com tradução, mas cheguei a trabalhar como editor da Editora Byeokhae durante o período que você mencionou.

Jang Yeongsu era meu colega de trabalho, e entramos em contato algumas vezes depois que ele saiu da editora. No entanto, já faz muito tempo que perdi contato com ele. Gostaria de ter notícias.

Também acessei o link que você enviou do canal do YouTube. Por meio das suas memórias tão cuidadosas, pude descobrir que o Jang Yeongsu era chamado de Dom (Quixote) *ahjussi* e que era amado por vários jovens. Isso me fez sorrir. Ele é alguém que, se recebesse de volta ao menos metade do carinho que ofereceu, já seria plenamente feliz. Sem perceber, me peguei torcendo para que você e o filho de Jang Yeongsu conseguissem encontrá-lo logo.

Não sei se será de grande ajuda, mas se precisar de alguma informação sobre Jang Yeongsu, ficarei feliz em compartilhar o que lembro. Só prefiro não ter minha imagem nem voz no YouTube. Além disso, moro no interior e não estou numa situação na qual possa deixar minha casa por muito tempo, então gostaria de pedir que a entrevista fosse feita por telefone ou, se possível, que você me visitasse. Espero que compreenda... Aguardo sua resposta.

Atenciosamente,

Kim Seung-ah

A maneira precisa e atenciosa como ela escrevia deixava evidente que era alguém acostumada a lidar profissionalmente com textos. O fato de ser tradutora também dava mais credibilidade ao e-mail. Mas foi o trecho em que ela disse ter mantido breve contato com o Dom *ahjussi* depois dele sair da editora que me fez cerrar os punhos.

É ela. Eu tenho que me encontrar com ela.

Mandei uma mensagem para Sangeun avisando que um assunto urgente tinha surgido e que precisaríamos adiar nosso *topokki* para dali a 30 minutos. Depois, endireitei a postura e me concentrei em escrever a resposta.

— *Nuna*, será que essa mulher teve um caso com meu pai?

— Até parece.

— Ah... se for verdade, vai ser complicado. Meu pai se divorciou em 1999, lembra?

— Não acho que o Dom *ahjussi* seja esse tipo de pessoa.

— Ó, ultimamente você anda pintando meu pai como uma pessoa incrível. É de propósito, né? É para aumentar o interesse dos inscritos nele, né? Você realmente acha que ele é uma pessoa tão incrível assim?

— Se não achasse, não estaria procurando por ele.

— Quer dizer que você não está tratando meu pai apenas como um conteúdo para o seu canal? Sei não, hein.

— Você deve achar isso porque ele é seu pai. Mas eu realmente acredito que o Dom *ahjussi* é uma pessoa pura. Quanto à palavra que você usou, "caso", não gosto muito dela. Parece colocar no mesmo saco todas as diversas relações que podem existir entre um homem e uma mulher. Também existe amizade, companheirismo, afeto... faz sentido colocar tudo isso numa palavra que só tem a ver com sentimentos de romance?

— Ahh. Então será que eles eram tipo, "marido e mulher de escritório"?

— Ei! Não sabe o que é contexto?!

— Não sabe o que é piada?!

— Chega de papo. Só dirige.

— Você vai revezar comigo, né? Já estou dirigindo desde Seul.

— Eu não te falei? Não tenho carteira de motorista.

— *Nuna*, se você não tem carteira tem que ouvir o que o motorista tem a dizer e fazer bem o seu papel de copilota.

— Entendi, foca na estrada.

— Ahhh... que sono.

O teimoso do Hanbin bocejou e fez ceninha. Vai mesmo dirigir com sono? Então que morramos juntos! Não sou o tipo de pessoa que se deixa abalar por uma brincadeira dessas.

Dessa vez, o carro que ele trouxe era um modelo nacional de segunda mão. Toda vez que a gente se encontrava, a cada duas semanas mais ou menos, ele estava com um carro diferente — e sempre um pior do que o anterior. Parecia que as coisas não iam bem para ele também.

No fim da estrada que começava em Daejeon estava a cidade onde morava nossa entrevistada do dia, a tradutora Kim Seung-ah. Tongyeong. Até o lugar onde ela morava exalava uma atmosfera literária, e eu já sentia um peso enorme só de pensar em cada uma das perguntas que faria. Além disso, me preocupava ainda mais sobre como interpretar as palavras carregadas de sentimentos que ela escolheria para responder.

Depois de estacionarmos no mercado de peixes de Jukrim, em Tongyeong, caminhamos até uma cafeteria a cinco minutos dali. Senti como se um peso tivesse saído do meu peito ao ver o mar depois de tanto tempo, mas isso não foi o suficiente para aliviar a tensão. Ao contrário de mim, Hanbin parecia aliviado por ter terminado de dirigir e não parava de tirar fotos do mar com o celular. A praia de Jukdo era bonita, porém os verdadeiros pontos turísticos em Tongyeong ficavam na área antiga da cidade, como a Praça da Batalha de Hansan e a vila Dongpirang.

O episódio de *Desbravadores de cidades* em Tongyeong teve uma recepção bem positiva. Aproveitando que quase todos os conteúdos turísticos focam no centro histórico, escondemos a última pista em Jukrim, a parte nova da cidade — essa foi a grande reviravolta do episódio. Na verdade, quando viajamos para uma cidade por menos de três noites, é fácil nos limitarmos apenas aos pontos turísticos mais famosos. O episódio de *Desbravadores de cidades* em Tongyeong refletiu a proposta do programa de não apenas explorar os pontos turísticos, mas de também registrar cenas cotidianas da cidade. Por isso conseguimos uma recepção tão positiva.

— Não está com fome, *nuna*? A gente tem que comer a especialidade da cidade, o *chungmu kimbap*.

— Esta área não é turística. Tem que ir para o centro histórico para encontrar *chungmu kimbap*. E já está na hora do nosso compromisso.

— Ah, fala sério. Pelo menos me alimente antes de me botar para trabalhar! Saí de Seul às nove sem café da manhã, te peguei em Daejeon ao meio-dia e vim dirigindo direto até aqui, ainda não fiz sequer uma refeição!

Parei de andar e o fuzilei com o olhar.

— E o espeto de peixe que você comeu na parada? E o espeto de massa de arroz com salsicha? E o café??

— Isso é lanche, não comida de verdade.

— Bom, foi você quem pagou, então ok, mas e o seu carro? Seu carro comeu bastante. Como pode estar com o tanque quase vazio assim que chegou em Daejeon e me fazer completar? Foram mais de 60 mil wons de gasolina, seu cara de pau.

— Isso não entra como custo do seu canal? Você disse que está ganhando dinheiro com ele. E alguém te forçou a abastecer?

— Cala a boca. Eu vou te empanturrar de *chungmu kimbap, kulppang* ou o que for depois da entrevista, então se controla!

— *Kulppang*? O que é isso?

— É um pão doce perfeito para alguém como você, que só quer saborear as coisas boas da vida enquanto eu dou duro.

Virei de costas, chequei no celular a localização do café e apertei o passo. Ele veio resmungando atrás de mim.

23 – A hora de escutar a história

O café exibia orgulhosamente uma vista deslumbrante do mar aberto através de amplas janelas curvas. E uma mulher de meia-idade que parecia Kim Seung-ah estava sentada em uma mesa bem em frente a elas. Como ela era a única cliente na cafeteria que não estava acompanhada, fomos direto até ela. Sentindo nossa aproximação, ela se virou e se levantou.

Era baixa, não parecia estar mais alta em pé do que quando estava sentada, e o corte de cabelo curto e juvenil não combinava com alguém que passava dos cinquenta. Apesar da aparência delicada e jovem, os lábios firmemente fechados, o olhar penetrante por trás dos óculos de aro preto e o elegante conjunto de blazer e calça roxa emanavam uma presença marcante.

A senhora inclinou levemente a cabeça como cumprimento antes de nos indicar os lugares à sua frente com um gesto de mão. Depois de cumprimentá-la com uma voz animada, me sentei com Hanbin.

— Então, você deve ser a Jin Sol e você, o filho do senhor Jang Yeongsu.

— Sim, sou filho dele. Me chamo Jang Hanbin — respondeu ele, com simpatia.

— Sou Jin Sol. Agradeço por ter entrado em contato primeiro e aceitado nos encontrar.

— Eu é que agradeço por terem vindo de tão longe. Mas antes de começarmos, escolham algo para beber. Estamos na minha cidade, então é por minha conta.

Escolhemos nossas bebidas, seguindo as instruções tranquilas de Kim Seung-ah. Ela foi até o balcão e Hanbin sugeriu gravar a conversa, pois não achava que ela fosse se incomodar. Mas eu fui firme: tínhamos um combinado, e isso estava fora de questão.

Ela voltou carregando dois copos de cafés gelados americanos, e, para minha surpresa, também trouxe duas fatias de cheesecake. Senti um pequeno alívio. Murmurei um agradecimento e espetei o garfo na lateral da torta, desmanchando um pedaço. Hanbin foi mais rápido e logo pegou o pedaço que eu tinha acabado de desmanchar. Me esforçando para manter a expressão neutra, recomecei a árdua tarefa de desmontar o cheesecake novamente. Kim Seung-ah falou para que comêssemos com calma e voltou ao balcão para pegar o refil do próprio café.

Depois de aplacar a fome com café e torta, finalmente demos início à entrevista. Ela contou que trabalhou com o Dom *ahjussi* na Editora Byeokhae por pouco mais de um ano. Ele saiu da empresa primeiro, e alguns meses depois, ela também pediu demissão. Depois disso, passou por mais duas editoras antes de deixar o ramo editorial e voltar para a cidade natal, Tongyeong. No momento, trabalhava traduzindo manuais de equipamentos e produtos importados para empresas da região de Gyeongsang do Sul, incluindo Busan e Changwon.

— Hoje em dia, não tenho tantos trabalhos de tradução. Mas sempre tem coisa para fazer. Preciso ajudar meu marido no restaurante de frutos do mar e, no ano que vem, meu filho vai para o último ano do ensino médio, então também preciso cuidar dos estudos dele para o vestibular. — Ela soltou uma risada autodepreciativa. — Na verdade, fiquei sabendo do post no Book Editor por uma antiga colega. Ela tem uma pequena editora agora e entrou no site para procurar alguém para contratar. Foi aí que viu a postagem e me avisou. Aliás, ela também trabalhou na Byeokhae.

— Então essa pessoa também trabalhou com o Jang Yeongsu?

— Sim. Mas ela não era próxima dele, então não tinha o que falar, por isso me falou sobre a postagem. Eu era mais próxima.

— Meu pai era um excluído?

— Acho que não seria correto dizer isso. Mas, de certa forma, ele começou como alguém solitário. Como era um conhecido do dono da editora, entrou direto como coordenador editorial, o que não ajudou muito. E como a maioria dos funcionários era mulher, e ele era um homem casado, acabou ficando meio deslocado. Naquela época, entre os onze funcionários, apenas três eram homens, mas o diretor e o gerente de vendas quase nunca estavam no escritório. Então, Jang Yeongsu era o único homem que trabalhava diretamente conosco. Usando um termo atual, ele era alguém de fora do rolê. Falei certo?

— Então, como vocês dois acabaram se aproximando?

— Pelo que mais funcionários de uma editora se tornariam próximos? Por causa do trabalho, claro.

Kim Seung-ah respondeu de forma despreocupada e tomou um gole de café, como se estivesse apenas umedecendo a garganta. Eu esperei em silêncio. Depois de pousar a xícara, ela começou a contar sobre sua relação com o Dom *ahjussi* desde os tempos na Editora Byeokhae até os anos seguintes. Sua voz era tranquila, mas carregava uma energia constante, como se cada palavra tivesse um propósito.

Ela contou que entrou no mercado editorial depois de abandonar o doutorado em inglês, começando como editora de livros de língua inglesa. A Editora Byeokhae foi seu segundo emprego, onde seu trabalho consistia em avaliar a viabilidade de publicação de livros em inglês, contratar tradutores e revisar os manuscritos traduzidos. Mas, cerca de seis meses depois de sua entrada, uma nova tarefa lhe foi atribuída: traduzir o livro de um especialista americano em modificação comportamental sobre autotransformação. Durante três meses, ela se dedicou à tradução dessa obra para vê-la ser publicada com o nome de outro tradutor, um apresentador de TV e professor de filosofia de uma universidade de renome chamado Han Hoseok.

Após promovê-lo em programas de TV, o professor viu a obra se tornar um best-seller e começou a viajar pelo país dando palestras, aumentando ainda mais sua fama. Enquanto isso, ela se tornou uma "tradutora fantasma", sem o nome em lugar algum do livro, sem reconhecimento e sem qualquer tipo de compensação adicional. Muito pelo contrário: assim que o livro começou a vender bem, o diretor da editora a chamou e a ameaçou, dizendo que, se ela dissesse uma palavra que fosse sobre o caso, ela não só seria demitida como também responderia civil e criminalmente.

— Foi como se eu tivesse virado um fantasma de verdade. Os funcionários sabiam, mas faziam silêncio, e eu também não tinha para quem desabafar. Achei que tinha recebido uma oportunidade, então me dediquei com entusiasmo à tradução e nem pensei muito na remuneração. Mas, no final das contas, o livro não sairia com meu nome. Talvez tenham pensado que eu não me dedicaria tanto se soubesse que não seria creditada desde o começo. Ou simplesmente acharam que eu era alguém que não merecia nem uma explicação.

Kim Seung-ah contou com serenidade uma história que bastava ouvir para causar indignação. Seria porque o tempo fechou essa ferida? Ou porque ela encontrou alguma espécie de entendimento? Sua calma só fazia com que eu e Hanbin nos aprofundássemos ainda mais na história.

Foi justamente nesse período, quando Kim Seung-ah estava desanimada com tudo, que o Dom *ahjussi* entrou na Editora Byeokhae. A primeira tarefa dele foi organizar em um manuscrito suas memórias como professor de cursinho em Daechi-dong. Mas o projeto acabou sendo encerrado em apenas dois meses. Não importava como ele escrevesse, a conclusão do texto era sempre a mesma: o ensino privado era um problema e o ensino público estava completamente sucateado. O chefe desaprovou, dizendo que assim o livro não venderia, e no fim suspendeu o projeto.

O próximo trabalho do Dom *ahjussi* foi traduzir e publicar um clássico da literatura mundial que já estava em domínio público e ainda não tinha uma edição completa em coreano.

Era nada mais, nada menos, do que Dom Quixote. O chefe argumentou que, até então, só havia versões resumidas do livro no país, e quase todas focadas no primeiro volume. Então, se lançassem a obra completa, isso chamaria atenção e garantiria boas vendas. Contudo, seria difícil e caro de contratar um tradutor especializado em espanhol, o chefe optou por uma tradução indireta a partir da versão em inglês, e designou o Dom *ahjussi* para a tarefa. Ou seja, como não haveria custo com direitos autorais nem com tradutor, ele concluiu que o projeto renderia bons lucros.

Kim Seung-ah só soube mais tarde por que o Dom *ahjussi* aceitou uma situação tão absurda. No início, ele tentou negociar um pagamento separado pelo trabalho de tradução, além do salário, mas não adiantou. Então, aceitou o trabalho após receber uma declaração por escrito garantindo que seu nome seria creditado como tradutor no livro. Apesar das condições da empresa serem um disparato, ele tinha um filho para criar e não podia simplesmente largar tudo. Pelo menos, queria garantir que seu nome estivesse atrelado ao trabalho que faria. Quando ouviu isso, Kim Seung-ah ficou em choque. O que ela havia feito para proteger o que era seu, assim como Jang Yeongsu estava fazendo? Será que havia sequer tentado? Ou será que apenas deixou a dor e frustração consumirem tudo sem lutar? Sempre que via o professor Han na televisão, sentia literalmente dores no estômago. Nunca conseguiu se livrar da indignação.

O Dom *ahjussi* mergulhou completamente na tradução de Dom Quixote. Sempre que tinha dificuldade na parte da tradução, procurava Kim Seung-ah e pedia conselhos de forma quase acanhada: "Eu posso ter sido um dos melhores professores de inglês, mas você é quem tem mais experiência na área de publicação, então queria te perguntar uma coisa..." Quando o inglês não bastava para entender certos trechos, os dois até recorriam à edição japonesa para sanar suas dúvidas.

— Traduzir esse livro é, ao mesmo tempo, um grande desafio e uma grande aventura. O fato de não saber espanhol é uma tristeza que carregarei para sempre, mas mesmo por meio do inglês, darei tudo de mim para apresentar devidamente essa obra-prima de Cervantes ao público coreano.

Ele dizia isso não apenas para Kim Seung-ah, mas para todos da empresa. Parecia tanto uma promessa para si mesmo quanto uma confissão de fé involuntária de alguém tomado por uma paixão absoluta.

— Enquanto ajudava o Jang Yeongsu com a tradução, foi como se eu estivesse presenciando, de verdade, o momento em que ele se tornava o Dom Quixote da história. Quando percebi, ele já tinha se adaptado completamente à editora, e começou a levantar a voz contra os absurdos e as injustiças da empresa. O chefe vivia reclamando, dizendo: "Eu pedi para você traduzir Dom Quixote, não para virar ele!" Mas o Jang não se importava. Questionava tudo, desde os pequenos benefícios não pagos aos funcionários até os royalties atrasados dos autores, deixando o chefe numa saia justa. Quando confrontava o chefe, jogava na cara dele que um veterano do movimento pela democracia não deveria estar ajudando a perpetuar um sistema tão injusto. O chefe ficava tão acuado que chegou a se esconder no banheiro. Mas ele também não conseguia simplesmente ignorá-lo, já que se tratava de um *hubae* tão próximo, alguém menos experiente dentro daquela hierarquia, e Jang sabia disso. Ele usava essa posição para se tornar nosso escudo. Um dia, percebemos que todos na empresa o seguiam.

O incidente que mudaria tudo aconteceu no final daquele ano, durante a festa de confraternização da editora, quando o professor Han compareceu. Ele era um homem alto e imponente, com um excelente faro para o que funcionava na televisão. No entanto, era também o tipo de pessoa que precisava ser o centro das atenções, que gostava de ser reverenciado pelos outros. Sempre que ia à editora, todos tinham que tratá-lo com a máxima deferência, desde o dono até os demais funcionários.

Kim Seung-ah passou a noite sem conseguir comer nada, tentando a todo custo evitar cruzar olhares com ele. Mas o professor Han a chamou para perto e serviu-lhe um copo de cerveja. Ela não queria beber, mas, sob o olhar fixo dele, não teve escolha senão esvaziar o copo. Foi nesse momento que ele tirou um envelope do bolso e entregou a ela, dizendo que a tradução inicial dela estava tão crua que ele praticamente teve que refazê-la do zero, mas que, de todo modo, ainda assim era grato pelo seu esforço. Kim Seung-ah ficou paralisada. Era como se não apenas sua mente, mas todo o seu corpo tivesse congelado. Como ela não reagia, o chefe ao lado apressou-se em dizer para que aceitasse logo. Com grande esforço, ela estendeu a mão e pegou o envelope.

— Será que nada mais teria acontecido se eu tivesse parado por ali? Às vezes penso nisso. Que certas palavras funcionam como anzóis, fisgando sentimentos que se escondem nas profundezas da gente como peixes no fundo do mar e os puxando para a superfície.

Foi possível notar uma leve rachadura na calma que ela mantinha até então.

— O professor Han pareceu incomodado com o fato de eu não ter recebido o envelope com alegria e disse: "Uma pessoa precisa saber ser grata. Considere isso uma boa experiência. Se continuar se esforçando, um dia também terá seu nome reconhecido." Tirando mínimos detalhes, ele me disse a mesma coisa que o professor da minha pós-graduação me disse quando publicou minha dissertação como se fosse dele. Foi de arrepiar.

Ao ouvir aquilo, Kim Seung-ah rasgou o envelope que segurava nas mãos. O peso da fúria deu força ao gesto, e ele se rasgou sem resistência. As folhas de cheque que estavam dentro também se partiram em quatro pedaços, depois em oito. Todos — o professor Han, o chefe, os demais presentes — ficaram imóveis, sem saber o que fazer diante daquilo. Um instante depois, o professor Han pegou o cigarro que estava fumando e o atirou nela. O gesto veio acompanhado de insultos e palavrões. Mas, aos ouvidos de Kim Seung-ah, aquilo já não parecia a voz de um ser humano. Então, ele se levantou abruptamente, avançando em sua direção com a mão estendida. Os colegas ao redor se juntaram para contê-lo, mas ela não sentiu medo. Manteve os olhos bem abertos e encarou aquela fera em surto.

Foi quando o Dom *ahjussi* entrou no meio dos dois. Ele pediu para o professor Han se acalmar, o que o deixou ainda mais furioso e fez com que berrasse para Kim Seung-ah que ela era louca. O chefe começou a pressioná-la, dizendo que se ela não pedisse desculpas imediatamente, ele não deixaria barato. E foi naquele instante que ela decidiu dizer a verdade.

"Eu não sou louca, como você diz. Sou a verdadeira tradutora do livro que você diz ter traduzido. Entendeu? Eu traduzi e editei esse livro. Ele ficou nas minhas mãos até o último instante, antes de ser lançado ao mundo. Então você não tem o direito de me dar esse tipo de conselho."

Assim que Kim Seung-ah terminou de falar, o Dom *ah-jussi* se virou para o professor Han, que ainda estava fora de si.

— Jang Yeongsu segurou firmemente o ombro do professor Han, forçando-o a encará-lo, e fez uma pergunta. O professor, ainda fervendo de raiva, despejou os xingamentos que antes eram só para mim nele também. Mas Jang não se abalou e, daquela vez, perguntou ao chefe. O chefe apenas balançou as mãos no ar, impaciente, e deu as costas. Então, Jang voltou a falar com o professor Han, e daquela vez eu ouvi exatamente o que ele disse.

"Peça desculpas."

— O professor Han ficou parado por um instante, como se tivesse levado um tapa no rosto. Mas logo voltou a gritar.

"E quem diabos você pensa que é pra me mandar pedir desculpas, seu idiota?!"

"Se você fez isso, peça desculpas e corrija os créditos na próxima impressão."

"Fiz porque o seu chefe pediu! E desde quando ela traduziu alguma coisa?! O texto estava um lixo, eu tive que refazer tudo! O que vocês acham que estão fazendo? Porque sou famoso, acham que podem se aproveitar de mim? Que eu vou deixar barato? Vocês estão todos loucos, bando de desgraçados!"

— O professor Han sacudiu o braço para se livrar de Jang e se virou, com uma expressão de nojo, como se tivesse pisado em algo imundo. Mas Jang segurou o braço dele com firmeza.

"Solta! Eu mandei soltar!"

"Peça desculpas antes de ir. Você sabe que errou."

"Não vai soltar?"

— Jang nem se moveu. O professor Han o golpeou sem hesitar, como se achasse que palavras não fossem mais necessárias. Não lembro se foi tapa ou soco. Só lembro de Jang resistindo como podia, agarrado ao braço do outro. O professor desferiu insultos e socos sem parar, e Jang, mesmo enquanto era atingido, continuava repetindo que ele deveria pedir desculpas. Só quando o dono e os funcionários do restaurante se meteram que finalmente conseguiram separá-los.

A descrição era tão vívida que tanto eu quanto Hanbin ouvimos sem sequer respirar. Kim Seung-ah fez uma pausa para recuperar o fôlego e continuou contando o que aconteceu depois.

O professor Han foi embora imediatamente, mas o Dom *ahjussi* ficou lá até a chegada da polícia. Nem mesmo os gritos irritados do chefe, que já não sabia mais como contê-lo, o fizeram arredar o pé. Ele só foi embora depois de reportar o incidente à polícia e seguiu direto para o hospital. O diagnóstico: fratura na órbita ocular, dentes danificados, oito semanas de recuperação. O próprio *ahjussi* redigiu o processo contra o professor Han.

O professor Han contratou um escritório de advocacia renomado e alegou agressão mútua. O *ahjussi,* sem advogado, defendeu a si mesmo no tribunal. Kim Seung-ah prestou depoimento como testemunha do que havia visto. Mas o golpe fatal veio com os laudos médicos de ambas as partes. As lesões do Dom *ahjussi* eram visíveis e condiziam com o diagnóstico oficial do hospital, mas o mesmo não podia ser dito sobre o professor Han. O rosto dele estava inacreditavelmente intacto para alguém que alegava ter sido agredido. A defesa tentou argumentar que ele tinha ficado com hematomas no rosto que já haviam sumido, e que, como figura pública, ele sofrera um dano irreparável. Só que essa versão foi justamente o que o destruiu. De alguma forma, o Dom *ahjussi* conseguiu obter e apresentar no tribunal a gravação de um programa de TV exibido no dia seguinte ao incidente. Na tela, o rosto do professor Han apareceu imaculado, sem um arranhão. *Game over.*

Os advogados do professor Han argumentaram que os hematomas haviam sido cobertos com maquiagem para a gravação, mas ficaram sem resposta quando o *ahjussi* pediu para que eles explicassem como o inchaço poderia ter desaparecido em menos de um dia.

— Mais tarde, perguntei ao Jang Yeongsu se ele tinha feito tudo aquilo já esperando vencer a briga no tribunal. Ele respondeu: "Eu posso até ter sido o melhor professor de inglês, mas minha formação original é em Direito. Entendo um pouco dessas coisas."

O professor Han foi derrotado na primeira instância e entrou com recurso ao mesmo tempo que enviava uma proposta de acordo ao Dom *ahjussi*. O erro fatal da equipe dele foi subestimar o adversário. Além disso, com a exposição do caso a verdadeira origem do conflito veio à tona: a tradutora fantasma do livro do professor Han. Isso gerou controvérsia. Quando a imprensa começou a investigar o assunto, a equipe dele concluiu que a melhor estratégia para minimizar o impacto seria um acordo que reduzisse tanto a sentença quanto a atenção da mídia.

O Dom *ahjussi* impôs uma única condição para o acordo:

"O professor Han deve realizar uma coletiva de imprensa e pedir desculpas publicamente por assinar uma tradução feita por outra pessoa."

Essa exigência não apenas atingiria em cheio a carreira do professor Han, mas também abalaria profundamente a editora, que teria que abrir mão de um best-seller. O dono da editora implorou ao Dom *ahjussi*, dizendo que ele não estava arruinando apenas o professor Han, mas também a editora e todos os funcionários, que perderiam os empregos.

O *ahjussi* refletiu bastante e debateu o assunto com Kim Seung-ah. No fim, concluiu que não poderia colocar em risco o dono, que lhe dera um emprego, nem os colegas, que não haviam feito nada. Assim, mudou a condição para o acordo:

"O professor Han deve pedir desculpas à Kim Seung-ah e, a partir da próxima edição, o nome dela deve constar como co-tradutora."

Pouco tempo depois, Kim Seung-ah recebeu uma carta de desculpas escrita à mão pelo professor Han. E, na nova impressão do best-seller da Editora Byeokhae, o nome dela apareceu na capa como co-tradutora.

Mesmo no meio de tudo isso, o Dom *ahjussi* nunca descuidou da tradução de *Dom Quixote*. Ele permaneceu firme, apesar dos olhares frios do dono e de alguns funcionários, e da pressão silenciosa. Kim Seung-ah, cansada de tudo, pensou em pedir demissão, mas não teve coragem de abandonar o *ahjussi* sozinho naquela editora.

Quando toda a questão com o professor Han chegou ao fim, o Dom *ahjussi* se demitiu, como se tivesse concluído sua missão. Na véspera de sua saída, Kim Seung-ah agradeceu sinceramente por ele ter lutado contra o professor Han no lugar dela. E perguntou: "De onde veio a coragem para enfrentar um homem poderoso como o professor Han?" — envergonhada com a própria postura, também era um questionamento sobre si mesma.

O *ahjussi* respondeu: "Pessoas como ele não devem ser reconhecidas como intelectuais nesta sociedade. Foi por isso que lutei para derrubá-lo. Ser um intelectual não significa apenas ter estudado muito ou ocupar uma posição de prestígio; um verdadeiro intelectual é aquele que sabe assumir a responsabilidade pelo mundo."

Foi só naquele momento que Kim Seung-ah percebeu que as ações do *ahjussi* não eram apenas para ajudá-la, mas faziam parte de algo maior. Por fim, ela perguntou o que ele faria com a tradução de *Dom Quixote*

— *Dom Quixote* não é trabalho de um ou dois anos. É uma jornada para a vida inteira. Além disso, embora eu fosse um dos melhores professores de inglês, tradução é outra coisa. Mas aprendi algo mais importante que a própria tradução: o sonho do Dom Quixote. Agora, estou pronto para partir em uma nova aventura com esse livro — disse ele, com um sorriso. E ela decidiu torcer pela aventura dele.

Quando a história de Kim Seung-ah terminou, Hanbin comentou que se lembrava vagamente daquela época: o dia em que o pai chegou em casa com curativos nos olhos, a noite em que a mãe ficou furiosa e repreendeu o pai sem parar.

Para Hanbin, aquela época foi triste e depressiva, pois os pais viriam a se separar pouco tempo depois.

Perguntei a Kim Seung-ah se havia se encontrado o Dom *ahjussi* depois daquilo. Ela contou que se viram duas vezes após a demissão. Na primeira, ele estava cheio de energia, dizendo que havia decidido se tornar cineasta e compartilhando seus grandes planos. Na segunda, estava visivelmente abatido. Disse que provavelmente iria se divorciar e desabafou sobre as dificuldades da vida. Depois de consolá-lo, ela expressou sua gratidão, pois foi graças a ele que pôde estrear como tradutora e pegar novos trabalhos. O *ahjussi* ficou tão feliz que parecia que aquela boa notícia tinha acontecido com ele.

Kim Seung-ah desejou que, da próxima vez que se encontrassem, ele já fosse um cineasta. Dom *ahjussi* riu, dizendo que o caminho para se tornar diretor era tão longo e árduo quanto a jornada de Dom Quixote, mas que antes disso eles deveriam celebrar o lançamento do primeiro livro com o nome dela como tradutora. Ela prometeu.

Mas a promessa nunca foi cumprida. Era o fim do século. Pouco tempo depois, ele se divorciou, mudou de número e se tornou inalcançável. O único contato que ela lembrava era seu ID no HiTel, mas a plataforma desapareceu. Já era o início do novo milênio quando ela finalmente criou um e-mail, e não tinha como descobrir se o *ahjussi* tinha um ou não.

Ela quis mostrar o livro que traduziu e mandar o convite do casamento. Mostrar que, graças a ele, conseguiu atravessar o momento mais sombrio de sua vida. Queria expressar a gratidão que tinha por ele mostrando que estava vivendo bem. Mas isso se tornou impossível.

— Acho que não tem problema se eu não me encontrar com o senhor Jang, bom, o Dom *ahjussi* de vocês. Agora que dividi essa história com vocês, aquela sensação de algo inacabado finalmente se dissolveu. Me senti em dívida durante muito tempo, como se nunca tivesse expressado minha gratidão da forma certa. Mas transmitam apenas esta mensagem para ele: digam que graças a Jang Yeongsu, me tornei uma pessoa um pouco melhor. E que ele deve concluir sua aventura.

24 – O sabor que traz lembranças

Saímos da cafeteria por volta das cinco da tarde, após concluir a entrevista com Kim Seung-ah. Graças à conversa cheia de conteúdo, sentia como se as duas horas passadas ali tivessem sido bem aproveitadas. A viagem valeu cada quilômetro. Talvez por isso eu tenha prontamente aceitado de bom grado a proposta de Hanbin, que disse algo como: "Se sairmos agora, quando vamos chegar em Daejeon ou Seul? Melhor passar a noite aqui mesmo em Tongyeong."

Enquanto ele seguia o GPS rumo ao estacionamento público que ficava nas redondezas dos pontos turísticos da cidade, me encarreguei de encontrar um lugar para passarmos a noite. Como esperado de um destino turístico popular entre jovens, não faltavam opções de hostels com preços acessíveis. Escolhi um e fiz a reserva. Arrastei o animado Hanbin, empolgado com a vista do mar à noite, numa verdadeira marcha rumo ao hostel entre o Mercado de Tongyeong e as casas coloridas de Dongpirang.

O dormitório feminino para quatro pessoas tinha dois beliches e um deles já estava ocupado, com bagagens espalhadas tanto na cama de cima quanto na de baixo. As donas das camas pareciam ter saído para passear. Coloquei minha mochila na cama de baixo de um dos beliches restantes e fui para a sala de estar.

Já no limite da paciência, mandei uma mensagem dizendo para ele descer logo. Mesmo assim, só apareceu alguns minutos depois, vestindo roupa de treino, boné de aba reta e aquele sorriso debochado no rosto.

— ...Pelo visto, desceu já todo preparado mesmo, hein?

— Eu sempre deixo isso no carro. Saber se vestir para cada ocasião é o básico para um homem de negócios. Mas, então, aonde vamos primeiro? Comemos *kulppang* antes ou *chungmu kimbap*?

— Isso é lanche, não comida.

Levantei-me e saí na frente. A entrevista tinha me drenado tanto que a fome já começava a me deixar zonza.

Havia um lugar que, durante as gravações do episódio de Tongyeong de *Desbravadores de cidades*, chegou a ser cogitado como locação, mas foi descartado no final. O espaço era pequeno demais para filmar e o dono do restaurante não colaborava. Talvez por isso mesmo o lugar me interessasse ainda mais. Diferente dos restaurantes de frutos do mar de estilo japonês chamativos voltados para turistas, esse era um restaurante simples, administrado por um casal de idosos que preparava a comida de maneira prática e despretensiosa.

Mas, ao que parecia, até esse lugar já havia sido descoberto pelos viajantes. Ainda nem tinha anoitecido completamente, e duas mesas já estavam ocupadas por casais de turistas sentados perto da janela. No fundo, três homens locais, de rostos avermelhados pelo álcool, bebiam *makgeolli* enquanto conversavam com um sotaque carregado.

Tivemos que nos sentar na única mesa vaga ao fundo. Hanbin resmungou, dizendo que havia tantos lugares bonitos por aí e que eu tinha que escolher logo aquele restaurante sombrio. Expliquei que, tanto em Seul quanto no interior, os lugares onde homens de meia-idade bebem *makgeolli* durante o dia costumam ser os melhores da região. Em seguida, fiz o pedido ao dono do restaurante, um senhor idoso: uma refeição de frutos do mar completa para dois, a 30 mil wons por pessoa. Hanbin continuava olhando ao redor, desconfiado, mas eu, sem me importar, comecei a misturar cerveja e soju no meu copo, um *somaek*.

A refeição começou com milho cozido e sopa de mexilhões, seguidos pelas famosas ostras cruas de Tongyeong. Depois vieram lula cozida, vieiras no vapor, mariscos temperados, camarões grelhados, sashimi de abalone e pepino-do-mar, todos reunidos em um prato farto de frutos do mar. Hanbin ficou impressionado e tirou várias fotos. Logo depois, chegou um prato de sashimi com peixe-agulha, baiacu-coreano e pargo, acompanhado de sopa de algas com pedaços de pargo-vermelho. Tive que apressá-lo a parar de fotografar e finalmente começar a comer.

Atacamos a comida como se não houvesse amanhã. Mas depois vieram também pargo-vermelho grelhado, salada de anchovas cruas, *bibimbap* de abacaxi-do-mar e panqueca de frutos do mar. Era minha primeira vez experimentando anchovas cruas, mas elas não tinham gosto forte e tinham uma textura incrível, exatamente do jeito que eu gosto.

Depois de bebermos todo o *somaek* feito com três garrafas de cerveja e uma de soju, já estávamos cheios, então pedimos apenas mais uma garrafa de soju. Hanbin, animado, pegou o prato de panqueca e foi até a dona do restaurante, pedindo um pouco mais com um sorriso encantador.

— A gente não tá comendo demais e falando de menos? — perguntou Hanbin, enquanto eu esvaziava meu copo de soju. Em resposta, virei o copo e, com destreza, tirei a última vieira da concha.

— *Nuna*. A entrevista de hoje com a tradutora foi ótima, mas até quando a gente vai escavar o passado do meu pai?

— Me serve mais uma dose.

Hanbin comprimiu os lábios e encheu meu copo.

— Escuta, foram as entrevistas que fizemos e postamos no YouTube que conectaram as pessoas. O diretor Park concordou em fazer uma entrevista só depois de ver o vídeo do amigo da época de faculdade do Dom *ahjussi*, e agora a colega da editora também apareceu porque viu todo o conteúdo que postamos. Não é escavar o passado, é reunir informações. Estamos construindo uma narrativa. Acredito que alguém vai assistir ao canal e nos falar sobre o presente do *ahjussi*.

— E se não aparecer?

— Eu vou editar direitinho o episódio sobre a entrevista com a Kim Seung-ah e contar o que ouvimos como se fosse uma fábula. Além disso, o incidente com o professor Han é bem significativo. É como se o *ahjussi* tivesse enfrentado um monstro de moinho de vento, como o Dom Quixote.

Foi a vez de Hanbin virar o próprio copo. Eu servi o resto do soju para ele.

— Acho bom que o canal esteja indo bem... e você também tá ganhando seu dinheiro. E está ajudando na busca pelo meu pai.

— É.

De repente, Hanbin pediu mais uma garrafa de soju. Pensando que já tínhamos parado de beber, lancei um olhar torto para ele, que apenas fez uma expressão de frustração, balançou a garrafa de soju e a abriu.

Levantei meu copo vazio. Depois de encher meu copo e o dele, Hanbin ficou em silêncio por um momento antes de falar.

— Na verdade, quando você falou da Kim Seung-ah agora há pouco, eu também comecei a pensar muito. Meu pai era bem diferente dos outros pais. Ele não falava que algo era bom só porque todos os outros pensavam assim. Ele sempre insistia em fazer as coisas do jeito dele, e isso me veio à mente várias vezes.

— As pessoas chamam isso de convicção.

— Não, olha só, essa convicção pode ajudar a Kim Seung-ah a dar um valentão, o que ele merece e pode até purificar a sociedade, coisa e tal. Mas e a gente? Por que minha mãe tem que aceitar toda essa bagunça do meu pai? E eu, por que tenho que viver essa vida de amargura, como um miserável, só porque meu pai não tem emprego?

A voz de Hanbin transparecia sua embriaguez. Eu não sabia o que responder, então apenas o observei em silêncio.

— Quando eu era criança, na época do ensino fundamental, eu disse: "Pai, fique rico!", como saudação de Ano-Novo, e ele ficou furioso. Naquela época, aquele comercial que tinha essa fala era muito popular, todo mundo estava imitando. Mas meu pai disse que não era assim, que não deveria viver com o objetivo de ficar rico, e fez um grande discurso. Eu odiava isso. Se a nossa família tivesse dinheiro, meu pai e minha mãe não teriam brigado e nem se divorciado. Depois de fazer o filho crescer num lar desfeito por causa de dinheiro, ainda tem coragem de dizer uma coisa dessas?

— O Dom *ahjussi* tem um lado muito sério mesmo. Quando a gente é criança, pode machucar.

— Foi aí que eu decidi que ia ser rico. Porque só o dinheiro pode salvar a minha vida.

— Não foi só pra se rebelar contra o seu pai, não?

— Bom, talvez um pouco. Depois daquilo, ele continuou sendo pobre e nunca me deu nada de verdade. E continua assim até hoje.

Ele virou o copo.

— Hanbin, seu pai te levava para a Dom Quixote Vídeos todas as férias, foi lá que a gente acabou virando o Clube La Mancha, não foi? E esses dias eu achei o caderno de contas que ele usava. Estava tudo anotado lá. Ele mandava sua pensão certinho. Do jeito dele, acho que fez tudo o que podia.

— Fica quieta!

— Fica quieta? Olha só ele se exaltando. Tá bom, então, vamos conversar. Todo mundo que falou "fique rico" virou rico? A gente vive na era em que o dinheiro é considerado a melhor coisa do mundo, mas as pessoas estão felizes? Sabe qual é o problema de colocar o dinheiro acima de tudo? É que isso faz a gente perder até a capacidade de acreditar que existem coisas que podem nos fazer felizes e que não se compram com dinheiro.

— Ai, ai. De tanto procurar o Dom Quixote, acabou virando ele. Tá vendo? Reclamei e ainda ganhei um sermão de graça. Chega, já deu.

Hanbin virou outro copo sozinho. Achei que se continuasse assim ia passar do ponto, então comecei a me levantar para irmos embora. Mas ele me agarrou pelo braço, como se estivesse se pendurando em mim.

— *Nuna*, quando fui ao banheiro na parada, liguei pro Daejun *hyung*. Falei que a gente tava indo pra Tongyeong, e ele falou para a gente dar uma passada em Busan também. Disse que é perto de carro.

— Se é tão perto assim, por que ele não vem pra cá?

— Ah, poxa! O Daejun *hyung* é pai de família agora, dono de lanchonete. Tá bem ocupado. Mas ele disse que tá morrendo de saudade. E que tá acompanhando o canal, adorando tudo.

— O Daejun só mandou mensagem aquela primeira vez, depois nunca mais comentou nada. Na real, fiquei até meio magoada.

— Você sabe que ele não é bom com essas coisas. Mas quer falar com ele? Agora?

Antes que eu pudesse recusar, Hanbin já tinha apertado o botão para ligar. Depois de uma troca animada de cumprimentos, Hanbin fez questão de contar, todo empolgado, que estávamos em Tongyeong, comendo num restaurante farto e delicioso.

Nesse momento, a dona do restaurante veio até nós, dizendo que não podíamos beber sem petisco, e largou um prato na mesa com um gesto seco. Era uma porção bem servida de ostras no vapor, ainda soltando fumaça. Sem nem ter tempo de salivar, peguei uma e levei direto à boca, sentindo o sabor quente e ao mesmo tempo refrescante se espalhando. Foi então que Hanbin me estendeu o celular. Revirei os olhos e atendi a ligação.

— Sol? Sou eu, o Daejun.

Só de ouvir a voz, lembrei do porte tranquilo e da presença sólida de Daejun.

— Ouvi dizer que você estava muito ocupado. Tudo bem?

— Uhum. Tô encerrando o expediente agora. Até que horas você vai ficar aí com o Hanbin? Estava pensando em pegar o carro e ir, mesmo que tarde.

— Ah, deixa disso. Vai levar bronca da sua esposa, fica aí cuidando da sua filha. A gente tem que voltar cedo pra Seul amanhã.

— É mesmo? Ah, que pena. Tô curtindo muito o canal de vocês. Depois que você trabalhou na TV, tá parecendo uma celebridade.

— Que nada, só virei youtuber mesmo. Mas, vendo os vídeos, não lembrou de nada sobre o Dom *ahjussi*?

— Agora, agora, não me vem nada em mente, mas acho que tem um fio por onde puxar. Vai que, se a gente comer junto, me venha alguma coisa? Dizem que tem sabores que trazem lembranças.

Entendi na hora que "fio" era esse.

— O quê? Você colocou o *donbokki* no cardápio?

— Sim. Com a receita que o próprio Dom *ahjussi* ensinou.

Mesmo com a barriga tão cheia que parecia que ia explodir, salivei. Só de imaginar, era como se os fios picantes e firmes do *donbokki* dançassem na minha boca. Era verdade que certos sabores despertam partes esquecidas da memória.

— Sol, se você não estiver muito ocupada, não quer passar em Busan rapidinho amanhã? A gente come o *donbokki* e fala do *ahjussi*. E como é restaurante, dá pra gravar o vídeo tranquilo, pode até postar no canal.

Pensei um pouco, e então tomei minha decisão. Ao ouvir a voz animada de Daejun, entreguei o celular de volta. Hanbin fez um joinha e continuou o papo com ele.

25 – Somos amigos, não somos?

Eu não fazia ideia de que o caminho mais rápido de Tongyeong até o bairro de Suyeong-gu, em Busan, onde ficava o restaurante do Daejun, era passando pela ponte Geoga, que conecta as ilhas de Geoje e Gadeok. A ponte Geoga, com sua estrutura parecendo uma montanha-russa sobre o mar, dava uma sensação vertiginosa.

Parecia que havia pessoas posicionadas como pedras de apoio em todos os lugares, ajudando nossa travessia. Me perguntei se, de certo modo, a história daquele livro que o Dom *ahjussi* tanto venerava não era exatamente isso: o relato dos encontros de Dom Quixote e Sancho com donos de estalagens, pastores, cavaleiros, prisioneiros e comerciantes durante sua jornada. A aventura deles terminava em Barcelona.

E, curiosamente, naquele momento estávamos indo para Busan, a cidade que Dom *ahjussi* chamava de Barcelona. A cidade que se tornou o segundo destino de viagem do nosso Clube La Mancha. Aquela Busan que, quinze anos atrás, foi pura empolgação e alegria — mas que também guardava um desfecho inesperado e chocante. Eu não conseguia evitar que as memórias daquele tempo começassem a despertar dentro de mim.

O primeiro destino de viagem do Clube La Mancha foi Gongju, um bate e volta no mesmo dia. Gongju era "Granada". Seguindo a lógica oficial do *ahjussi*, ambas as cidades começavam com a mesma consoante e compartilhavam a característica de serem cidades antigas com longa história. Assim como Granada tem a Alhambra, Gongju tem a fortaleza Gongsanseong, e foi por isso que ele escolheu aquele lugar como o nosso primeiro destino.

Enquanto dávamos uma volta na fortaleza, ele nos dizia que o rio Geumgang corria ao lado de Gongsanseong, assim como o rio Darro ao redor da Alhambra. Acrescentou ainda que "Alhambra" significava "fortaleza vermelha" em árabe, e que tinha esse nome por ter sido construída com solo rico em ferro avermelhado. Quando o *ahjussi* se alongou demais na explicação, Seongmin, já entediado, perguntou se ele ao menos já tinha visitado o lugar. O *ahjussi* hesitou um instante, meio sem graça, e respondeu que não precisava ir até lá para saber tudo aquilo.

Naquele dia, além da fortaleza Gongsanseong, visitamos o túmulo do Rei Muryeong, comemos sopa de carne em um mercado de Gongju e voltamos para Daejeon. Foi uma primeira viagem bem-sucedida.

Busan foi nosso segundo destino. O *ahjussi* disse que, mesmo que estivéssemos indo para Busan, devíamos imaginar que estávamos indo a Barcelona. Durante todo o trajeto, a bordo do Damas do vovô Rocinante, ele nos contou histórias de Dom Quixote. O *ahjussi* descreveu de forma entusiasmada como ele acabou encerrando suas aventuras em Barcelona e como os vizinhos se esforçaram para levá-lo de volta para sua terra natal, La Mancha. Hanbin e Daejun estavam mais ocupados cochilando, Seongmin nem disfarçava o tédio, e só eu e Saerom ouvimos as histórias — mas isso é segredo.

Com o Damas do vovô Rocinante, fomos até a praia Haeundae, passamos pela orla Suyeongman, visitamos o bairro agitado Nampo-dong e também o Parque Yongdusan. Em Busan, não importava para onde se olhasse, o mar sempre aparecia. E havia tantas montanhas que, comparada à plana Daejeon, tudo parecia estranho e fascinante.

À noite, tínhamos planejado ir ao centro de sashimi de Gwangalli, mas, de repente, Seongmin sugeriu que fôssemos até um local de filmagem do filme Amigos. Talvez quisesse se gabar de ter visto o filme escondido — afinal, era proibido para menores, apesar de ter sido um grande sucesso. Ele disse que queria ir à passarela onde os protagonistas correram juntos, simbolizando a amizade, que era o tema principal da história. Dom *ahjussi,* querendo agradar ao aspirante a cineasta Seongmin, também insistiu para irmos, e acabamos cedendo.

Chegamos a uma passarela sobre trilhos de trem. Seongmin, empolgado, explicou que era ali que os quatro amigos correram juntos, uns à frente, outros atrás, representando sua amizade — uma cena essencial do filme, segundo ele. Mas como nenhum de nós tinha assistido, não conseguimos sentir o impacto daquela explicação e reagimos de forma morna. Seongmin ficou irritado com a falta de empolgação do grupo e ignorou a sugestão do *ahjussi* de irmos embora.

Ele insistiu que também tínhamos que ver o poste onde o personagem de Jang Dong-gun é esfaqueado e morre.

Fiquei com raiva de Seongmin por ele estar teimando sozinho e voltei direto para o carro. Daejun e Hanbin também hesitaram. Saerom, que tinha ficado esperando no carro, perguntou de forma impaciente quando a gente ia comer.

Pelo vidro do carro, vi o Dom *ahjussi* tentando mais uma vez convencer Seongmin. Mas o garoto, com uma expressão emburrada, parecia ignorar tudo o que ele dizia. Abri a janela e gritei: "Chega disso, vamos logo comer!" Seongmin então se virou bruscamente e saiu andando sozinho.

Dom *ahjussi* o chamou, mas Seongmin seguiu até a avenida, encontrou uma faixa de pedestres e atravessou. O *ahjussi* correu atrás dele e o alcançou do outro lado, segurando-o pelo braço. O garoto se desvencilhou e saiu correndo. Não conseguimos ver o que aconteceu em seguida, pois um ônibus passou e bloqueou nossa visão.

O que vimos foi a cena do Dom *ahjussi* caído no asfalto, junto com um motociclista e sua moto. Ambos estavam no chão, gemendo de dor, e Seongmin, parado ao lado, repetia que não tinha sido culpa dele, quase à beira das lágrimas. O vovô Rocinante correu até um orelhão para chamar uma ambulância. Hanbin partiu pra cima de Seongmin e os dois começaram uma briga. Daejun e eu tivemos que nos meter no meio e separá-los com todas as forças.

Dom *ahjussi* foi internado em um hospital de Busan com lesões no pescoço e no ombro. Nós voltamos para Daejeon no Damas do vovô Rocinante. Ouvi dizer que Seongmin voltou em outro carro, junto com a avó e o tio, que tinham ido até lá cuidar da situação. Os dois assentos vazios no Damas pareciam simbolizar o fim da nossa jornada. Nossa amizade, nascida no Clube La Mancha e feita de livros, filmes, debates e viagens, também havia se despedaçado, como naquela história do filme Amigos.

Em casa, meus pais decretaram que eu não podia mais ir à locadora nem andar com o *ahjussi*. Minha mãe, que já não gostava dele, agora era acompanhada pelo meu pai, que dizia que eu estava quase no ensino médio e precisava parar com "essas atividades" para focar nos estudos. Eu não consegui dizer nada.

Com a porta metálica fechada, a Dom Quixote Vídeos parecia uma loja abandonada. Era desconfortável passar na frente, então comecei a fazer outro caminho.

O Dom *ahjussi* só voltou cerca de um mês depois. Fui visitá-lo uma única vez na locadora. Ele ainda não estava totalmente recuperado — usava um colar cervical e se movia com dificuldade. Com o corpo curvado, preparou um achocolatado para mim e disse que sentia muito pelo fato de não podermos mais ler livros e assistir filmes juntos.

Eu ainda carregava com carinho as memórias que criamos juntos naquele lugar, e aquilo me deixava com um nó no peito. Mas me esforcei para parecer tranquila e disse que, de qualquer forma, agora precisava estudar e que não conseguiria mais ir até a loja.

E, de fato, nunca mais voltei. Um mês depois, meu pai decidiu tomar uma medida drástica e me mandou para a casa da minha tia em Seul. Mudei de escola, e, no esforço de me adaptar, já não havia mais espaço para pensar na pequena locadora de Seonhwa-dong.

Talvez Busan realmente seja Barcelona. O lugar onde a aventura de Dom Quixote chegou ao fim, e onde terminou também a nossa jornada com o Dom *ahjussi.*

26 – DJ's Kitchen

Daejun havia se tornado o Grande Daejun. Na época da escola ele já tinha o porte de um adulto, mas agora estava ainda maior — em resumo, tinha virado o típico dono de lanchonete, com aquele corpo generoso que passa confiança só de olhar. Nos aproximamos do Daejun, que estava preparando o local com a esposa sob a placa "DJ's Kitchen", em um espaço de menos de $33m^2$. Ao nos ver, ele ficou tão surpreso que quase saltou os olhos — e então nos recebeu com entusiasmo.

Sua esposa, com não mais do que a metade do tamanho dele, parecia ser extremamente eficiente e determinada. Ela nos cumprimentou calorosamente e logo disse a Daejun que cuidaria da preparação para o dia sozinha, para que ele saísse com os amigos e fosse comer algo gostoso em Gwangalli. Respondi que tinha atravessado a ponte Geoga e pago pedágio só para comer o *donbokki*, e fui direto me sentar à mesa central, na qual larguei minha mochila.

Enquanto Daejun preparava o *donbokki*, gravei o interior da lanchonete. O ambiente estava abafado, talvez por falta de ventilação — o calor vindo da cozinha tomava conta de todo o espaço. A esposa do Daejun trouxe chá de cevada e uma salada de repolho com *keyonnaise* — ketchup e maionese —, perguntando se não estávamos com calor e se deveria ligar o ar-condicionado. Assenti com a cabeça.

Pouco depois, Daejun chegou trazendo o *donbokki* fumegante na própria panela e colocou-a sobre o fogão portátil a gás. Disse que normalmente se comia como *topokki* instantâneo, mas que, daquela vez, quis preparar pessoalmente para a gente. Sorriu todo bobo. Ajustei a câmera e comecei a devorar o caldo, os bolinhos de arroz de trigo e o miojo com toda a disposição. O *donbokki* tinha exatamente o mesmo gosto de quando éramos crianças. A única diferença era que, enquanto Dom *ahjussi* usava salsichas baratas de mercado, Daejun usava salsichas viena de verdade.

— Essa aqui é a salsicha viena com o maior teor de carne suína. Não é barata, viu? — disse ele com um ar de orgulho.

— Quando você aprendeu essa receita? Foi da última vez que viu o Dom *ahjussi*?

Coloquei os palitinhos de lado e fui direto ao ponto. Daejun passou a mão no queixo uma vez e sentou-se do outro lado da mesa. Ajustei a câmera e lhe fiz um sinal com os olhos. Ele entendeu, assentiu levemente e começou a falar.

— Então... depois que terminei o serviço militar, trabalhei por uns três anos num restaurante perto dos prédios do governo até ser demitido. Não queria mais sair de casa e minha avó começou a se preocupar. Foi quando um amigo que tinha trabalhado comigo disse que ia abrir um *izakaya* na cidade natal, Busan, e me convidou para trabalhar com ele. Como Busan trazia nossas memórias e eu sempre gostei de frutos do mar, aceitei na hora e logo peguei o trem-bala.

— *Hyung*, você gosta de tudo, não só de frutos do mar.

— É? Mas convenhamos, quando o assunto é frutos do mar, nada supera Busan.

— Hanbin, sem comentários agora. Daejun, continua.

— Então, depois de trabalhar com esse amigo por mais ou menos um ano aqui em Busan, acabei conhecendo minha esposa. Ela era funcionária de meio período, e, bom, as coisas aconteceram, e a gente começou a namorar. Ela é superdivertida, cheia de energia. Torcedora fanática do Lotte. Ah, tenho que confessar: depois de morar em Busan, virei torcedor do Lotte também. Desculpa.

— Ai, *hyung*... Lotte ou Hanwha, dá na mesma.

— Hanbin, fica difícil editar depois. Eu falei pra não interromper.

— Ah, sério. Por que você só implica comigo?

— Vocês dois continuam iguais. Já naquela época brigavam como irmãos de verdade, era uma comédia.

— Daejun, vá em frente com a história.

— Tá. Enfim, eu e minha esposa decidimos abrir uma lanchonete juntos. Os *kimbaps* dela são ótimos, então eu fiquei com o *tokpokki* e os fritos. *Sundae* a gente compra pronto. Mas aí pensei, "será que não dá pra fazer algo diferente?", e lembrei do *donbokki*. Foi por isso que resolvi procurar o *ahjussi*.

— Procurar onde?

— Lá. No porão. Onde agora você grava pro canal, Sol. Fui até lá e tomei um susto. Aquele lugar parecia uma caverna, tão sombrio, e o *ahjussi* parecia um tatu. Estava com a barba por fazer, barriguinha saliente... levei um choque.

Engoli em seco e verifiquei mais uma vez se a câmera estava gravando direitinho. Pela minha experiência, eu já sentia que a parte mais importante estava prestes a começar.

— Naquela época era Ano-Novo Lunar, eu fui visitar a minha avó em Daejeon e passei lá. Estava muito frio. O Dom *ahjussi* estava sentado em frente ao notebook, com um cobertor enrolado nos ombros como se fosse uma capa. Sabe aquele cheiro de homem sozinho? Senti esse cheiro misturado com cigarro. Fiquei meio assim. Lembra como o *ahjussi* era cuidadoso com limpeza na época da locadora? Pois é, ele estava completamente largado. Aliás, Hanbin, você não foi ver seu pai naquela época?

— Depois da Copa da África do Sul, nunca mais entrei em contato com ele.

— E-entendi. O Dom *ahjussi* estava escrevendo um roteiro, sabe, um desses pra filme. Aí perguntei se estava indo bem, e do nada ele foi até a geladeira, pegou uma garrafa de soju e serviu em duas canecas. A gente esvaziou aquelas canecas de soju no meio do dia e eu contei tudo para ele, e perguntei se ele poderia me passar a receita do *donbokki*.

— E o Dom *ahjussi* te ensinou logo de cara?

— Não. Disse que, para ensinar, teria que preparar e mostrar, mas que não tinha os ingredientes, então pediu pra eu voltar no dia seguinte com tudo. Aí falei que podia ir comprar na hora, e abri a geladeira pra ver o que ainda tinha, pra não comprar à toa, e... haha. Só tinha soju e *makgeolli* lá dentro.

— Ah...

— Então fui comprar na hora. Saindo do porão, caminhei até o Seonhwa Mart e de repente senti os olhos marejarem. Ver o *ahjussi*, que sempre foi tão organizado e limpo, daquele jeito tão desleixado... doeu. De qualquer forma, escolhi bastante coisa, comprei um pacote de *kimchi*, macarrão instantâneo e até umas coisinhas pra ele comer na hora. Quando voltei, ele ficou tão feliz. Abriu o *kimchi* ali mesmo, comeu com soju e disse: "Você não tá com fome?", e aí preparou o *donbokki*. Fez caldo com raiz de cebolinha, cebola e nabo, depois pimenta em pó, e explicou o momento certo de colocar o miojo. Prestei atenção em cada detalhe. E aí, quando o prato estava quase pronto, o *ahjussi* me olhou e disse: "Por último, o feitiço."

— Que feitiço? — perguntou Hanbin.

— *Assarabia, fique delicioso. Assarabia, fique delicioso.*

— E aí, ficou bom mesmo?

— Uhum. Delicioso. Aqui também já lancei o feitiço. *Assarabia, fique delicioso.*

Daejun fingiu lançar um golpe de energia com as mãos em direção à panela de *donbokki*.

Foi assim que ele recebeu a receita do Dom *ahjussi* e voltou para Busan. Depois, com a correria da lanchonete, quase não conseguiu ir mais a Daejeon. Disse, um pouco sem graça, que sempre pensava em passar lá para dar um alô, mas que no fim das contas nunca ia.

O relato de Daejun era, até então, o último testemunho de alguém que havia visto *ahjussi*. Desliguei a câmera. Enquanto comíamos o que restava do *donbokki*, dividimos histórias do que cada um vinha vivendo. As tentativas de Hanbin de ganhar dinheiro, minha luta para sobreviver como youtuber, a vida de Daejun em Busan — tudo soava meio triste, um amontoado de episódios meio sofridos e cheios de esforço.

— Vocês têm notícias da Saerom?

À pergunta do Daejun, nem eu nem Hanbin tivemos o que responder. Sempre imaginamos que, se alguém fosse aparecer depois de ver a Dom Quixote Vídeos no YouTube, essa pessoa seria a Saerom. Ela era a mais nova do Clube La Mancha, mas também a mais esperta, a mais antenada. E, no entanto, nenhum sinal dela. Nenhuma mensagem, nenhuma pegada. Mesmo com minha habilidade afiada de pesquisa, treinada nos tempos de produtora, não consegui encontrar nenhum rastro da Saerom.

Enquanto Daejun e Hanbin trocavam memórias daquele tempo, fui ao banheiro e, de repente, as lágrimas vieram. Limpei o rosto às pressas. A ausência da Saerom, que eu havia deixado em segundo plano na busca pelo *ahjussi*, agora pesava. Eu queria saber onde ela estava, queria muito vê-la.

Saindo do banheiro, apressei Hanbin e deixamos a lanchonete. Daejun disse que o "DJ" do nome da lanchonete era tanto de Daejun quanto de Daejeon, e se gabou dizendo que ainda era leal à "La Mancha Daejeon". Apertei com força a mão do meu velho amigo. Combinamos de nos ver de novo e seguimos para o carro. Hanbin e Daejun ficaram conversando um pouco mais, prolongando a despedida, mas eu não os apressei.

No carro estacionado no posto de descanso de Chupungnyeong, tirei um cochilo. Hanbin voltou do banheiro fazendo um barulho danado e me acordou quando entrou. Enquanto ligava o carro, comentou com indiferença:

— Estão dizendo que aquele diretor lá foi o grande vencedor em Cannes.

Antes que eu pudesse me assustar com a forma brusca como Hanbin arrancou o carro, fiquei completamente desperta.

— Cannes? Que diretor?

— Aquele Bong alguma coisa. Olha na internet aí.

Peguei o celular e comecei a procurar. Minhas mãos tremiam sem que eu percebesse.

A notícia de que o diretor Bong Joon-ho havia ganhado o Grand Prix de Cannes com *Parasita* já estava dominando toda a rede coreana de internet. Li e reli o artigo, atordoada, como se uma granada tivesse explodido dentro da minha cabeça.

— ...Ele acertou a previsão.

— Hã? Que previsão?

— O *ahjussi* disse há muito tempo que o diretor Bong Joon-ho ia ganhar o prêmio principal em Cannes um dia.

— Ah, foi chute! Meu pai se empolgava fácil, dizendo que tal diretor era genial, que tal filme era o melhor de todos...

— Não. Sobre o Bong Joon-ho, ele foi sério. O *ahjussi* me disse para assistir ao primeiro filme dele. Eu até fiz uma resenha como "Aluguel do dia" no canal.

— Qual filme?

— *Cão que ladra não morde.*

— Que nome é esse? Esse filme foi um fracasso, né?

— Sim, foi. Mas olha isso agora. Hanbin, isso é totalmente incrível. Você acha que o Dom *ahjussi* já está sabendo? O diretor em quem ele apostava ganhando exatamente o prêmio que ele previu! Se ele souber, vai ficar tão feliz...

— E de que adianta o sucesso dos outros? Aff.

Mesmo com o sorriso cínico de Hanbin, meu coração começou a voar leve, como sementes de dente-de-leão numa brisa de primavera. Se o Dom *ahjussi* ficasse sabendo dessa notícia, com certeza ficaria feliz. Se ficasse sabendo.

Mas as surpresas não pararam por aí. De volta a Daejeon, entrei no YouTube e tive que me lembrar das palavras debochadas do Hanbin. "De que adianta o sucesso dos outros?", disse ele. E estava completamente enganado.

O número de inscritos do canal Dom Quixote Vídeos havia saltado para 40 mil.

O vídeo de *Cão que ladra não morde*, com o título "Filme de estreia do gênio que o Dom *ahjussi* disse que ganharia o prêmio de Cannes", estava batendo recordes de visualização. Era o efeito dominó da notícia vinda diretamente de Cannes.

É aquele momento de glória tão sonhado que os youtubers chamam de "a bênção do algoritmo". Parecia até um presente que o próprio Dom *ahjussi* tinha deixado preparado, como se ele mesmo estivesse ajudando na busca por sua história.

As torcidas se somaram, e dessa corrente nasceu uma bênção. Um milagre. Fiz uma prece de gratidão aos deuses do cinema e do YouTube.

27 – Análise, pesquisa e descoberta

Nos dias seguintes à volta de Busan, mergulhei de cabeça na análise dos rastros deixados pelo *ahjussi*. Com o aumento de inscritos, a responsabilidade só crescia. Nem tive tempo de tomar um café com a Sangeun — estava tão ocupada que acabei transformando um canto do estúdio numa verdadeira central de investigações. Preguei uma folha enorme na parede e comecei a organizar os principais momentos da vida do Dom *ahjussi*, junto das pessoas que os compartilharam com ele, reunindo os pontos-chave de cada entrevista.

> **Kwon Younghoon, assistente jurídico no escritório de advocacia** (Período de convívio com o Dom *ahjussi*: 1982~1988)
>
> — Colega de quarto e melhor amigo do Dom *ahjussi* na época da faculdade.
>
> — Testemunhou seu envolvimento com os movimentos estudantis e os antecedentes criminais decorrentes.

— Áreas nas quais os ativistas dos anos 1980 atuaram durante os anos 1990: política, imprensa, cultura, educação, entre outros.

Diretor do cursinho Mokdong, Sr. Park (1992~1997)

— Colega de trabalho do Dom *ahjussi* no mesmo cursinho.

— Como professor de inglês, Dom *ahjussi* conquistou grande popularidade e altos rendimentos graças à sua excelente didática.

— Conflito entre o diretor da época e o Dom *ahjussi* sobre a cobrança de matrículas excessivas a pais de baixa renda.

— Depois disso, Dom *ahjussi* passou a sentir repulsa pelo mercado de educação privada e deixou a área.

Tradutora Kim Seung-ah (1997~2000)

— Trabalhou por cerca de um ano na mesma editora que o Dom *ahjussi*. Após saírem da empresa, encontraram-se mais duas vezes.

— Dom *ahjussi* assumiu a tradução de *Dom Quixote*, momento em que parece ter mergulhado de vez na obra.

— Enfrentou um cara abusivo, foi agredido e o puniu movendo um processo judicial.

— Esse episódio acabou impulsionando a estreia de Kim Seung-ah como tradutora, embora ela tenha deixado a empresa logo depois.

— Desde então, afastou-se do mercado editorial. Passou a sonhar em se tornar cineasta, acreditando que filmes podem mudar o mundo.

Hwang Daejun (2003~2013)

— Integrante do Clube La Mancha. Foi a última pessoa entre os entrevistados a se encontrar com o Dom *ahjussi* (no Ano-Novo Lunar de 2013).

— Segundo ele, Dom *ahjussi* estava recluso num porão (o atual estúdio), escrevendo roteiros de cinema.

— Imagem inesperada de um *ahjussi* entregue à bebida e ao cigarro, apesar de antes quase não consumi-los, com a barriga saliente e uma aparência desleixada

— Foi quem recebeu a receita do *donbokki* diretamente do *ahjussi*.

Outros

— O senhor da loja de bicicletas, apelidado de Vovô Rocinante, amigo próximo de Dom *ahjussi*, faleceu.

— O paradeiro de Saerom continua um completo mistério.

Por meio de quatro pessoas, consegui vislumbrar fragmentos da vida do Dom *ahjussi* entre 1982 e 2013. No entanto, os trechos mais cruciais ainda estavam em branco. Precisava descobrir o que se passou entre 1999 e o início dos anos 2000, além do que aconteceu de 2005 até os dias atuais. Fiquei encarando a grande cartolina colada na parede, relendo e analisando o que já havia anotado.

O Dom *ahjussi* sempre se mudava e, a cada mudança, encarava um novo desafio. No início dos anos 1990, trabalhou num cursinho do bairro Daechi-dong, na área de Gangnam, enquanto começava a vida de casado e cuidava do filho pequeno. A partir de 1997, passou para editora em Seogyo-dong, Mapo-gu, e sua vida conjugal entrou em crise. Segundo Hanbin, após o divórcio, em 1999, ele foi morar num quartinho no terraço de um prédio em Eunpyeong-gu, onde começou a cultivar o sonho de virar cineasta.

Para Hanbin, ver o pai uma vez por mês era bom. Era quando ele podia comer hambúrguer da lanchonete Lotteria ou *topokki* com fritura, coisas proibidas pela mãe, enquanto assistia a filmes com o pai. Mesmo sem entender os filmes por causa da idade, escutava as explicações do *ahjussi* enquanto assistiam juntos. E, sempre nessas ocasiões, o *ahjussi* dizia: "O papai vai fazer filmes assim um dia."

Mas como exatamente o *ahjussi* tentou seguir carreira como cineasta? Nem Hanbin nem eu sabíamos. Tampouco sabíamos por que, depois, ele abandonou Seul e foi abrir uma locadora em Daejeon, cidade onde não tinha qualquer ligação pessoal.

Cheguei à conclusão de que precisávamos encontrar alguém do meio cinematográfico que tivesse trabalhado com ele. Quem quer que fosse, se soubesse da paixão e da frustração do *ahjussi* em relação ao cinema, poderia ter pistas de onde ele estaria no momento. Revirei todos os cadernos, bloquinhos, anotações e folhas impressas do *ahjussi*. Procurei por qualquer anotação relacionada a cinema: nomes de pessoas, nomes de empresas. Não encontrei nada.

Mas desistir não era uma opção. Liguei o notebook e comecei a pesquisar: diretor Jang Yeongsu, roteirista Jang Yeongsu, diretor Dom Quixote, filme Dom Quixote, Dom Quixote Jang Yeongsu, cineasta Jang Yeongsu. Fiz uma busca atrás da outra. Mas, mais uma vez, não consegui encontrar qualquer resultado realmente relevante. Lembrei dos sites voltados para profissionais de educação e literatura, e pensei que o equivalente no meio audiovisual deveria existir. Foi então que encontrei um site chamado Filmmakers. Mas, ali, a maioria dos anúncios era voltada à contratação de equipe técnica, e não consegui encontrar uma plataforma realmente voltada a roteiristas. Frustrada, peguei o telefone e liguei para Hanbin.

— *Nuna*, será que dá pra você pegar leve nas ligações por um tempo?

A voz do Hanbin do outro lado da linha estava mais séria do que o normal.

— O que é que você tá falando?

— Desde que a gente passou a noite em Tongyeong, minha namorada tá toda desconfiada. Tá achando que tem coisa entre a gente.

Diante de tamanha bobagem, só consegui estalar a língua.

— Ei, seu idiota. Isso é porque você não passa confiança para a sua namorada. Se ela está desconfiada, fala pra ela me ligar. Eu explico tudinho. Digo que homem mais novo não me atrai nem um pouco, especialmente os que são metidos e falam demais, tipo você.

— Aff. Eu devia ter ficado quieto.

— Pois é, agora para de falar besteira e escuta direitinho. Você lembra de algum colega do Dom *ahjussi* da época que ele tentou trabalhar com cinema? Diretor, produtor, alguém assim?

— Hã? Ah... Tinha alguém, sim.

— Pensa bem. Aqui não tem uma pista sequer, e nem nas buscas pela internet encontro qualquer coisa.

— Ah! Lembrei! O tio do coque. Tinha um tiozão de coque. Ele até me dava uns trocados, de vez em quando.

— Quando, isso?

— Na Copa. A de 2002, no jogo contra a Itália. Eu assisti com meu pai e o pessoal da produtora desse tio aí. Era um lugar que mais parecia um barraco em Nonhyeon-dong, mas diziam que era uma produtora de cinema. Passaram o jogo projetado direto na parede, grandão. Lembra desse jogo contra a Itália? Nossa, naquela época eu...

— Tá, tá, e qual era o nome do tio do coque? E da produtora?

— *Nuna*, pera aí... deixa eu pensar um pouco... Ah, lembrei! Ele falava que se identificava com o Ahn Jung-hwan, sabe? O jogador!

— É o que me faltava. Se fosse verdade mesmo, você não lembraria dele como "o tio do coque", ia lembrar como "o tio bonitão".

— Pois é, né? Ah! Ele falou que o nome dele tinha o mesmo final do nome do Ahn Jung-hwan. Isso! E a produtora também tinha esse final no nome. É isso! Hwan Film! Caramba, eu devo ser um gênio.

— Hwan Film...

Continuei com o telefone colado na orelha e já comecei a buscar no notebook. Apareceram várias produtoras com esse nome, mas nenhuma parecia ser a certa. O que até faz sentido, pois se era uma empresa que existia em 2002, não seria nada estranho que já tivesse fechado.

Quando falei que não achei nada relevante, Hanbin gritou do outro lado:

— Ah! Não era Hwan Film! Era Hwani Film! E o nome dele era Seong Myeonghwan! Lembrei! Eu sou um gênio, um gênio! Fala sério, né? Acabei de fazer história!

— Tá. Tchau.

Digitei "Hwani Film" e "Seong Myeonghwan" na velocidade da luz no campo de busca. Depois de rolar a página insistentemente, finalmente encontrei uma matéria de 2007.

Crise no cinema coreano? Pelo contrário, é uma oportunidade! O avanço do jovem produtor e dono da Hwani Film, Seok Myeonghwan

Então o nome dele não era Seong Myeonghwan, mas sim Seok Myeonghwan. Não sabia se tinha escutado errado ou se foi o Hanbin que se confundiu na hora de falar, mas o fato é que eu finalmente tinha encontrado. Logo abaixo do título, lá estava ele: coque no alto da cabeça, brinco de cruz na orelha e uma camisa xadrez da Burberry. Nada nele parecia "jovem", apesar da chamada. Estava de braços cruzados e exibia um sorriso quase performático.

Li a matéria rapidamente, que começava com aquele clichê de sempre: falava que desde 2006 os investimentos no cinema coreano tinham esfriado, que as grandes produtoras estavam em decadência, e que isso marcava o início de uma era de crise no setor. O texto então engatava para o ponto principal — apresentar Seok Myeonghwan como uma nova promessa do cinema nacional, surgindo como um cometa em meio à estagnação. O texto seguia descrevendo a trajetória do produtor e os filmes que a Hwani Film estava preparando. Mas só pelos títulos já dava pra saber que o gosto era duvidoso: *TV Monstro, Aquele que Abandonou sua Humanidade, Amantes do Sinal Verde, A Guerra dos Zumbis Chineses*. Nossa. Como é que isso ia virar filme? Não tinha ouvido falar de nenhum deles até o momento.

Como eu estava esperando que o Dom *ahjussi* tivesse escrito ao menos uma obra inspirada em *Dom Quixote*, não pude deixar de sentir uma ponta de frustração. Mas segurei firme e continuei lendo até o fim. Felizmente, foi bem no finalzinho da matéria que encontrei um rastro dele.

> Chama atenção especial o projeto que a Hwani Film prepara como seu filme de estreia: *O Tribunal da Fúria*. Baseado em um roteiro escrito por um ex-aluno da faculdade de Direito da Universidade S, após sete anos de suado trabalho, o longa será dirigido por Go Cheoljin, um novato que recebeu o prêmio de Melhor Curta-Metragem no Festival de Locarno. Além do mais, ainda não podemos revelar nomes, mas dois atores de alto nível têm a presença quase confirmada, aguardando o dia da assinatura dos contratos.

De repente, me peguei pensando: quanto será que custa para emplacar uma matéria dessas? Conhecendo bem o setor, eu sabia que não existe algo como "praticamente confirmados", e "só falta assinar o contrato" não significa nada.

O que realmente me chamou a atenção foi o trecho: "roteiro escrito por um ex-aluno da faculdade de Direito da Universidade S ao longo de sete anos". Eu tinha certeza de que se tratava do Dom *ahjussi.* Mas o título *O Tribunal da Fúria* era tão clichê quanto os outros mencionados, e eu me recusava a acreditar que aquilo pudesse ser mesmo o nome da sua obra. Além do mais, nenhum nome foi citado, só um vago "roteirista formado em Direito pela Universidade S". Deu vontade de arrancar o coque do Seok Myeonghwan e dar umas boas palmadas na testa dele.

Na época da Dom Quixote Vídeos, sempre que eu perguntava quando o roteiro ia virar filme, o *ahjussi* respondia que cinema não se faz sozinho. Dizia que primeiro o produtor precisava aprovar o roteiro, depois viriam os atores, e só então, com o elenco fechado, o financiamento apareceria e o filme poderia, enfim, ser feito.

— Mas o produtor não é quem banca o filme? Então o que ele faz, afinal?

— Ele diz "não" pro roteiro.

Foi aí que me caiu a ficha: Seok Myeonghwan era quem sabia tudo sobre a trajetória do Dom *ahjussi* no mundo do cinema. Pensei que talvez ele fosse a última ponte entre mim e o *ahjussi.*

Digitei "Seok Myeonghwan" na barra de busca, torcendo para que ele ao menos tivesse produzido algum filme de gângster de quinta categoria ou algo assim. Qualquer coisa que deixasse um rastro on-line.

Logo, inúmeros resultados preencheram a tela.

E, para minha surpresa, eram todos sobre conquistas e feitos do próprio Seok Myeonghwan. No topo de sua filmografia, lá estava *O Filho do Milagre*, adaptação de um *webtoon* homônimo em 2012 que levou sete milhões de espectadores aos cinemas. Caramba. E a lista continuava: vários títulos conhecidos, enfileirados como troféus brilhando na estante. Logo abaixo, uma matéria intitulada "O desafio do persistente produtor Seok Myeonghwan continua" falava sobre sua expansão do cinema para o mercado de dramas através da sua empresa atual, a Firestone Studio.

Infelizmente, não havia nada que pudesse ser relacionado ao Dom *ahjussi* na história recente do produtor. Mas, mesmo que o ele tivesse conseguido trilhar esse caminho de sucesso ao lado do diretor, acho que eu não ficaria feliz. Pelo que me lembro, *O Filho do Milagre* foi uma baita decepção para os fãs do *webtoon* original. Se não fosse pela presença do astro número um da época no elenco, Cha Mooyoung, o filme jamais teria sido um sucesso de bilheteria.

Mas, gostando ou não, Seok Myeonghwan tinha feito o que precisava: escalou o maior astro, conseguiu investimento, e mesmo com um roteiro fraco, transformou aquilo num sucesso de bilheteria. Um produtor de verdade. O que teria acontecido para ele chegar aonde chegou? E o que ele dividiu com o *ahjussi* pelo caminho? Queria muito perguntar por que eles acabaram se separando.

Eu não podia parar. Numa busca frenética, consegui o número de telefone da Firestone Studio, e disquei na hora.

— Firestone Studio.

— Oi, tudo bem? Eu sou do canal do YouTube Dom Quixote Vídeos e...

— Não fazemos gravações para o YouTube.

— Ah, eu não quero gravar no estúdio, só gostaria de me encontrar com o senhor Seok Myeonghwan.

— Também não autorizamos gravações do senhor Seok. Passar bem.

A voz suave da mulher, que me tratou como se me considerasse uma vendedora ambulante de baixo nível, sumiu da ligação. E eu voltei a ferver. Ok. Beleza. Enfim a coisa ficou interessante. Depois de procurar o endereço da Firestone Studio, fui pesquisar os horários dos trem-bala que partiam para Seul na manhã do dia seguinte.

28 – O custo da boa vontade

Já fazia mais de duas horas que estávamos sentados em uma cafeteria barata entre a floresta de prédios de Sangam-dong, encarando a porta principal do prédio do outro lado da rua. Nenhum sinal do alvo. E nesse meio-tempo, já tinham passado por mim três rostos conhecidos, todos de pessoas que eu não gostaria de reencontrar. Droga. Será que estão desfilando por aqui só para provar que já trabalhavam na televisão? Sangam-dong era um lugar de amor e ódio, o que me deixava em estado de alerta.

Do outro lado da mesa, Hanbin estava com a cara enfiada no celular.

— Foco!

Ele franziu a testa, largou o celular na mesa e fixou o olhar na entrada do prédio enquanto tomava seu café gelado. A Firestone Studio ocupava o terceiro e o quarto andares daquele prédio. Tínhamos descoberto a rotina de Seok Myeonghwan por meio de uma entrevista recente numa revista masculina: ele morava num estúdio ali perto e geralmente passava a manhã em casa antes de ir a pé para o escritório à tarde. Claro que, se ele tivesse algum compromisso ou mudasse os planos naquele dia, tudo iria por água abaixo. Mas eu tinha a determinação e a paciência para esperar por ele ali — hoje, amanhã e depois de amanhã, se fosse preciso. Já o Hanbin, estava bem longe disso. Era hora de reforçar as instruções — mais uma vez.

— O que você vai fazer assim que ver o Seok Myeonghwan?

— Primeiro vou deixar claro que sou filho do Jang Yeongsu.

— Exatamente. Nada de enrolação. É só ir até ele, se apresentar como filho do Jang Yeongsu e pedir para conversar um pouco.

— Relaxa. Quando o assunto é lidar com gente, sou muito mais craque que você.

— Ah, é? Por isso que sua namorada tá achando que você tem um caso comigo?

— Cala a boca.

— Tô falando sério. A gente tem que pegar o Seok Myeonghwan hoje. Dei uma pesquisada e ele tem até empresário, que nem uma celebridade.

— A vida é uma loucura, mesmo. Quem diria que aquele tio do coque ia se dar tão bem. Tá até com outra cara.

Abri novamente no celular a foto mais recente do Seok Myeonghwan. O sujeito de rosto redondo e coque desajeitado tinha desaparecido. No lugar dele tinha um produtor de cinema de sucesso: cabelo com pomada, arrumado estilo barbearia de luxo, queixo afilado de quem fez dieta à risca, e olhos intensos que emanavam carisma. Ele não era mais o mesmo.

Não dava para saber se foi o sucesso que mudou a expressão dele, ou se foi a expressão lapidada que trouxe o sucesso. A única certeza era que Seok Myeonghwan realmente tinha mudado. E pensar em como arrancar isso uma entrevista me deixava cada vez mais nervosa.

Mostrei a foto dele no celular para o Hanbin e pedi que reafirmasse a promessa:

— Grava esse rosto. Você tem que reconhecer assim que ele aparecer.

— Já entendi. Ei, pera… aquele cara ali não parece ele? Tá passando ali… mas não tá indo pro prédio…

— Idiota, ele acabou de sair do prédio!

Peguei a mochila na qual escondi a câmera e saí da cafeteria às pressas.

Um homem de meia-idade, que parecia ser o Seok Myeonghwan, tinha saído do prédio com um casal de jovens e caminhava com eles pela calçada. Acelerei o passo, mas Hanbin me ultrapassou correndo e chegou primeiro.

— Senhor! Senhor Hwani!

O homem parou e virou o rosto devagar. Ele era mais alto do que eu imaginava, e o olhar era afiado e penetrante, fazendo com que tivesse uma presença intimidadora. O casal ao lado também se virou, de corpo inteiro e tão atentos que pareciam aqueles guarda-costas de filme.

— Sou o filho do Jang Yeongsu, senhor. A gente assistiu uma Copa na produtora da Hwani Film há um bom tempo atrás. O senhor lembra?

O homem nos analisou com um olhar de cima a baixo. Então deu um passo à frente.

— Filho do roteirista Jang? O que você quer?

— Estou procurando o meu pai, e gostaria de saber se o senhor poderia conversar com a gente sobre isso.

— Procurando seu pai, é? Ha! Para onde foi que o Jang Yeongsu fugiu dessa vez?

Senti que a risada debochada de Seok Myeonghwan deixou o Hanbin irritado. Coloquei a mão no ombro dele para segurá-lo e me adiantei.

— É um assunto muito importante para nós. Se o senhor puder, gostaríamos mesmo de conversar, só por alguns minutos.

— E você, é quem? A nora?

— Sou responsável por um canal no YouTube que está tentando encontrar o senhor Jang Yeongsu. Ontem tentei entrar em contato pelo telefone da empresa, mas como não consegui, viemos direto, sem planejar muito.

— Vieram direto... sem planejar muito, hein...

— Desculpa, senhor. Só pedimos por um pouco do seu tempo. Por favor — disse Hanbin, com sinceridade.

— Tá vendo só? Sou mesmo popular. Nem no meu dia de folga consigo escapar, tem stalker me seguindo por aí!

Os dois acompanhantes mostraram reações típicas de bajuladores, e Seok Myeonghwan se virou de novo para a gente.

— Vocês sabem o que é a coisa mais valiosa do mundo? O tempo. Principalmente para gente como eu. Passei a manhã toda em reunião e só agora estou indo almoçar. Façam assim: voltem daqui a uma hora no meu escritório, que eu dou trinta minutos para vocês. Também fiquei curioso para saber do Jang.

— Senhor, a gente já está há duas horas no café aqui da frente, está bem puxado... Será que a gente não poderia esperar no escritório? Nós ficamos te esperando. Sabe, o dia está muito quente.

Hanbin foi esperto.

Seok Myeonghwan fez um gesto com o queixo para o rapaz que o acompanhava e saiu andando com a mulher. O jovem nos fez um sinal com a mão para o seguirmos e foi na frente, em direção ao prédio. Olhei discretamente para Hanbin e levantei o polegar.

A sala de reuniões parecia mais uma sala de interrogatório. As cadeiras eram de acrílico transparente, dessas que são bonitas, mas tão desconfortáveis que fazem o bumbum doer. O design interno era todo elegante, com linhas limpas e um ar moderníssimo, mas não tinha nada de acolhedor. Havia um pôster emoldurado do Festival de Cannes, assinado por alguém com uma rubrica quase ilegível — e aquilo soava mais como um "olha só, eu fui pra Cannes, tá?" do que qualquer outra coisa. Não gostei disso.

Já Hanbin estava encantado, espiando o escritório todo através da parede de vidro. Os funcionários também pareciam descolados e ele observou tudo como se não fosse uma empresa, mas um café, com os olhos cheios de curiosidade. O jovem nos conduziu até a sala de reuniões e saiu, e ninguém ali prestava atenção na gente. De que adianta parecer um café, se nem um cafezinho oferecem... Tentei conter o cinismo que começava a tomar conta do meu peito. Decidi abrir mão da gravação. Não achava que fosse ser autorizado, e se eu insistisse nisso podia acabar não conseguindo mais nenhuma informação.

— Olha, até uma criança como eu era na época percebia que a Hwani Film era uma droga, mas isso aqui... é outro mundo.

— Hanbin.

— Hum?

— Hoje você não pode se exaltar de jeito nenhum. Ele com certeza vai falar coisas debochando do Dom *ahjussi*. Esse cara aí não é do tipo que mede palavras só porque o filho está ouvindo.

— Ah. Então eu vou é concordar. Melhor: vou criticar o meu pai mais ainda. Aí ele vai se soltar e falar tudo.

— Hum...

Naquele momento, a porta se abriu e Seok Myeonghwan entrou. Endireitei a postura para receber o homem, que se jogou com calma na cadeira do outro lado da mesa. Hanbin puxou assunto, perguntando se ele tinha almoçado bem, e ele respondeu de forma indiferente antes de pedir a alguém que trouxesse três cafés. Não havia escolha. Logo em seguida, ele mandou que colocássemos os celulares sobre a mesa. Com ênfase, disse para deixarmos ali também qualquer câmera ou gravador que tivéssemos trazido. E então acrescentou:

— Tem gente que é assim. Você oferece um pouco de gentileza e eles já acham que podem tirar mais e mais de você. E aí já era. É quando fica claro que o sujeito não sabe jogar com as regras. Vocês sabem qual é o preço da gentileza? Quando você recebe, você cala a boca e some. Não exige mais nada e nem sai se gabando por aí. O que eu quero dizer é que gentileza é decisão de quem oferece, não de quem recebe. Então, já que sou eu quem está disponibilizando meu tempo e até café, é só conversar, agradecer e ir embora.

Coloquei meu celular e a câmera sobre a mesa. Expliquei em seguida que o processo de busca pelo senhor Jang

Yeongsu era o tema principal do canal no YouTube, então eu inevitavelmente precisaria mencionar essa entrevista. Mas garanti que não revelaria o nome dele, nem gravaria áudio ou vídeo. Ele assentiu com a cabeça e deu um gole barulhento no copo de café gelado que o funcionário tinha acabado de trazer.

Hanbin explicou para Seok Myeonghwan como estava sendo o processo de sair em busca do pai até ali.

— Quer dizer que você está procurando pelo seu pai com uma *nuna* com quem você cresceu e através do YouTube. Ha. Essa é nova.

Seok Myeonghwan riu.

— É Dom Quixote Vídeos. Era o nome da locadora que o senhor Jang Yeongsu tinha lá no nosso bairro e agora é o nome do meu canal do YouTube — falei.

— Ah, agora lembro. É mesmo, o escritor Jang fugiu pra Daejeon, abriu uma locadora lá e ficava escrevendo roteiros. A cada seis meses subia pra Seul, mostrava pra mim a versão revisada e a gente jogava conversa fora. Os roteiros eram sempre mais ou menos, mas eu admirava a garra do Jang, então pagava bons jantares pra ele.

— Mas nunca assinou contrato com ele? — soltou Hanbin, de repente.

— Contrato só se faz quando tem motivo. O Jang não era roteirista estreante nem tinha nenhum talento reconhecido que justificasse um contrato.

— Mas não é assim. Se o senhor o mandou escrever um roteiro, o certo seria fechar um contrato antes. Isso é o básico.

Hanbin já estava com o tom seco apesar de eu tê-lo alertado para não se exaltar, então dei uma cutucada na lateral do corpo dele. Seok Myeonghwan ergueu o canto da boca num sorriso debochado.

— Escuta aqui, garoto. Quem aqui mandou ele escrever alguma coisa? Ele que veio dizer que queria escrever. Eu só li os roteiros, paguei comida, paguei bebida, dei a ele um senso de pertencimento nessa indústria. Se não fosse por mim, será que você teria tido o luxo de assistir à Copa do Mundo naquele projetor no escritório da produtora?

— Luxo? Eu lembro do escritório cheio de manchas de goteira nas paredes e mofo por todo lado. Eu era só uma criança, mas lembro bem que meu pai tinha ido lá pra fechar um contrato, e tudo o que recebeu foram críticas do senhor. Ele prometeu que se recebesse o adiantamento do roteiro, ia me comprar uma coleção de *Pokémon*, mas no fim não pôde comprar. E o senhor chama isso de luxo? Uau. Que privilégio, viu.

A situação estava tomando um rumo interessante. Hanbin tinha vindo com sangue nos olhos. Estava cutucando Seok Myeonghwan do próprio jeito dele, e o produtor, que pensava que Hanbin não lembraria de nada por ser pequeno na época, tinha levado uma invertida.

— Entendo o que você quer dizer. Os perdedores sempre acham que foram injustiçados. Eu até entenderia se ele tivesse vencido e ainda assim dissesse isso. Mas os vencedores que eu conheço não dizem esse tipo de coisa. Veja bem. Se o escritor Jang achasse injusto o nosso acordo, por que continuou trabalhando comigo depois? Se eu fosse um canalha, ele só precisava me xingar e cair fora. Mas por que será que o seu pai continuou pendurado em mim?

— Em uma matéria de 2007, o senhor apresenta *O Tribunal a Fúria* como o projeto inaugural da Hwani Film, escrito por um autor formado em Direito na Universidade S e que levou sete anos para terminar. Essa obra é do senhor Jang Yeongsu, certo? Como pode ele não ter recebido nada em troca de um trabalho de sete anos?

Perguntei antes que Hanbin pudesse reagir. Parece que minha pergunta foi boa o bastante, porque ele ficou em silêncio.

Seok Myeonghwan tirou um cigarro eletrônico do bolso e deu uma tragada. Soltou a fumaça na nossa frente, como se fizesse questão de dramatizar, e nos encarou.

— Como eu disse antes, o que mais tenho de valor é o tempo. Se eu for contar em detalhes minha história com o escritor Jang, a gente vai levar dias. E se eu só falar os fatos, vocês não vão entender. Esses dias, o pessoal da sua geração vive pedindo pra resumir tudo em três linhas, não é? Mas que tipo de acontecimento ou relação de causa e efeito você acha que cabe em três linhas? O mundo é simples assim? Não é.

Então ele pegou o celular e pediu para alguém trazer os arquivos de contrato. Pouco depois, uma mulher de aparência impecável deixou os documentos sobre a mesa e desapareceu. Seok tirou dois papéis dali e os empurrou na nossa direção.

Um era uma folha A4 amarelada, escrita à mão. O outro, um contrato impresso com texto apertado de ponta a ponta. O primeiro era um "Contrato de Roteiro", e o segundo, "Contrato de Cessão de Direitos Autorais para Adaptação Dramática de *Tribunal da Fúria*".

— Isso... é a letra do meu pai...

Hanbin murmurou ao ver o papel amarelado. Eu li o conteúdo, escrito com a mesma letra que preenchia todos os cantos dos cadernos onde o Dom *ahjussi* escreveu a tradução de *Dom Quixote*, e fiquei sem palavras.

> Jang Yeongsu está encarregado pela escrita do roteiro de *Tribunal da Fúria* e Seok Myeonghwan transformará o roteiro em filme. Esse contrato é firmado com base na confiança mútua e é livre de qualquer obrigação financeira ou limite de tempo. A única responsabilidade de ambos é se dedicar ao máximo a suas respectivas funções.
>
> 14 de abril de 2002.

Logo abaixo da data, estavam os carimbos de assinatura de Jang Yeongsu e Seok Myeonghwan.

O outro contrato era cheio de cláusulas detalhadas, subdivisões e termos técnicos — parecia até um documento em alemão. No fim, me contentei em verificar a assinatura e a data na última folha do documento. O contrato era de abril de 2012, e na última página estavam a digital do senhor Jang e o carimbo oficial da empresa Firestone Studio, lado a lado.

— Como não temos muito tempo, vou dar a explicação em três linhas, do jeito que a garotada gosta. Uma: ambos os contratos foram firmados por vontade livre do senhor Jang. Duas: o primeiro contrato só existe comigo, porque ele não quis ficar com uma cópia e eu quis. Três: *O Tribunal da Fúria*, escrito ao longo de dez anos após o primeiro contrato, nunca virou filme, então concordamos em fazer uma adaptação para TV, e isso levou ao segundo contrato. Fim.

Fiquei atônita com o segundo contrato nas mãos. Nem sabia mais o que perguntar. Foi quando Hanbin o tomou de mim e começou a examiná-lo com atenção.

— "Honorários estipulados em 6 milhões de wons por episódio, com pagamento de um quarto do total referente a 16 episódios no ato do contrato." Então quer dizer que o senhor deu 24 milhões de wons pro meu pai? Tem certeza? E por que só um quarto como adiantamento? O mínimo não seria metade?

Olha só. Eu estava tão concentrada em confirmar a autenticidade do contrato que nem tinha prestado atenção na parte financeira. Mas Hanbin, quando se tratava de dinheiro, era afiado como uma lâmina.

— Nunca fiz contratos injustos com ninguém, nem com o Jang. Pagar só um quarto é porque só os quatro primeiros episódios têm garantia de exibição. Você tem que escrever até o quarto episódio pra conseguir entrar na grade. Pra 2012, essas condições eram generosas.

— E qual é a situação atual deste contrato? Está encerrado? Ainda está em vigor?

— Nem encerrado, nem vigente. O Jang escreveu os quatro episódios num prazo de um ano, mas a série não entrou na programação. Aí ele exigiu o cancelamento imediato do contrato. Eu disse que, conforme o documento, só cancelava se ele devolvesse metade do adiantamento. Mas ele foi irredutível. No fim das contas, se encantou com o produtor que trabalhava para mim e os dois sumiram juntos. Agora quer que eu diga como essa história termina? Se encontrarem o Jang, digam isso: se ele não devolver metade do adiantamento, não vai poder usar absolutamente nada relacionado a *O Tribunal da Fúria*.

— Se não se importar, poderia nos passar o contato desse produtor?

— Não sou lista telefônica. E mesmo que soubesse, não iria contar.

A resposta seca de Seok Myeonghwan nos deixou sem jeito.

— Agora deixa eu perguntar uma coisa pra vocês. Encontrando esse cara estilo Dom Quixote… pretendem fazer o quê com isso?

— Ele é meu pai.

— Pai, é? Então por que só agora está procurando por ele? Vendo que você nem sabia qual o conteúdo dos contratos, vocês não devem ser muito próximos. Hein? E você aí, não era só a vizinha que conhecia o *ahjussi* da videolocadora? Agora tá fazendo o quê? Filmando o *Cinema Paradiso* versão locadora de bairro?

Eu mordia o lábio, sem saber como responder. Ele pareceu satisfeito com nosso silêncio e continuou:

— Quando o motivo e o propósito não estão claros, pode apostar: é por dinheiro. Se quiser contar sobre essa nossa conversa no YouTube, vá em frente. Só que sem mentiras, hein? Quem inventa mentira sobre mim não fica em paz. Então boa sorte com a busca pelo seu amigo Dom Quixote.

Seok Myeonghwan se levantou e, sem perceber, eu me levantei também.

— Espera um pouco!

Ele virou de volta com o cenho franzido, como se já estivesse de saco cheio.

— E o roteiro? Como era, afinal? Por que não virou filme nem depois de dez anos? E a série também não saiu… só me responde isso, por favor. O roteiro do Jang Yeongsu... era mesmo tão ruim assim?

Foi uma pergunta que brotou de tudo que vinha se acumulando dentro de mim.

Seok Myeonghwan hesitou, como se achasse aquilo totalmente fora de contexto, depois estalou a língua e me olhou com um certo ar de pena.

— Sobre *O Tribunal da Fúria* não quero dizer nada. Mas vou te contar só uma coisa: um roteiro ser bom não quer dizer que vira filme. Ser esforçado te deixa rico? Ser uma boa pessoa te garante sorte na vida? É tudo assim, entende?

E saiu da sala de reunião.

Eu e Hanbin ficamos ali, meio em choque, tomando o resto do café para recuperar o fôlego. Mas até isso dava vergonha, então logo saímos de lá.

29 – A jornada sem fim

Fugi de Sangam-dong como se estivesse escapando de algo e fui até a Estação Seul no carro de Hanbin. Disse a ele que, por enquanto, queria investigar o paradeiro do Dom *ahjussi* sozinha e embarquei.

Dentro do trem, organizei no iPad tudo o que o Seok Myeonghwan havia contado. O trecho da entrevista com ele não seria tão longo. Mas ainda assim, seria essencial para mostrar o quanto o Dom *ahjussi* se esforçou, vagou, e no fim das contas se frustrou tentando encontrar um lugar no meio cinematográfico.

Escrever o mesmo roteiro por dez anos, depois reescrevê-lo em formato de série, e mesmo assim ouvir que deveria devolver metade do adiantamento por falta de exibição... Era uma dor que eu, sinceramente, não conseguiria imaginar. A cena que eu guardo dele — assobiando enquanto trabalhava no roteiro, sentado num canto da locadora em 2003 — talvez tenha sido justamente um retrato do tempo em que a esperança do *ahjussi* ainda não havia sido esmagada.

De volta ao estúdio, imediatamente escrevi o roteiro e gravei o vídeo. Resumi a entrevista com Seok Myeonghwan, e com um gosto amargo na boca, disse que talvez o Dom *ahjussi* tenha desistido completamente de fazer cinema. Acrescentei que, para entender o verdadeiro desfecho dessa jornada, era urgente encontrar o produtor que havia desaparecido com ele. Finalizei o episódio pedindo que os espectadores esperassem pela próxima missão da Jjin-Sancho.

Mas, por mais que eu tenha dito tudo isso no vídeo, por dentro eu duvidava. Se já estava sendo difícil encontrar o Dom *ahjussi*, como eu conseguiria rastrear um produtor sobre quem eu não sabia absolutamente nada, nem o nome? A verdade é que eu estava esgotada. E, com o peso da frustração, acabei adormecendo.

No dia seguinte, lendo os comentários do vídeo, recuperei um pouco do ânimo. Os inscritos, um a um, expressaram sua solidariedade com a história do Dom *ahjussi* e me deixaram mensagens de apoio.

> Força, Jjin-Sancho. Acredito que o Dom *ahjussi* está em algum lugar, sem nunca ter desistido do sonho, escrevendo uma obra-prima.
>
> Se o Dom *ahjussi* lançar um filme, eu assisto dez vezes no cinema. Uma história de vida como a dele com certeza tem muito a nos ensinar.
>
> Essa produtora F aí, ela é uma empresa registrada? Qual é a obra mais conhecida deles? O CEO me passou uma vibe péssima.
>
> ㄴ Acho que sei qual é, haha. É aquela da pedra em chamas, né? Hahaha.
>
> ㄴ Firestone? Ouvi dizer que os abusos lá são pesados...

ㄴ Procurei o CEO e achei a cara dele. Realmente não é um rosto confiável.

ㄴ Conheço um roteirista que trabalhou lá e saiu batendo porta. Disse que nem usam o contrato padrão, só um deles cheio de cláusulas absurdas.

Então *O Tribunal a Fúria* vai virar série ou não? Eu queria muito ver...

ㄴ Nesse caso, a empresa tem os direitos autorais. Provavelmente não vai rolar.

ㄴ Mas se foi uma ideia do autor, como assim a empresa ficou com os direitos?

ㄴ Pois é, é por isso que ser roteirista na Coreia é missão quase impossível.

ㄴ Você é roteirista?

ㄴ Aspirante frustrado.

ㄴ Se é tão difícil, por que tentar?

ㄴ Já estou largando. Cansado de tanta sujeira e humilhação.

Chega de discutir e vamos pensar em como ajudar a Jjin-Sancho, gente!

ㄴ E se oferecessem uma recompensa pra quem ajudar a encontrar o Dom *ahjussi*?

ㄴ Se eles se reencontrarem no estúdio, eu vou chorar rios, sério ㅜㅜ

Sem perceber, meus olhos se encheram de lágrimas. Os inscritos também, pouco a pouco, estavam reunindo seus corações na busca pelo Dom *ahjussi* e criticando Seok Myeonghwan. Enquanto lia mais de cem comentários dos *Amigos*, as lágrimas que se formaram escorreram pelas bochechas e molharam meu queixo.

Enquanto eu respondia cuidadosamente cada comentário com palavras de agradecimento, Hanbin me ligou.

— *Nuna*. Tô pensando em encontrar o Seok Myeonghwan de novo hoje.

— Hã? Para descobrir quem é aquele produtor?

— Produtor? Ah, isso já era. Tem que pensar no lado prático.

— Hã?

— Olha, eu acho que a gente tem que fisgar o Seok Myeonghwan. Meu pai largou o drama no meio do caminho com aquele cara. Então eu vou dizer que sou eu que vou terminar de escrever.

— O quê?

— Meu pai já escreveu um pedaço, né? Então eu termino e viro roteirista de drama. Pesquisei e, pelo visto, hoje em dia roteirista de drama é quem mais ganha dinheiro na indústria de entretenimento. Você conhece a roteirista Kim Eun-hee, né? *Goblin* e *Mr. Sunshine* foram um estouro!

— Essa é a Kim Eun-sook. A Kim Eun-hee escreveu *Signal* e *Kingdom*.

— Ah, é? Mas Signal e Kingdom também foram um sucesso, não? É isso que eu tô dizendo: roteirista de drama ganha uma bolada. E, olha só, como meu pai já tinha começado, agora é só eu, como filho, continuar. Ou seja, só preciso pegar o que ele largou e aproveitar.

Aquilo foi tão absurdo que eu nem consegui soltar um suspiro exasperado.

— Seu idiota, acha que qualquer um pode ser roteirista?!

— Meu pai foi, por que eu não posso? Isso tá no meu sangue. E quando eu era criança ganhei até concurso de redação. Fora que eu tenho mais noção das coisas porque sou jovem. Enfim, hoje vou lá resolver isso com ele.

— Se eu fosse o Seok Myeonghwan, diria isso: "Então escreve. Mas o adiantamento já foi pro seu pai, então você escreve sem contrato primeiro."

— Que absurdo é esse? Se eu for escrever, tem que fazer um contrato novo comigo, ué.

— Cala a boca, eu te imploro. Já subi o vídeo novo no canal. Entra lá, lê os comentários dos *Amigos* e aprende alguma coisa. Esse mundo não é fácil.

Desliguei o telefone e esfreguei o rosto com as mãos. A impulsividade cega desse moleque quando se trata de ganhar dinheiro, sinceramente, lembrava muito o próprio Dom Quixote.

Estava prestes a desligar o computador para descansar, exausta, mas abri o e-mail só por via das dúvidas. Vai que alguém tivesse enviado alguma informação sobre o tal produtor da Firestone que desapareceu junto com o Dom *ahjussi*.

Assim que entrei na caixa de entrada, aquela pequena esperança virou surpresa total. O assunto do e-mail novo era uma bomba capaz de varrer toda a minha exaustão num segundo

Olá. Me chamo Min Jooyoung e trabalhei com o roteirista Jang Yeongsu.

Cliquei no e-mail como quem detona uma bomba.

Olá, Jjin-Sancho. Sou o produtor Min Jooyoung.

Assino o canal Dom Quixote Vídeos há cerca de um mês. Acompanhei sua busca incansável por pistas sobre o passado e o paradeiro atual do Dom *ahjussi*, o roteirista Jang Yeongsu, e confesso que por muito tempo hesitei em entrar em contato. A dureza da minha vida atual, somada ao sentimento de culpa que carrego em relação ao sr. Jang, me impediram de escrever antes. Espero que possa entender.

Sou, de fato, o produtor que saiu da Firestone junto com o roteirista Jang, como você mencionou. Depois de pedir demissão, trabalhei com ele por três anos no desenvolvimento e tentativa de venda de roteiros. Durante esse período, o sr. Jang escreveu muitas boas histórias e confiou em mim, e eu também fiz o possível para ajudá-lo a estrear como roteirista. Mas por falta de conhecimento e experiência, não consegui fazer com que seu sonho se tornasse realidade. Por volta de 2016, perdemos o contato. Desde então, não sei mais de seu paradeiro.

Fui testemunha de quanto o sr. Jang se empenhou para escrever obras que expressassem seus sonhos e convicções, e também de como ele enfrentou, de forma corajosa, os abusos e contratos injustos da Firestone e da indústria do entretenimento em geral. Por isso, tenho um profundo respeito por ele. Se for necessário, gostaria de compartilhar tudo isso com sinceridade no seu canal do YouTube. Digo isso porque não quero de forma alguma que a integridade ou o valor do sr. Jang sejam mal interpretados ou diminuídos. E também porque, sinceramente, tenho saudades e gostaria de vê-lo novamente. Foi com esse desejo que reuni coragem para escrever.

Se participar do canal Dom Quixote Vídeos, darei meu testemunho sobre o verdadeiro Jang Yeongsu que eu conheci. Quero contar ao mundo sobre um homem que lutou para enfrentar as injustiças da sociedade com histórias carregadas de verdade. Não espero qualquer recompensa por isso. Na verdade, já recebi demais dele...

Segue abaixo meu número de telefone. Se preferir, também pode me responder por e-mail.

Atenciosamente,
Min Jooyoung

Fiquei em choque. Era como se um bilhete de loteria premiado tivesse voado sozinho e caído aos meus pés.

Min Jooyoung. Não dava para saber o gênero dessa pessoa com esse nome, mas cada linha daquela mensagem transbordava sinceridade e credibilidade. A proposta direta de aparecer no canal do YouTube e falar pessoalmente. Um entrevistado perfeito, surgindo por conta própria. Decidi não duvidar dessa sorte. Melhor: aceitei aquilo como uma recompensa justa por todo o esforço que tive até ali, buscando o Dom *ahjussi* e tocando o canal. Era como se um rojão de festa tivesse explodido dentro da minha barriga. Meu corpo inteiro formigava.

Sem rodeios.

Sem pestanejar, disquei o número que estava ao final do e-mail. Pouco depois, uma voz masculina de tom grave soou do outro lado da linha. Confirmei se quem falava era Min Jooyoung e me apresentei. À medida que a conversa avançava, sua fala acelerava, tensa, até que ele finalmente disse:

— Me diga o horário que preferir e eu irei até Daejeon.

Não seria preciso usar o carro velho e desconfortável do Hanbin para encontrá-lo. Senti como se enfim pudesse enxergar o fim da jornada para encontrar o Dom *ahjussi*, e com o coração palpitando de expectativa, marquei a data da entrevista com Min Jooyoung.

30 – A última testemunha

O produtor Min Jooyoung disse que já tinha estado no "Estúdio Dom Quixote Vídeos". Por volta de 2015, o Dom *ahjussi* já estava recluso e os contatos estavam rareando. Mesmo assim, ele desceu até aqui para vê-lo, e contou que passou uma noite inteira no espaço subterrâneo.

— O senhor Jang, sabendo que eu viria, comprou tofu com carne refogada e panqueca de feijão-mungo. A geladeira estava cheia de soju. Comemos e bebemos sem parar, e acho que conversamos quase a noite toda. Em algum momento, já meio bêbado, simplesmente apaguei neste sofá aqui.

O produtor Min parecia ter um pouco mais de altura que eu e devia praticar algum esporte, pois tinha o corpo robusto. Se não fosse pelos óculos de aros grossos, pareceria ameaçador. Ele passou a palma da mão pelo sofá, com um ar nostálgico e me peguei sorrindo sem querer. Aquele homem parecia um bandido gentil.

— Na manhã seguinte, o senhor Jang me acordou. Eu perguntei onde ele tinha dormido, já que me cedeu o sofá, mas ele só disse que devíamos sair para curar a ressaca, sem responder. Fomos juntos comer *kalguksu*, e depois voltei para Seul. Essa foi a última vez que estivemos juntos. Depois disso, trocamos algumas ligações, mas em certo momento todo o contato simplesmente se encerrou.

— E isso foi mais ou menos quando?

— No início de 2016.

Virei o rosto e olhei para Hanbin, que estava ao meu lado. Ele apenas assentiu com a cabeça, sem dizer uma palavra. Quando chegou em Daejeon naquela manhã parecia que ia interrogar o produtor, mas assim que o produtor Min apareceu sua postura amansou. Talvez tenha ficado intimidado com o porte robusto e os dez anos a mais do entrevistado.

— Então vamos começar.

Sentei-me ao lado de Min em um dos banquinhos diante da mesa. Hanbin, que já estava relativamente acostumado com as gravações, posicionou-se atrás do tripé da câmera, pronto para apertar o botão de gravação.

Olhei para os dois e bati uma palma para marcar o início da filmagem.

— *Hola, ¿qué tal?* Sou Jjin-Sancho e estou de volta com um furo, como prometido. *Amigos* do canal: temos aqui o produtor que esteve com o Dom *ahjussi* até o fim, a última pessoa a trabalhar com ele. Bem-vindo, senhor Min Jooyoung.

— Olá, eu sou Min Jooyoung.

— Dá uma saudação pros nossos *Amigos*, por favor. Grita "*¡Hola, qué tal!*" e acena com vontade!

— Ah... *hola, ¿qué tal?*

— Perfeito! *Amigos*, como vocês já sabem, eu, a verdadeira Sancho, e o cavaleiro Wonbin estivemos nos últimos meses entrevistando pessoas que lembram do Dom *ahjussi*. Por meio das histórias delas, conseguimos compreendê-lo melhor e encontrar pistas sobre seus passos. Mas após chegar ao CEO S da grande produtora F, acabamos encurralados. E eis que, talvez abençoados por Dom Quixote, Cervantes, Rocinante e Dulcineia, o produtor Min Jooyoung entrou em contato espontaneamente conosco e veio pessoalmente até o nosso estúdio. Mais uma vez, muito obrigada.

— Ah, claro.

— Conhecemos o produtor Min pelas palavras do representante S. Para sermos exatos, ele disse que "por volta de 2013, o Dom *ahjussi* teria se encantado pelo produtor e largado a empresa F". Essa expressão, "se encantado", me fez imaginar que talvez se tratasse de uma produtora mulher, mas estamos diante de um homem bastante robusto. Por que será que ele usou essa expressão?

— Esse senhor tem um jeito bem pobre de falar. E quando está entre homens, costuma ser bem vulgar.

— Começamos forte, hein. Tudo bem continuar nesse tom?

— Estou aqui para ser sincero. Acima de tudo, fiquei incomodado com o fato de o CEO S deturpar a essência do Dom *ahjussi,* o roteirista Jang Yeongsu, falando apenas de aspectos superficiais. Quero mostrar corretamente quem é a pessoa que eu conheci.

— Entendo. Só pelo fato de o senhor estar aqui, eu já acredito na sua sinceridade. Então vamos entrar de fato na conversa sobre o senhor e o Dom *ahjussi.* Quando vocês se conheceram?

— Foi por volta de 2010, quando entrei na antiga H Film, empresa predecessora da F. Eu estava encarregado de *O Tribunal da Fúria* e foi aí que o conheci. Na época, o roteiro já estava na décima-sexta versão e era realmente bom. Mas como o autor era mais velho e o projeto estava parado, ninguém queria pegar. Então eu resolvi assumir.

— Sabia! E então, que tipo de obra é esse filme, O *Tribunal a Fúria*, no qual o Dom *ahjussi* trabalhou por tanto tempo?

— É sobre pessoas revoltadas com as decisões do Tribunal Judiciário que, usando máscaras de Dom Quixote e armados, tomam um tribunal como reféns. Ao mesmo tempo em que fazem isso publicamente, lá dentro, vestem togas e julgam políticos corruptos e membros podres do sistema jurídico.

— É um conteúdo bem intenso. E como termina essa história?

— Antes de eu me encarregar, era um final triste. Depois, reformulamos para um final feliz.

— Final feliz, como assim?

— Os que sofreram com sentenças injustas recebem julgamentos justos e saem vivos do tribunal.

— O Dom *ahjussi* aceitou essa modificação?

— Quando se escreve um roteiro de cinema, ele passa por incontáveis revisões. O roteirista Jang já tinha desenvolvido várias versões com final feliz, então o ajuste que pedi não foi nada demais. O problema foi que o S não ficou satisfeito com esse final e voltou a "rodar a roleta".

— "Rodar a roleta"...?

— É quando ele diz que com esse final não dá pra fechar com ator, que o investimento não vem, e aí força o roteirista a refazer tudo.

— Mas por que ele fez isso? Seria bom pra ele também que o filme saisse, não é?

— Existem poucos atores de alto nível que garantem investimento. Conseguir que esses atores escolham um roteiro é o que mostra a capacidade do produtor. Mas, na época, o S não tinha esse poder.

— Entendi.

— Daí, por um golpe de sorte, *O Filho do Milagre* estourou. A empresa cresceu e se expandiu para o ramo das séries e dramas. Foi quando eu sugeri adaptar *O Tribunal a Fúria* para a TV. Achei que só assim o S aceitaria ao menos fechar um contrato com o roteirista Jang. Então, em 2012 eles assinaram o contrato da adaptação em série, e o Dom *ahjussi* escreveu quatro episódios ao longo de um ano, mas, mesmo assim, o representante S alegou que não foi no ar.

— Acabou não indo ao ar, né?

— Essa sua fala agora tem um tom meio ambíguo, não?

— Falando de forma direta, foi censura interna. Eu acredito que o S não teve coragem de lançar uma obra com um conteúdo tão provocador sobre a política e o judiciário. Ele assinou o contrato só por obrigação, mas não tinha intenção real de levar o projeto adiante.

— O quê?! Então por que continuou com esse projeto por tanto tempo? Desde os tempos da Hanni Film... não, quer dizer, desde a H Film... ele trabalhou nisso com o Dom *ahjussi* durante anos, não foi?

— Naquela época, eles estavam no aperto. O CEO S era um *underdog* e precisava de uma obra que causasse polêmica e que gerasse debate a qualquer custo. Mas aí veio o sucesso de *O Filho do Milagre*, a empresa cresceu e ele passou a ter muito a perder. A essa altura, já não valia mais a pena apostar em um projeto tão arriscado.

— Mas mesmo que o filme criticasse a política e o judiciário, ainda assim... é só um filme, né? Será que se tornaria mesmo um problema? Quem impede um filme de ser feito por não gostar dele?

— Lembra da *blacklist* cultural do governo anterior?

— Ah...

— Eles excluem. E ainda impõem sanções.

— Hum...

— Então, eu também fiquei extremamente frustrado e irritado com aquilo. E como o roteirista Jang decidiu que iria desistir de tudo, eu também pedi demissão naquela ocasião. Depois, o CEO S começou a me difamar, dizendo que eu tinha "roubado" o roteirista Jang. Mas isso não é verdade. Eu só queria ajudá-lo. E, em parte, já estava farto do comportamento do CEO S.

— O senhor está sendo bem sincero, né? Então foi por isso que vocês dois saíram e começaram a preparar um novo projeto juntos.

— Sim. Depois que saí da empresa, conversamos sobre que tipo de obra poderíamos criar juntos. Primeiro, eu mostrei um projeto que eu vinha desenvolvendo e sugeri que fizéssemos juntos. Mas aí ele tirou da mochila oito maços de páginas grossas e os colocou sobre a mesa. Eram oito roteiros de filme.

— O quê? Oito?

— Sim. E a minha reação naquela hora foi igualzinha à sua, senhorita Jjin-Sancho. Fiquei de queixo caído. Aí, o escritor me disse que eram obras que ele vinha escrevendo há anos e que eu podia ler tudo, e depois simplesmente foi embora. Passei umas boas quatro horas lendo um por um, e quando liguei pra ele, ele estava num bar de LPs ali perto, ouvindo música.

— E os roteiros, como eram?

— Todos tinham um nível de completude acima da média. Os gêneros eram variados: tribunal, suspense, terror, ação... Era difícil de acreditar que ele tinha escrito tudo aquilo sozinho. No bar de LPs, perguntei quando ele tinha conseguido escrever tudo aquilo, e ele me respondeu assim.

— O que ele disse?

— "Produtor Min, se eu tivesse passado dez anos escrevendo apenas *O Tribunal a Fúria*, não estaria aqui hoje. Fui escrevendo aquilo, sim, mas a cada ano tentei um gênero diferente, com uma obra nova. Porque eu queria estrear como diretor de cinema, de qualquer forma. Então escrevi de tudo, desde terror, que eu não dominava, até drama jurídico, que era mais a minha praia. Só que chegou um momento em que não queria mais dividir isso com o S. Passei a esperar um novo parceiro. Mesmo que fosse uma ideia meio burra."

— Ah...

— E ele ainda disse mais. Perguntou se eu queria desenvolver aquelas obras junto com ele. Eu disse que tinha gostado de todas, mas que seria difícil, já que eu não tinha dinheiro pra dar um adiantamento naquele momento. Mas o roteirista Jang respondeu que a gente podia começar a desenvolver juntos e, se conseguíssemos vender, dividiríamos os lucros numa proporção de 7 pro escritor e 3 pro produtor. O mais surpreendente foi...

— Não faz suspense, me conta logo.

— Ele disse que não pensava mais em dirigir. Sinceramente, é muito difícil vender um roteiro quando o escritor também quer garantir a direção, principalmente sendo estreante. Mas ele mesmo sugeriu que deixássemos de lado a condição de dirigir, e focássemos só na venda. Um homem que dedicou os melhores anos da vida ao sonho de ser diretor de cinema... abrir mão disso é algo realmente doloroso.

— Esse sentimento... acho que consigo entender, ao menos um pouco. Eu também dediquei seis anos da minha juventude pra me tornar produtora-chefe, mas no fim tive que deixar o mundo da TV. É por isso que, desse jeito, sigo pelo YouTube, ainda tentando continuar.

— Exatamente. Jjin-Sancho, você está, na verdade, dando vida nova ao seu sonho por meio do YouTube.

— Isso foi um elogio? Obrigada.

— Sim. A sua paixão e o carisma desse canal influenciaram muito na minha decisão de participar hoje. Na verdade, agora eu trabalho com entregas. Pouco depois de perder contato com o roteirista Jang, também larguei o cinema. E até agora não consegui reunir coragem para voltar. Mas, sinceramente, eu torço de coração para que os sonhos do roteirista Jang, o da Jjin-Sancho e do Hanbin continuem vivos.

— Você fala muito bem. Eu tô quase chorando.

Eu respirei fundo e fingi enxugar uma lágrima. Por dentro, já estava chorando de verdade. Só então, talvez um pouco envergonhado por ter se empolgado demais, o produtor Min esvaziou o copo d'água sobre a mesa.

— Vendeu?

A pergunta veio do Hanbin, fora do quadro da câmera. Eu olhei para o produtor Min.

— Quantos você vendeu? Dos roteiros.

Hanbin insistiu, quase cobrando.

— O nosso cavaleiro Wonbin quer saber se vendeu e, dos oito roteiros, quantos foram vendidos?

— Vendi, sim. Durante os três anos que trabalhamos juntos, revisamos os textos e conseguimos vender seis dos oito roteiros. Geramos um lucro de 260 milhões de wons. Dividimos conforme combinado: 70% para ele, 30% para mim.

— Uau! Grana pesada!

— Cavaleiro Wonbin, por favor, se acalme. Acabei de pensar numa coisa: será que o sumiço do Dom *ahjussi* não tem a ver com esse dinheiro? O que você acha?

— Sim, acho que é possível. O escritor precisava de uma quantia significativa de dinheiro, e talvez tenha decidido abrir mão de ser diretor e vender os roteiros justamente por isso.

— Ah, e desde quando o meu pai precisava de tanto dinheiro assim? Nem pensou em usar isso pra ajudar o próprio filho!

— Cavaleiro Wonbin, por favor, pare de interromper. Produtor Min, obrigada pelas informações valiosas. Tenho certeza de que o Dom *ahjussi* tinha um motivo importante para precisar desse dinheiro. E acho que agora é hora de a gente tentar descobrir o que era.

— Descobrir o quê! Meu pai só pegou o dinheiro e caiu fora! Largou o filho e foi curtir a vida em algum lugar paradisíaco tipo Boracay, aquela ilha nas Filipinas! Ou, sei lá, foi pra Espanha fingindo que é o Dom Quixote? E me abandonou? Droga!

Tomado pela raiva, Hanbin saiu correndo do estúdio antes que eu pudesse impedi-lo.

— Então aqui era mesmo a locadora?

— Sim. Tinha estantes duplas nessa parede, cheias de fitas VHS e livros. O senhor, como produtor, também costumava frequentar locadoras, não é?

— Claro, usava bastante. Foi vendo filmes em VHS que comecei a gostar de cinema. Depois entrei na escola de cinema, comecei a colecionar DVDs, estudar com os comentários dos diretores... Foi numa época em que o setor recebia muitos investimentos e o mercado estava aquecido. Mas quando entrei de fato no mercado, no fim dos anos 2000, já senti que estava tudo mais difícil. E agora chegou a era dos streamings... sem querer, acabei vivenciando o auge e a queda da indústria.

— Pois é. Teve um tempo em que cinema e vídeo eram tudo, mas hoje em dia tem criança que nem sabe o que é uma fita. Mas... por que será que eu tô aqui lembrando disso tudo, feito o Dom *ahjussi*?

— Deve ser porque você está com outro cara velho, haha.

O sorriso calmo do produtor Min não era feio. Eu estava prestes a puxar mais conversa, quando a Sangeun chegou com as bebidas e muffins que pedimos. Disse que era um novo muffin de gergelim preto que ela tinha criado e pediu para dizermos o que achamos.

Olhei para o latte, que tinha um "kk" desenhado na espuma, e me virei pra encarar a Sangeun. Ela rapidamente se escondeu atrás da estante.

— Essa arte no latte é... peculiar.

— Ah, é que a gente é próxima. Ela não faz isso pros clientes, não.

Enquanto dividíamos o muffin, perguntei se ele gostaria de cortar algum trecho na edição. O produtor Min disse que estava tudo bem, que mesmo que a entrevista gerasse repercussões, ele não se importava. Que, na verdade, estava se sentindo aliviado.

— Que bom, então. Assim a edição vai ficar muito mais tranquila.

— Eu também sou produtor, não quero ser o tipo de convidado que dá dor de cabeça na hora de editar.

— Olha só, nós dois somos produtores. Bom, eu agora sou youtuber, mas mesmo assim.

— E eu, entregador.

— Então vamos fazer um bom trabalho juntos, entre ex-produtores.

— Ah, sim.

Meu Deus. "Bom trabalho", sério...? Que diabos eu estava pensando quando soltei uma frase dessas...? Tentei disfarçar o constrangimento pulando logo para a próxima pergunta.

— Fora o lado de roteirista, tem algo do dia a dia do Dom *ahjussi* que você se lembra?

— Bom... ele sempre estava sozinho. Dizia que a essência da escrita era o isolamento, que só escrevendo trancado no porão conseguiria continuar. E quanto a hobbies... ah, ele bebia bastante. Só soju. Mesmo depois das reuniões, na hora do jantar, quando eu insistia pra ele comer alguma coisa, ele só bebia soju e beliscava petiscos.

— Ele estava doente ou algo assim?

— Não parecia saudável, não. Tinha engordado um pouco.

— Engordado? O Dom *ahjussi* era magro feito um palito... mas é verdade, isso foi na época em que eu era do ensino médio... espera, você tem alguma foto?

Antes mesmo de eu perguntar, o produtor Min já procurava no celular. Um instante depois, ele ajeitou os óculos de aros grossos e me passou o telefone. Prendi a respiração antes de olhar a tela.

Ah. Não

O Dom *ahjussi* tinha virado praticamente um "tiozão" barrigudo. E aquele cabelo comprido e aquela barba desgrenhada que não combinavam com ele... era o visual completo de uma pessoa em situação de rua, velho com ares de rei dos andarilhos. Na foto escura tirada em um boteco, ele aparecia meio bêbado, com uma garrafa de soju e um pratinho de pêssegos em calda na frente, sorrindo de canto com o produtor Min. Foi um choque. Pensei que, mesmo se eu o encontrasse naquele instante, talvez... talvez nem o reconhecesse.

Disfarcei como pude a expressão de surpresa e o devolvi ao produtor Min.

— Parece que você se assustou um pouco.

— É. Um pouco.

Um breve silêncio pairou. Então, lembrei da pergunta que queria fazer desde o começo.

— O Dom *ahjussi* nunca falou sobre "Dom Quixote"? Nunca disse que queria levar os cadernos da tradução manuscrita para a Espanha ou algo assim?

O produtor Min refletiu por um instante e então assentiu.

— Ele nunca mencionou ir à Espanha ou cadernos com traduções, mas falava sim sobre *Dom Quixote*. Dizia que a origem de todas as suas obras estava naquele livro. Ele disse que *O Tribunal a Fúria* e os projetos novos que estava preparando, eram todos obras que carregavam o espírito do Dom Quixote.

— Então será que ele não sumiu justamente pra escrever algo novo?

— Isso eu não sei ao certo. Mas lembro que ele dizia que *Dom Quixote* era a origem de toda a sua obra, e que um dia eu comentei que isso fazia todo sentido, que ele mesmo tinha vivido como um verdadeiro Dom Quixote no meio cinematográfico. Aí ele balançou a cabeça e respondeu que já não era mais o Dom Quixote.

Naquele momento, concentrei toda minha atenção nele.

— Disse que não era mais o Dom Quixote. Que, na verdade, sempre foi só o Sancho. Um Sancho que se enganou achando que era o Dom Quixote.

— É sério?

— Sim. Quando eu disse mais uma vez que ele era um verdadeiro Dom Quixote, ele respondeu perguntando onde já se viu um Dom Quixote gordo daquele jeito. Disse rindo que o corpo dele ter virado o do Sancho não era coincidência nenhuma.

— Você pode me mostrar aquela foto de novo?

Peguei o celular que o produtor Min me entregou e encarei com atenção a imagem.

A figura do Dom *ahjussi* parecia, de fato, muito mais com Sancho Pança. O homem magro, de olhar vivo e cheio de ideias, já não existia. Em seu lugar, havia um homem de meia-idade, arredondado, um tanto gasto.

Será que o Dom *ahjussi* se empanturrou e bebeu demais de propósito, para se tornar o Sancho de verdade? Ou será que tirou de si a armadura pesada do Dom Quixote e deixou vir à tona o Sancho que sempre esteve lá dentro?

Seja qual for o motivo, a verdade é que eu perdi o meu Dom Quixote. Fui atrás do Dom *ahjussi* e encontrei apenas o Sancho. Seria esse o final do canal Dom Quixote Vídeos? Não conseguia aceitar isso.

Dom *ahjussi*, onde está você? O que aconteceu? Não tem como tirar de dentro do Sancho o Dom Quixote de novo e aparecer aqui na minha frente?

Afundei em silêncio, submersa num mar de perguntas sem resposta.

31 – Se você olhar ao redor...

Depois que o produtor Min foi embora, fiquei um bom tempo afundada no sofá, incapaz de me mover. Sentia como se tivesse perdido meu objetivo. A aparência mudada do Dom *ahjussi* e sua confissão igualmente chocante eram completamente diferentes do Dom Quixote Jang Yeongsu que eu tinha construído na mente e que tanto queria encontrar.

O *ahjussi* tinha mudado.

O fato de ele mesmo se declarar Sancho, negando ser Dom Quixote, era a prova viva dessa mudança. Para mim, que nos meus não tão curtos trinta anos sempre acreditei que as pessoas não mudavam, aquela transformação — ou não-transformação — me deixava com uma sensação estranha de traição. Eu tinha saído para buscar o Dom Quixote... e encontrei o Sancho. Um Sancho que se confundia com um Dom Quixote. Como aceitar aquilo? Simplesmente não conseguia.

Mas o que me preocupava mesmo é que eu não fazia ideia de como contar essa verdade aos *Amigos*. Depois da bênção do algoritmo, a maioria dos novos inscritos estava completamente envolvida na narrativa de "Em busca de Dom

Quixote". Eu e o Hanbin havíamos conquistamos essas pessoas com a jornada de rastrear o Dom *ahjussi*... E agora fico pensando: será que isso também iria deixá-los tão perdidos quanto eu?

Meu celular tocou. Era minha mãe. Só então lembrei que tínhamos combinado de jantar naquele dia.

Já fazia um mês e meio que eu estava nessa correria para encontrar o *ahjussi*. Desde que passei a usar a lavanderia ali perto, nem em casa eu ia mais. Já fazia mais de um mês que não via minha mãe.

Criei coragem e me levantei do sofá. Peguei uns potes de comida já lavados há tempos e fui para a casa dela.

— Não é como se você morasse em Seul, é só atravessar a rua, e nem assim te vejo.

A comida de casa tinha um sabor ainda melhor com o puxão de orelha da minha mãe. Mais uma vez percebi que só com bronca a comida de casa é completa — e mergulhei a omelete da minha mãe, que eu tanto gosto, num monte de ketchup antes de engolir.

— Com esse calor, deve estar bombando o movimento lá no restaurante, né?

— Você se preocupa com cada coisa... como se fosse me ajudar lá.

— Espera o canal aumentar só mais um pouco e eu vou conseguir te dar uma mesada, tá, minha senhora?

— Esse negócio de YouTube aí nem é televisão de verdade. Quem é que vê isso tanto assim? E só dá dinheiro se tiver propaganda, não é?

— Mas a senhora sabe de cada coisa, hein. Ainda não tenho anúncio, mas só com os inscritos eu já tô pagando o aluguel e as contas.

— Pois é, mas precisa de anúncio pra ganhar dinheiro de verdade e me dar uma mesada, né. Chama aquele Joo Hyeseong pra aparecer uma vez no canal. Você não disse que eram próximos? Com uma celebridade dá pra ganhar um bom dinheiro.

— Mãe, celebridade só se move com dinheiro. Famoso só aparece em canal de famoso... ou de youtuber que já parece celebridade.

— Mesmo assim, manda pelo menos uma mensagem. Diz que aqui é a Jin, a produtora, dá uma olhada no meu canal e, se gostar, podemos combinar de você aparecer. Você não pode nem dar um alô?

— Olha só, toda ousada. Acho que quem devia fazer sucesso no YouTube era você, mãe. Abre um canal, vai. Cria sua conta aí.

— Eu falo porque fico angustiada. Ficar atrás desse sujeito da locadora de vídeo aí vai te render quanto, afinal?

Naquele momento, o arroz que estava dentro da minha boca quase saiu pelo meu nariz. Eu nunca tinha comentado sobre o conteúdo dos vídeos com ela. Será que... ela viu meu canal?

Diante da minha expressão surpresa, ela continuou:

— Você acha que eu ia aguentar ficar sem saber que tipo de maluquice você anda fazendo por aí? Preciso saber se estão te zoando ou xingando lá também, né?

— E aí?

— Perguntei pra aquela menina da cafeteria e ela logo me passou seu canal. Aí salvei no celular e fui entrando direto pra ver.

Minha mãe ergueu o celular como se fosse uma arma.

— Por mais que eu pense, não entendo. Por que você tá correndo atrás daquele maluco da locadora? Tá mesmo ganhando dinheiro com isso? E que relação é essa com o filho dele? Ah, fala logo tudo. O que é que você tá fazendo, afinal?

— Trabalhando.

— Ganhar dinheiro não faz de uma coisa um trabalho, viu? Tem que ter propósito. Acha que tem valor pra sua vida ficar atrás desse cara? E nesse tempo todo, você já pensou em procurar a sua mãe? Não tem curiosidade de saber como ela está?

Respirei fundo por um instante. Era mesmo a minha mãe — pensei —, e a raiva foi cedendo espaço a uma calma silenciosa, como se brotasse do fundo do meu abdômen. Quando viu que eu não ia retrucar, ela parou de atacar e tentou respirar fundo para se recompor.

— Você tá certa, mãe. Só ganhar dinheiro não é o bastante. Tem que ter sentido, tem que valer alguma coisa. E, pra mim, procurar aquele homem tem sentido e valor. Talvez você nunca entenda, mas, quando eu me sentia sozinha, foram os filmes que ele me apresentou, os livros que a gente comentava que me ajudaram a aguentar. Mesmo depois de me mudar pra Seul, continuei vivendo com essas lembranças, e foi assim que acabei escolhendo minha profissão. Você também ficou feliz quando virei produtora de TV.

— Isso até vai... Mas dizer que foi tudo por causa dele?

— Não foi por causa dele. Foi graças a ele. Mãe, lembra do meu programa de sucesso, *Desbravadores de cidades*? Pois é, desde que comecei o canal no YouTube, fiquei pensando nisso. E percebi que esse programa nasceu de uma ideia que ele me deu. Foi ele que levou a gente pra Gongju, pra andar pela Fortaleza Gongsanseong, depois Nampo-dong em Busan... Aquilo foi o começo de *Desbravadores de cidades*. Tudo ficou na minha memória e, sem perceber, eu acabei transformando em ideia de programa. É verdade, mãe. Juro.

— *Aigo*... então é por gratidão que você tá procurando aquele homem? Tá bom, procura. Mas só ele, ouviu? E depois para com isso. Eu tenho medo de você acabar vivendo igual ao tal Dom Quixote.

— Se eu encontrar o *ahjussi* e o canal não bombar, aí eu penso no assunto.

— Bombar o quê?

— Bombar. Tipo, se os inscritos e as visualizações explodirem e eu ganhar dinheiro suficiente pra te dar mesada. Se não rolar, aí eu largo tudo e faço um canal com você. A história da mãe e da filha fritando frango num restaurante de frango prestes a falir. Ia ser bom, hein?

Diante da minha declaração ousada, minha mãe não riu nem franziu a testa. Só ficou me olhando por um tempo, depois soltou um suspiro longo.

— Eu não posso te ajudar com muita coisa, mas se você vai mesmo procurar aquele homem, passa na casa da dona Bang.

— Dona Bang?

— A esposa do falecido senhor da bicicletaria. O Dom Quixote era próximo tanto dele quanto da esposa dele. Vai que ela sabe de alguma coisa.

Na hora, minha cabeça clareou como se tivesse levado um choque.

Foi só então que percebi que o verdadeiro motivo de a minha mãe ter me chamado naquele dia era para dizer aquilo. Me levantei de repente e abracei ela por cima da mesa. Resmungando, disse que eu estava maluca, que estava calor demais para aquilo tudo, mas eu ignorei e esfreguei meu rosto no dela. Beijar a bochecha eu não tive coragem. A gente é mãe e filha, mas somos meio reservadas.

No dia seguinte, fui até o restaurante de *kalguksu* onde a senhora Bang trabalhava, levando uma caixa de leite de soja como presente. Já tinha passado do horário do almoço, então o restaurante estava tranquilo. Assim que a vi sentada numa cadeira na entrada da cozinha, tomando café instantâneo com algumas colegas, uma lembrança me veio à mente: ela almoçando marmita ao lado do senhor da bicicletaria, o vovô Rocinante.

Minha mãe tinha dito que às vezes a senhora Bang e as amigas iam ao nosso restaurante para comer frango frito e tomar chope. Foi ouvindo as conversas delas que soube da amizade entre o Dom *ahjussi,* o vovô Rocinante e a senhora Bang. Disse também que a senhora Bang ficou muito preocupada quando o *ahjussi* sumiu.

Me apresentei como filha da dona do restaurante de frango frito. Ela me mandou sentar, apesar de não ter me reconhecido, abriu a caixa de leite que eu levei e me entregou uma caixinha de leite, meio relutante.

Tomei o leite com ela. Liguei o celular, pedi permissão para gravar e, ali mesmo, entrevistei a senhora Bang. Ela respondeu minhas perguntas com calma, em voz baixa e pausada. Contudo, infelizmente, não consegui nenhuma informação útil. Disse que, há alguns anos, o Dom *ahjussi* simplesmente desapareceu sem dizer nada, e que até conversou com a dona do prédio onde fica o porão, mas nenhuma das duas conseguiu descobrir seu paradeiro.

Depois que a entrevista terminou oficialmente, a senhora Bang começou a falar da vida, meio sem rumo. Sem ter muita escolha, acabei ficando ali como companhia e conversando com ela. Quando ela perguntou se eu era casada, respondi confiante que só tinha trinta anos. E, antes que ela emendasse outra pergunta, me apressei em perguntar como estava o trabalho do restaurante. Ela respondeu que, depois de ficar sozinha, só trabalhando para conseguir seguir em frente e que era bom ter feito amigas, além de ganhar um dinheirinho. Mas completou dizendo que, ainda assim, todo mundo se sente solitário.

— Ele também devia se sentir sozinho. Quando meu marido partiu, ele chorou muito. Eram parceiros de *makgeolli*, sabe? Ele ficou nos três dias de velório. No fim, ajudou até a carregar o caixão. Imagina só.

— Vovó, "ele" é o senhor Jang Yeongsu, né? O dono da locadora Dom Quixote Vídeos?

— Isso mesmo. O professor Don Giho.

— Don Giho?

— Meu velho sempre chamava ele assim, professor Don Giho. Dizia que ele tinha estudado em faculdade boa, que era um professor famoso em Seul. Vivia elogiando o homem, mesmo que o resto do bairro não gostasse muito dele.

— Ah, entendi.

Don Giho. Claro, faz sentido. Considerando a idade do vovô Rocinante, não era estranho que "Dom Quixote" tivesse virado "Don Giho".

— Fui visitar o columbário no mês passado, no aniversário de morte do meu velho, e vi que ele tinha passado por lá.

Duvidei dos meus próprios ouvidos por um instante. Estava prestes a repetir a pergunta, quando a senhora Bang continuou a falar, remexendo os lábios:

— Ele ainda respeita a amizade com meu velho. Deve ser porque ele é um professor instruído. E isso me deixou grata, de verdade.

— Vó... como a senhora sabe que o Dom *ahjussi*, ou melhor, o professor Don Giho foi visitar o columbário do vô? A senhora tem certeza?

— Eu não falo bobagem, menina. Ele deixou uma florzinha seca e um bilhete colado no vidro do nicho.

— O... a senhora... não tirou, né? Ainda tá lá?

— Claro que não tirei, aquilo foi um gesto de carinho. Ele deve ter se sentido sozinho e passado lá. Fiquei aliviada só de saber que tá vivo.

— Vó.

— O que foi?

— Queria ir até o columbário do vô, cumprimentar, prestar uma homenagem... A senhora pode me dizer onde fica?

— Mas, menina, pra que ir até lá? Você lembra mesmo do meu velho?

— Claro! A gente chamava ele de vovô Rocinante. Ele consertava nossas bicicletas de graça, levava a gente na Damas. Eu devia ter ido antes. Já tô atrasada. Quero ir ainda hoje. Me diga, por favor.

A senhora Bang foi até os fundos da cozinha, de onde voltou com uma bolsa preta bem usada. Engoli em seco. De dentro da bolsa, ela puxou um caderninho e começou a folhear as páginas bem devagar. Naturalmente, meu olhar recaiu sobre o caderno.

32 – O Dom Quixote que virou Sancho

O túmulo de cremação do vovô Rocinante ficava no Parque Memorial de Daejeon. Como o período em que vivi em Daejeon foi curto e meu pai estava enterrado no jazigo da família em Osan, Gyeonggi-do, aquela era a primeira vez que eu ia até lá.

Peguei o ônibus número 615 na rua central, desci no cruzamento Doma e troquei para o número 21 até chegar ao parque memorial, que estava limpo e bem conservado. Apesar da atmosfera solene, liguei a câmera e continuei filmando com firmeza, recordando a importância da jornada de hoje.

Mesmo sendo o início do verão, sentia o ar sombrio característico dos cemitérios enquanto me dirigia ao terceiro columbário, cujo interior parecia um conjunto de apartamentos para os mortos, com centenas de pequenas unidades agrupadas. Vivemos em apartamentos quadrados com quartos quadrados em vida, e mesmo após a morte acabamos confinados em espaços quadrados empilhados. Fiz uma breve filmagem do interior com a câmera e, consultando o número que a senhora Bang havia me anotado, segui em frente.

Finalmente cheguei à câmara onde estava o vovô Rocinante. Enquadrei a urna funerária dele, que ficava bem ao nível dos meus olhos, e a encarei pela lente da câmera frente a frente.

— Finalmente chegamos à urna do vovô Rocinante. Antes de mais nada, vamos fazer um momento de silêncio para lembrá-lo e homenageá-lo.

Continuei a gravação e inclinei a cabeça em respeito, prestando minha homenagem. Ele havia falecido em 2013, então já se haviam passado seis anos e mesmo assim eu nunca tinha pensado em vir visitá-lo. Uma onda de tristeza me invadiu ao lembrar que ele consertou minha bicicleta de graça umas três vezes. Ainda era vívida a lembrança de pedalar pela margem do córrego Daejeon, repleta de áster-do-méxico, passando pela estrada suspensa de Hasang, com a bicicleta consertada pelo vovô. Também me veio à mente a imagem dele no carro a caminho de Busan, quando, vendo que estávamos enjoando, distribuiu chicletes dizendo que se mascássemos bastante, nos sentiríamos melhor.

— Vovô Rocinante, me desculpe por ter demorado tanto pra vir te ver. Uma pessoa boa como o senhor, com certeza está no céu. Que esteja em paz aí, e por favor, continue cuidando da gente... e do Dom *ahjussi* também.

Após a homenagem, abri os olhos lentamente. Ao mesmo tempo, ampliei o enquadramento da câmera ao redor da urna. Decidi então dar um zoom direto naquele arranjo de flores secas e no post-it logo abaixo, ambos que eu já tinha notado antes mesmo de começar a gravação. Não sabia se era pelo ar-condicionado fraco ou pelo nervosismo, mas suor começou a se acumular na minha nuca.

— Parece ser o buquê de flores secas que o Dom *ahjussi* deixou recentemente. Hortênsias amarelas... ainda parecem vivas.

Depois do comentário, respirei fundo e, com a câmera ainda em close, desci o enquadramento até fixá-lo no *post-it*. Eu queria mostrar com nitidez, de forma vívida, a caligrafia do Dom *ahjussi* para os inscritos.

Estava escrito assim, com a letra inconfundível dele:

> Hyung-nim, o Don Giho veio lhe ver. Como é que andam as planícies do paraíso? Deve estar galopando animado por aí, que nem o Rocinante, né?
>
> Da próxima vez que eu sair do continente, volto aqui, tá bão?
>
> Adiós.

Assim que desliguei a câmera, soltei um gemido abafado e me despedi do vovô Rocinante. Saí do columbário com passos rápidos, como se fosse uma agente secreta cumprindo missão e batendo em retirada. Dentro da minha cabeça, informações explodiam e se fundiam como se estivessem em processo de fissão nuclear, reorganizando-se em novas conexões.

O Dom *ahjussi* sempre adotava um sotaque bem interiorano de Chungcheong quando conversava com o vovô Rocinante. E ali estava a prova disso. Mas o importante ali não era o sotaque de Chungcheong. O que realmente importava era outra coisa.

"Da próxima vez que eu sair do continente, volto aqui, tá bão?"

Esse é o tipo de coisa que só quem vive em ilha diria. E foi aí que me veio à mente, de imediato, *aquela* ilha. Assim que me atravessou a intuição de que o Dom *ahjussi* estivesse lá, me lembrei do Sancho. E se Dom *ahjussi*, que dizia para o chamarmos de Sancho agora, tivesse mesmo ido para uma ilha?

O destino estava escrito no próprio livro. Na segunda parte de *Dom Quixote*, por volta do meio, Sancho parte para a ilha que Dom Quixote lhe confiou para governar. Era justamente o trecho da cópia do *ahjussi* que eu tinha lido no canal meses antes. Tentei lembrar o nome da ilha, mas não consegui. Corri para pegar um táxi.

Assim que cheguei ao estúdio, puxei imediatamente o caderno de tradução do *ahjussi* e comecei a folheá-lo com pressa até encontrar o trecho em que Sancho chega à ilha.

Indo direto ao ponto: Sancho, junto com todos os acompanhantes, chegou a uma vila que fazia parte das terras do duque e que era tida como a melhor de todas, com cerca de mil habitantes. Disseram-lhe que aquele lugar se chamava Baratária, fosse esse o nome verdadeiro da vila ou uma referência ao modo como ele havia conseguido o posto, como se tivesse ganhado de graça. Quando chegaram à entrada da vila, cercada por muros, os administradores vieram recebê-los. Os sinos soaram, e todos os moradores, sem exceção, expressavam grande alegria. Formaram uma procissão solene e levaram Sancho até a catedral da vila. Lá, após agradecerem a Deus, realizaram alguns ritos cômicos e, por fim, entregaram a ele as chaves da cidade, reconhecendo-o como o eterno governador da ilha de Barataria

O nome da ilha era Barataria.

A Barataria do Dom *ahjussi* só podia ser a Ilha Jeju.

Não tinha como ser outro lugar — era Jeju, com certeza.

Desbloqueei o celular e digitei as palavras "Jeju" e "Barataria" na barra de buscas. Logo apareceram alguns posts bem recentes. Um deles era de um blog no qual a autora apresentava um lugar peculiar que havia descoberto durante sua viagem pela ilha, juntamente com várias fotos.

Já na imagem da placa de madeira rústica com a palavra "Barataria" toscamente entalhada, percebi que não era imaginação minha — dava para reconhecer o traço da escrita de Dom *ahjussi*. Na legenda de uma das fotos, lia-se: "Um espaço tão singular no meio das montanhas de Jeju!" Ao fundo, atrás de um quintal amplo com uma casa de pedra marcada pelo nome "Barataria", aparecia uma imensa turbina eólica sobre a colina. Aquela visão me deu arrepios — era como se eu estivesse encarando o monstro feito de moinho de vento de La Mancha.

Outro post mostrava um casal jovem tirando uma selfie com a Barataria ao fundo. Em outra foto da mesma postagem, havia a seguinte legenda: "Achei que fosse uma cafeteria, mas não era. Só que mesmo assim serviram bebida. Um lugar esquisito e genial com um dono incrível. Não é cafeteria, mas tem um tal de tio Sancho que é demais, gente!"

No livro, Sancho se junta à jornada de Dom Quixote ao ser seduzido pela promessa de tornar-se senhor de uma ilha ao sul. E, no final do segundo volume, ele realmente é nomeado governador da ilha chamada Barataria e, surpreendentemente, governa com tanta sabedoria que acaba sendo elogiado por todos.

Talvez Dom *ahjussi* estivesse mesmo viajando por dentro da própria história de *Dom Quixote*. Primeiro com o espírito do cavaleiro, agora com o corpo de Sancho — quem sabe ele tenha vivido uma história dentro da história, até finalmente chegar a Jeju.

Para ter certeza definitiva, entrei no Instagram e busquei a hashtag #JejuBarataria. Também ali havia algumas fotos recentes. Cliquei em uma delas e lá estava ele: Dom *ahjussi*, sorridente entre um casal com duas crianças. Ele era mesmo a cara do Sancho gordinho das ilustrações do livro. Vestido com uma roupa tradicional de Jeju, chamada *galot*, ele fazia o gesto do coração com os dedos como se fosse o mascote de algum ponto turístico.

A legenda da foto dizia:

Barataria, um lugar escondido que encontramos
por acaso em Seonheul-ri.
Tocados pela recepção calorosa do senhor Sancho
Pansa.

Bastaram cinco minutos de buscas no celular no estúdio para que eu finalmente descobrisse o paradeiro do Dom *ahjussi*. Depois de tanto tempo correndo atrás dele, finalmente encontrei seus rastros, de repente. Simples assim. E se eu tivesse perguntado mais cedo à minha mãe ou aos mais velhos da vizinhança? Tal qual no conto do Pássaro Azul, o que eu procurava sempre estivera por perto. A chave para encontrar Dom *ahjussi* estava no nosso próprio bairro.

Sem perder tempo, comecei a procurar passagens para Jeju.

PARTE 3

나의 돈키호테

República Libre

33 – Ilha

Assim que saí do aeroporto, o ar limpo e o calor úmido me atingiram, ao mesmo tempo, no fôlego e na pele. As palmeiras balançando ao vento pareciam acenar em boas-vindas, e o *dol-hareubang* enorme, aquele guardião de pedra símbolo de Jeju, escondia um sorriso como se dissesse que aquele lugar era mesmo Jeju.

Sempre ficava animada quando ia para Jeju. Mas o calor sufocante e a umidade do mês de junho, que começaram a me envolver como um banho de vapor, logo deixaram de lado qualquer emoção e me vi batendo em retirada de volta para o interior refrigerado do aeroporto. Droga. Era minha primeira vez em Jeju no verão, e eu realmente não fazia ideia de que seria tão quente e úmido assim.

Tinha visitado Jeju apenas duas vezes: uma com amigos na época da faculdade, e outra durante as gravações do episódio de Seogwipo no *Desbravadores de cidades*. Ambas na primavera. Apesar da chuva constante, o clima nunca foi insuportável. Mas o verão... o verão era outra história. Como sou muito sensível às mudanças climáticas, percebi que, se quisesse completar essa jornada final com sucesso, teria que cuidar bem do meu condicionamento físico.

Finalmente, restava a última jornada: ir ao encontro de Dom *ahjussi*.

Na semana anterior, liguei para Hanbin logo depois de descobrir sobre a Baratária. Assim que atendeu, explodiu de raiva e começou a discursar com veemência, dizendo que o produtor Min havia ficado com comissão demais pela venda dos roteiros do pai, e que deveria recuperar pelo menos 30 milhões de wons. Respondi com firmeza, dizendo que essa questão era entre o Dom *ahjussi* e o produtor Min, e que devíamos deixá-la nas mãos deles. Mas Hanbin, completamente obcecado com dinheiro, insistiu que, como o pai estava desaparecido, ele mesmo trataria de cobrar isso diretamente do produtor Min. Dei um basta e disse para parar com essas bobagens e começar logo a se preparar para encontrar o pai.

Falei claramente ao telefone mudo, enquanto ele permanecia em silêncio por alguns instantes:

— Encontrei o Dom *ahjussi*. Seu pai. Ele tá em Jeju.

Talvez por choque, Hanbin ficou calado, mas logo começou a despejar uma enxurrada de perguntas. Eu cortei todas e perguntei diretamente se ele pretendia ou não participar dessa última etapa da busca. Hanbin disse para eu nem sonhar em ir sem ele.

Assim, estava garantido que poderíamos registrar em vídeo o reencontro entre Hanbin e o pai. E, junto a isso, também precisávamos capturar o reencontro entre a Jjin-Sancho e Dom *ahjussi*. Para isso, seria preciso um novo membro. Liguei para o produtor Min e contei que Dom *ahjussi* estava agora em Jeju, vivendo num espaço chamado Barataria. Ele soltou uma breve exclamação de surpresa, e então disse:

— Que ótimo. Bom trabalho. Mal posso esperar para ver no Dom Quixote Vídeos o reencontro do roteirista Jang com vocês dois.

Após uma breve pausa, falei:

— Não gostaria de ver isso pessoalmente? Se estiver com tempo, que tal ir com a gente?

Senti que ele hesitou diante do convite repentino, então acrescentei que, por ter estudado cinema, com certeza saberia manusear bem a câmera, e que seria ótimo se ele pudesse filmar esse momento tão importante. Não queria que soasse como um pedido desesperado, mas o desejo de ir junto com ele já havia ultrapassado o limite do meu orgulho.

— Por que não? Também estou ansioso para reencontrar o roteirista Jang.

E assim foi formada a "Expedição Jeju".

O dia seguinte inteiro foi dedicado à edição. Do trecho da entrevista com a senhora Bang, passando pela visita ao columbário do vovô Rocinante, até o momento em que finalmente descobrimos a Barataria de Dom *ahjussi* em Jeju — tudo isso, somado ao processo de formação da Expedição Jeju, foi reunido em um episódio.

Assim que subi o vídeo no canal, no fim de semana, a repercussão foi imensa. Os *Amigos* comentavam eufóricos como se cada um deles tivesse sido o responsável por encontrar o Dom *ahjussi*, enchendo a seção de comentários com felicitações. Um *Amigo* que morava em Jeju disse que morava ali do lado, em Seonheul, e que estava se segurando para não ir lá antes, só para não estragar o momento do grupo — o comentário recebeu muitas curtidas e apoio. No total, oito *Amigos* enviaram doações, pequenas e grandes, dizendo para usarmos como verba para a missão. Foi o momento em que senti que todo o esforço de manter essa busca ativa e constante no canal finalmente havia valido a pena.

Cheguei a Jeju pelo aeroporto de Cheongju, enquanto Hanbin e o produtor Min viriam de Gimpo. Faltavam 35 minutos para a chegada deles, e enquanto esperava no saguão do aeroporto de Jeju, bebendo um suco de *hallabong*, uma tangerina típica de Jeju, eu me senti... bem. Ao notar o movimento apressado das pessoas, olhei para fora e vi que estava chovendo. Quando vi viajantes entrando no aeroporto puxando suas malas de viagem e fechando os guarda-chuvas, percebi mais uma vez como a ilha tem um clima realmente imprevisível. Naquele momento, uma preocupação escura como uma nuvem carregada começou a se formar dentro de mim.

Será que o Dom *ahjussi* vai ficar feliz em nos ver? E se ficar, quão feliz será? Será que não estaremos apenas lhe trazendo um fardo, nós que chegamos sem aviso à casa que ele montou no meio das montanhas de Jeju, após cortar contato com todos? E será certo filmar isso tudo sem o consentimento dele?

No meio da conquista de tê-lo encontrado e da empolgação de finalmente vê-lo, deixei de me preparar para o momento em si. Não acredito que ele vá virar as costas para o filho, para um parceiro de trabalho com quem teve tanta sintonia, e para alguém que ele um dia considerou seu fiel escudeiro Sancho. Mas, olhando por outro ângulo, não foi justamente dessas pessoas, de todos nós, que ele escolheu se afastar quando foi se isolar numa ilha?

Eu posso sim criar conteúdo sobre Dom *ahjussi.* Mas se ele vai ou não aparecer nesse conteúdo, isso deve partir dele. Com esse pensamento, fiquei mais séria e decidi que precisava conversar com meus colegas sobre isso.

O avião que os trazia já havia aterrissado. Assim como dizem que "moda é atitude", Hanbin apareceu de camisa havaiana, bermuda larga e chinelos. O produtor Min, por sua vez, usava uma camiseta preta justa e uma calça cargo cáqui, parecendo mais um integrante de uma tropa especial do exército prestes a entrar em campo. A relação entre os dois, que eu achava que poderia ser tensa, não demonstrava qualquer atrito. Vinham caminhando lado a lado, trocando piadas como se tivessem uma relação de *hyung* e *dongsaeng* próximos. Fiquei curiosa: será que já haviam definido a hierarquia entre si? Ou talvez tivessem apenas unido forças temporariamente por um objetivo em comum?

— *Nuna, annyeonghashim-gwang**! Vim *rapidin. Nóis* dois *chegamo.*

Com um dialeto de Jeju completamente atrapalhado, Hanbin veio tagarelando. Lancei um olhar de reprovação para ele, e ao produtor Min, ofereci um olhar de boas-vindas. Sem perder tempo, segui direto em direção à saída que levava ao estacionamento dos carros alugados. Os dois logo entenderam quem era a líder daquela expedição e vieram atrás de mim sem hesitar.

— Quando a gente entrar na estrada costeira, é pra abrir o teto, deixar o vento bater na cara, aumentar o som e cantar junto, viu? Isso, sim, vai ser dirigir de verdade, fala sério!

---

* Forma de dizer "oi" no dialeto da ilha de Jeju.

Hanbin falava num tom excessivamente animado do banco do motorista do carro compacto que havíamos alugado por ser o mais barato — e que parecia prestes a voar com o vento da ilha. Ele estava claramente oscilando entre a alegria de rever o pai e o nervosismo do reencontro.

Embora já tivéssemos conseguido o endereço da Barataria através de uma DM enviada à pessoa que postou sobre o lugar no Instagram, decidi fazer um desvio no caminho. Precisava conversar com eles sobre as questões que haviam me ocorrido ainda no aeroporto.

Nós enchemos bem o estômago num famoso restaurante de sopas em Hamdeok, recomendado pelo produtor Min. Hanbin, que reclamava de ter vindo até Jeju para comer uma sopa sem frutos do mar, acabou suando enquanto esvaziava toda a tigela, e eu também não consegui conter a admiração por um sabor tão excelente, tanto que me senti injustiçada por não ter bebido na noite anterior. Min comentou que tanto os moradores quanto os turistas de Jeju costumam beber bastante, e por isso a cultura das sopas para ressaca havia se desenvolvido bastante ali. Não pude deixar de concordar com um aceno de cabeça. Perguntei se ele visitava Jeju com frequência e ele contou que, após participar como staff de um filme independente filmado na ilha, se apaixonou pelo lugar e passou a vir todo ano. Ainda assim, disse que jamais imaginou que o roteirista Jang estaria em Jeju, e se culpou por isso.

O café que visitamos em seguida, também recomendado por Min, ficava bem na ponta de uma faixa de terra que se projetava no meio da praia de Hamdeok. Sentados à janela, com vista para o mar de um azul esverdeado claro, tomávamos café: Hanbin saboreava seu café dizendo que queria abrir uma cafeteria exatamente assim com a namorada, enquanto eu, após um gole do meu latte, fui direto ao ponto.

— No aeroporto, de repente, me veio esse pensamento. E se, por acaso, o Dom *ahjussi* se recusar a nos encontrar... o que a gente faz?

— Ai, *nuna,* é por isso que você estava séria esse tempo todo? A não ser que meu pai tenha perdido a memória, ele vai nos reconhecer, né? Pra quê se preocupar com isso?

— Então por que o seu pai não entrou em contato com você? Nem depois de ter finalizado esse lugar dele? Será que não é porque ele não quer ver a gente? E com você, produtor Min, que trabalhou com ele por anos?

— Ele devia estar ocupado!

— Pensando bem, é confuso. Fico me perguntando se isso não é uma falta de respeito. E se o Dom *ahjussi* não quiser nos ver? A gente aparecer lá, filmando e tudo, seria errado, né?

— Ah, qual é! Você empolgou todo mundo e agora quer dar pra trás? Por que esse papo agora? E os *Amigos*, que até apoiaram com dinheiro? Se a gente não encontrar meu pai, o que você vai fazer com o canal do YouTube?

Hanbin gritou, impaciente, depois tirou o canudo e virou a bebida de uma vez.

Eu mordi os lábios em silêncio, tomada por um sentimento que não sabia nomear. Quando enfim o momento tinha chegado, eu não conseguia mais ter certeza. Será que o Dom *ahjussi,* então transformado em Sancho, se lembraria de mim? E se ele tivesse visto o que postei no canal do YouTube, como teria reagido? Comecei a ficar com medo.

— Olha... Senhorita Jin Sol, não precisa pensar tão a fundo nisso.

Levantei os olhos e vi o produtor Min. Ele esboçou um sorriso gentil, puxando ainda mais os cantos dos olhos já caídos.

— Se o Jang recusar, a gente só se curva, se despede e volta. Eu filmo de longe. Vai ficar com cara de final de filme de arte. Mas não acho que vai ser o caso. Mesmo quando estava escrevendo, ele sempre preferia finais claros, não abertos. E preferia finais felizes aos tristes.

Mas será que ele sempre falou assim tão bem? As palavras dele reacenderam minha confiança, como se recarregassem minha energia.

— Min, você fala bem, hein. *Nuna,* não vai amarelar agora. Só eu posso estar nervoso aqui.

— Tá.

Ao ouvir minha resposta, os dois abriram sorrisos largos.

— Obrigada pelo apoio.

Agradeci a Min e me levantei, firmando as pernas. E então o desejo ardente de ver o Dom *ahjussi,* quem eu tanto ansiava reencontrar, voltou a ferver dentro de mim.

34 – De Hamdeok à Seonheul

Saímos da cafeteria e voltamos a nos acomodar no carro alugado. Digitei o endereço no GPS e o trajeto apareceu: faltavam apenas 23 minutos para chegar no destino. Hanbin ligou o carro e arrancou sem hesitar.

— *Nuna*, não parece que a procissão do Dom Quixote está chegando ao fim?

Ele piscou com um olho e perguntou, consciente da câmera nas mãos do produtor Min. Tinha aquela expressão de quem lançou uma frase de efeito e sabia disso, todo cheio de si. Eu, porém, fiquei absorta em pensamentos. À medida que subíamos rumo à zona montanhosa central da ilha, a paisagem florestal de Jeju ia preenchendo completamente o campo de visão, e uma tontura estranha me atingiu. Será que aquele lugar era mesmo a planície de La Mancha? Ou talvez o planalto da Andaluzia? A jornada de Dom Quixote e Sancho parecia se entrelaçar com as trilhas florestais das montanhas de Jeju. A qualquer momento, eu esperava ver pastores com suas cabras, moinhos de vento e até mouros surgindo no caminho.

— Talvez não acabe — soltei, sem nem perceber.

— Por quê? Pra você, o Dom Quixote é meu pai, não é? Se o Sancho reencontra o Dom Quixote depois de tanto tempo separado, não seria o fim da procissão?

— *Dom Quixote* é mais longo do que parece. Aquele calhamaço tem dois volumes.

— A gente também andou pra caramba. De Seul pra Daejeon, depois de volta pra Seul, Tongyeong, Busan, e agora até Jeju... Nunca viajei tanto assim na vida.

— Eu já rodei muito por causa do trabalho antes, então nem sinto como se fosse uma viagem longa. Mas mesmo não sendo longo, com certeza é um caminho bem sinuoso, daqueles cheio de voltas, curvas e subidas.

— Olha só o jeito de falar da nossa Jjin-Sancho... Tá mandando frase de efeito pra agradar os inscritos, é? Mas esse carro não tá aguentando a subida!

Hanbin desligou o ar-condicionado e logo gotas de suor começaram a brotar nas suas têmporas. Ele abriu as janelas, e eu estendi a mão para fora. Árvores cujos nomes eu não sabia quase tocavam minha pele, de tão próximas. Estávamos sendo engolidos por um imenso mundo verde.

Quando finalmente a subida terminou, a paisagem se abriu diante de nós. Um suspiro de admiração escapou de todos ao mesmo tempo. Entre as colinas, um imenso pilar branco se erguia — no topo dele, hélices elegantes giravam devagar, mas firmes.

Como se fossem cata-ventos dos deuses. Como se fossem os moinhos de vento de Dom Quixote.

— Acho que o roteirista Jang viu aquilo como moinhos — disse Min, enquanto filmava. — Talvez tenha escolhido este lugar por isso.

— É... Mas acho que agora ele não luta mais contra esses moinhos. Afinal, agora se vê como Sancho — respondi.

Após passarmos pelo grupo de moinhos gigantes, entramos na estrada que levava a Seonheul. De repente, uma buzina estrondosa nos fez virar para trás e uma caminhonete azul escura de uma tonelada vinha em disparada logo atrás da gente.

— Ah, se tá com pressa, que dê a volta! Tá achando que pode intimidar a gente só por que é grandão? — resmungou Hanbin, irritado, aumentando a velocidade.

Mas, mesmo assim, a caminhonete não parava de buzinar e vinha atrás de forma ameaçadora.

— Deixa ele passar logo — falei.

Hanbin suspirou, contrariado, e parou o carro no acostamento. A caminhonete passou por nós com um ar de provocação. Sempre tem gente dirigindo como bem quer por aí. E bater de frente com esse tipo nunca dá em coisa boa.

Mas, então, não muito à frente, não é que a caminhonete também parou no acostamento?

Surpresos, trocamos olhares rapidamente.

— Que foi isso? Vai arrumar briga agora?

— Só dirige e vamos embora.

Naquele momento, a porta do motorista se abriu e um homem de bermuda, regata e chapéu *bucket* enfiado na cabeça desceu do carro.

— E agora, *nuna*? — perguntou Hanbin, aflito.

Mas o que eu podia fazer?

O homem, embora baixo, tinha um corpo robusto. Ele se virou e começou a caminhar em nossa direção... E, no instante em que seu rosto apareceu sob o chapéu, eu gritei, surpresa:

— É o *ahjussi*! É o Dom *ahjussi*!!

Antes mesmo que meu grito terminasse, Hanbin já tinha aberto a porta do carro e descido. Dom *ahjussi*, que vinha andando até a frente do nosso carro, disse algo para Hanbin e abriu os braços. Os dois se abraçaram como velhos amigos que se reencontram depois de muito tempo, e ficaram assim por um bom tempo, sem dizer nada.

Procurei o produtor Min com os olhos. Ele também já havia descido e estava registrando o reencontro dos dois em vídeo. Pouco depois, Dom *ahjussi* soltou o abraço com Hanbin, viu Min, arregalou os olhos e se aproximou para abraçá-lo também. Min, ainda com a câmera nas mãos, retribuiu o abraço meio sem jeito.

Hanbin olhou para mim. Com uma expressão meio envergonhada, acenou com a mão para que eu viesse. Tentei acalmar o coração acelerado e saí do carro.

Dom *ahjussi* me viu. E então parou. Depois, inclinou a cabeça.

— Dom *ahjussi*... — chamei baixinho, emocionada.

Ele, ainda com a cabeça levemente inclinada, disse:

— E quem é você mesmo?

Fiquei sem palavras. Hanbin gritou:

— É a *nuna* Sancho, pai, sua fiel escudeira!

Senti o produtor Min se aproximando com a câmera. Dom *ahjussi* deu um passo adiante.

Sem conseguir esconder minha mágoa, finalmente consegui dizer:

— *Ahjussi*, sou eu, Sol. Jin Sol.

Dom *ahjussi* tirou o chapéu e me olhou fixamente. Seus lábios se abriram devagar, seus olhos se arregalaram. Aquela expressão dizia tudo sobre o que ele estava sentindo. Finalmente, ele falou:

— É mesmo! É mesmo a Sol! Como você cresceu! Uau, mas o que é isso? Sol, sua pestinha!

Dom *ahjussi* agarrou minha mão. Segurei aquela mão quente com força, e, por um bom tempo, não consegui dizer mais nada.

O *ahjussi* contou que estava indo ao mercado em Hamdeok quando viu Hanbin dirigindo no carro que vinha na direção contrária. Como estávamos subindo a ladeira com o ar-condicionado desligado e as janelas abertas, foi possível reconhecê-lo. Assim que avistou o filho, Dom *ahjussi* deu meia-volta às pressas e pisou fundo até nos alcançar — e, assim, reencontrou a gente de forma totalmente inesperada.

Quando percebemos, já estávamos seguindo a caminhonete por uma estradinha estreita e sem asfalto. Se algum carro viesse no sentido contrário, ficaríamos presos. Quando percebi que no fim daquela estrada estava o território de Dom *ahjussi*, um certo nervosismo tomou conta de mim. Logo a caminhonete parou num pequeno descampado no meio do mato, e estacionamos ao lado dela.

No fim daquela estrada sem sinal de presença humana, surgiu uma pequena placa claramente visível.

BARATARIA, República Livre.

Dom *ahjussi* desceu da caminhonete com um sorriso largo, apontou para a placa e seguiu em direção à entrada. Nós paramos diante dela. Hanbin fez bico, e eu arregalei os olhos, fingindo surpresa. Min alternava entre filmar a placa e nossas reações. Os galhos que se estendiam pela estrada encobriam a visão de Dom *ahjussi*. Apressamos o passo. A trilha de entrada, chamada "olé", estava bem cuidada, com a grama aparada ao redor. Porém, mais para frente o mato era alto — talvez por isso houvesse uma plaquinha com o desenho de uma cobra à beira do caminho. Era uma cobrinha fofa, com certeza feita pelo *ahjussi*. Hanbin perguntou com receio se havia muitas cobras em Jeju. Respondi que, se tinha uma placa de "Cuidado com cobras", era por algum motivo.

Ao passar pelo caminho de acesso, enfim avistamos Barataria. Na entrada, três troncos cilíndricos de madeira estavam deitados na diagonal. Min explicou que eram *jeongnang*, uma estrutura tradicional das portas em Jeju.

Olhamos além do *jeongnang*. Num terreno de pelo menos 600 m², havia uma casa de pedra e uma estufa preta de plástico. Árvores de várias espécies cercavam o espaço como se formassem uma parede natural. No jardim, estavam espalhadas várias esculturas. Lá vi escultura de madeira feita à mão do Dom Quixote que tínhamos visto no Instagram; um bicho estranho feito de sucata que lembrava um camelo... ou um cavalo — difícil dizer. E, bem na entrada do jardim, uma *dol-hareubang* de pedra com o rosto do Dom Quixote e um elmo de cavaleiro impunha respeito e arrancava admiração.

Parado além do *jeongnang*, Dom *ahjussi* observava o nosso encantamento com tudo aquilo. Então, ele abriu os braços e exclamou:

— *Welcome to* Barataria!

Por pouco eu não bati palmas. Hanbin foi o primeiro a cruzar o *jeongnang*, soltando um animado "nossa!". Eu também pulei o portão tradicional com cuidado. A casa de pedra tinha um telhado de laje e era um retângulo comprido — grande demais para uma pessoa só.

Seguimos Dom *ahjussi* para dentro do local.

O teto era baixo; eu e Min encostaríamos nele se ficássemos na ponta dos pés. A sala era ampla, mas completamente vazia, exceto por uma única mesa baixa ao centro. E, sobre ela, um notebook. Dom *ahjussi* já estava na cozinha, cantarolando enquanto começava a preparar algo. Observei o interior. Havia uma porta ao lado da cozinha e outras duas no canto direito, o que dava a entender que a casa tinha dois quartos e um banheiro.

Era um espaço vazio, mas estranhamente nada modesto demais — sóbrio e simples, no melhor sentido.

— Como é que vocês vieram parar aqui juntos? — começou Dom *ahjussi*, saindo da cozinha com uma bandeja em mãos. — Já que vieram todos que eu mais queria ver, hoje deve ser dia de festa. Sol, desculpa por não ter te reconhecido.

Ele colocou a bandeja sobre a mesa baixa e voltou para a cozinha.

— Não tem por que se desculpar, *ahjussi*. A culpa é minha, que cresci demais e fiquei absurdamente bonita — respondi em voz alta, para que ele me ouvisse da cozinha.

Dom *ahjussi* respondeu ainda mais alto:

— Sol, você tá me chamando de baixinho, é isso?

Nesse momento, Hanbin gritou:

— Saiam os dois e resolvam isso na porrada lá fora!

Nos sentamos nas cadeiras em frente à mesa. Sobre a bandeja havia quatro copos de formatos variados, parecendo achados de segunda mão, e doces cobertos com bastante pipoca de arroz.

— Ah, é *gwajeul*.

Min, que já estivera várias vezes em Jeju, explicou que era um doce típico da ilha, feito com cevada ou arroz glutinoso estourado e coberto com xarope de tangerina. Antes mesmo que ele terminasse de explicar, Hanbin já havia pegado um, mastigando ruidosamente e devorando tudo num instante.

— É bom, né? Comprei em Sinhyo-dong. Fui num lugar onde as *ahjummas* fazem tudo à mão — disse Dom *ahjussi*, que se aproximou nesse momento e sentou-se à minha frente, colocando na mesa uma garrafa pet de um litro com um líquido esbranquiçado. Hanbin, curioso, perguntou:

— Pai, você vende isso?

— Não é bem para vender. Como não se pode receber uma visita sem oferecer alguma coisa, preparei isso. Podem se servir.

Dom *ahjussi* serviu a bebida branca em nossos copos. O produtor Min, depois de sentir o cheiro, comentou que não parecia *makgeolli* e perguntou o que era.

— Já ouviu falar em *shwindari*? Apesar da cara, isso aqui é uma bebida tradicional de Jeju, cheia de probióticos, super saudável. Bebam, vai. Eu estava mesmo planejando chamar vocês logo mais, mas que surpresa boa ver todo mundo chegando junto assim.

A bebida chamada *shwindari* parecia estar entre *makgeolli* e iogurte. O nome parecia vir do gosto azedo. Segundo o *ahjussi*, era uma bebida tradicional probiótica e saudável. O seu tom exagerado continuava o mesmo de sempre. Não tinha mudado nadinha — e isso me trouxe uma paz inesperada.

— Pai, você quer ganhar dinheiro vendendo esse troço azedo? Sério?

— Não é pra ganhar dinheiro. É pra juntar pessoas.

— E você quer juntar gente tendo cortado contato com o próprio filho e com os amigos?

— Barataria vai ser um espaço essencial. Um ponto de encontro para todos que têm sede de liberdade. Como um refúgio.

— Nossa, o senhor continua o mesmo chato de sempre. Então quer dizer que você gastou todo o dinheiro dos roteiros que vendeu pra comprar este terreno e esta casa? E o filho aqui ficou a ver navios?

— Hanbin, Barataria é sua. No fim das contas, é você quem vai ter que cuidar desse lugar.

— Então assina um contrato dizendo isso. Vou transferir logo pro meu nome. Aí, sim, do meu jeito, vou transformar este lugar num espaço totalmente livre, e então vou vender essa liberdade.

— Tudo bem.

— Valeu, pai.

— Mas só daqui a dez anos. Vai levar uns dez anos pra você entender este lugar.

— Sabia que tinha pegadinha.

— Primeiro, leia os volumes 1 e 2 de *Dom Quixote* do começo ao fim. É leitura obrigatória pra virar cidadão da República de Baratária.

— Pai, o senhor tá tentando me fazer desistir, né? Mas nem adianta. Aqui é legal pra caramba. Se for bem administrado, pode bombar. A gente serve café, faz waffle, e no lugar dessas sucatas aí no quintal, coloca umas coisas mais "instagramáveis". Dá pra precificar. Minha namorada tá montando uma cafeteria e manja muito dessas coisas.

— A última namorada sua que eu lembro era professora de jardim de infância...

— Pra que falar de ex? Pai, tá ouvindo o que eu tô falando de verdade?

— Quer mais um copo de *shwindari*?

— Pai, liberdade também custa dinheiro, né? Se o senhor quer dar liberdade pra quem vier aqui, vai precisar de grana. Então me deixa vender café aqui. A gente divide o lucro. Fechado?

— Filho, a gente tá se vendendo depois de tanto tempo, não força a barra. Deixa o pai pensar um pouco.

— Ah, fala sério! Você tá mesmo feliz em me ver? O senhor realmente queria ver o filho ou não?

— Claro que sim. Eu reconheci você na hora, mesmo com o carro em movimento. Seu rosto vive flutuando diante dos meus olhos, Hanbin.

— Mentira.

— É verdade.

A troca de farpas entre os dois era infantil, mas intensa. Um pai e um filho reunidos depois de muito tempo, parecidos em aspectos diferentes, duelando num estranho embate feito de liberdade e dinheiro, afeto e expectativa. O produtor Min já tinha abaixado a câmera fazia um tempo, e eu também sorvia aos poucos meu *shwindari*, só esperando a hora certa de encerrar aquela guerra.

— *Ahjussi.* Eu sei que deve ter muita conversa atrasada com seu filho, mas eu também tenho várias perguntas!

Fingi um olhar enviesado para o Hanbin antes de me voltar ao Dom *ahjussi.* Ele virou o rosto pra mim como se já estivesse esperando.

— O senhor não me reconheceu de cara, mas pra ser justa, eu também me assustei quando o vi. Os braços, os ombros... cheios de músculos agora. Como vive aqui em Jeju? Aposto que deu muito trabalho montar esse lugar, né?

Dom *ahjussi* assentiu com força, como se quisesse ter certeza de que Hanbin visse aquele gesto.

— Esta é mesmo a Sol que eu conhecia. Só podia ser. Diferente de *certas pessoas*, você reconhece logo de cara o quanto eu me esforcei.

E então ele abriu um sorriso largo. Hanbin respondeu com um sorriso cínico. Dom *ahjussi* olhou para cada um de nós ao redor da mesa e então começou a contar o que mais queríamos saber: como era sua vida em Jeju, desde a sua chegada até aquele dia. Aos poucos, ele próprio foi ficando mais sério.

35 – República livre

Quatro anos atrás, quando se tornou Sancho, Dom *ahjussi* decidiu que, assim como em *Dom Quixote*, precisava de uma ilha para governar. E foi em Jeju que resolveu encontrar esse território. Para ele, criar um espaço onde pessoas exaustas e desgastadas pelo mundo pudessem compartilhar seus sentimentos e serem acolhidas era o tipo de governo mais digno de um Sancho.

Durante o primeiro ano, trabalhou duro por toda a ilha. De Seogwipo a Seongsan, de Jocheon a Aewol, de Panpo a Yerae, foi indo atrás de empregos em obras e aproveitando para conhecer os arredores. No inverno, trabalhou colhendo tangerinas numa fazenda em Wimi enquanto desenvolvia aos poucos o conceito da Baratária.

Com um ano de trabalho braçal, conseguiu juntar mais dinheiro, e o corpo antes fraco ficou mais forte. As habilidades que aprendeu em diversos trabalhos manuais também foram essenciais mais tarde, na construção da Baratária. À medida que sua resistência ao álcool e o domínio do dialeto local melhoravam, também cresciam os laços com os moradores da ilha. Essa rede de relacionamentos foi fundamental para que ele conseguisse encontrar um pedaço de terra ali em Seonheul.

— As pessoas de Jeju têm um certo receio em relação a quem não é da ilha, sabe? Quem é do continente. Mas quando decidi de verdade me tornar o Sancho, comecei a ficar mais sociável, ganhei mais confiança também. Eu me entreguei com sinceridade ao povo daqui. Como o Sancho servia ao Dom Quixote, entende? E no fim eles reconheceram isso. Se não fosse pela ajuda dos tios daqui, nunca teria conseguido encontrar este lugar, muito menos comprá-lo.

A partir do segundo ano em Jeju, Dom *ahjussi* começou a transformar o lugar em seu próprio território. Comprou uma caminhonete de uma tonelada e vários equipamentos, limpou o terreno e reformou a casa de pedra. Contratou um operador de máquinas pesadas para nivelar o quintal, a horta e a estrada da entrada. Depois de construir o curral, comprou cabras e galinhas.

No terceiro ano, como um verdadeiro Sancho agricultor, cultivou a horta atrás da casa. Ao mesmo tempo, para criar as esculturas no quintal, começou a circular com o caminhão por depósitos de sucata e casas abandonadas de Jeju. Recuperava as peças, esculpia madeira, e fazia com que histórias e personagens dos livros que venerava ganhassem vida no jardim.

— O que acharam? Até que para um amador não está nada mal, né?

Min elogiou, dizendo que era difícil acreditar que ele tinha feito tudo sozinho. Hanbin, por outro lado, ainda fazia cara de emburrado. Eu comentei que o *dol-hareubang* com a forma do Dom Quixote era especialmente impressionante.

— Se chama *Dom-hareubang*.

— *Dom-hareubang*?

— Isso mesmo. Na verdade, eu mesmo não fiz aquele. Encomendei a um tio da ilha que trabalha com pedra. Mas fico feliz que você tenha gostado, Sol. Haha.

Dom *ahjussi* então retomou sua história, agora falando do quarto ano desde que chegara à ilha, ou seja, até os dias atuais. Disse que havia decidido abrir a Barataria ao público e reunir ali as pessoas que precisavam daquele espaço: os cidadãos da república livre. Assim, desde o mês anterior, passou a colocar placas e a receber os visitantes com *shwindari* e *gwajeul*, contando-lhes as histórias de Dom Quixote. Segundo ele, a maioria dos visitantes era composta por turistas que haviam se perdido no caminho ou moradores da vila abaixo com quem fez amizade; às vezes os próprios moradores, às vezes amigos deles. Afirmou que ainda havia um longo caminho a percorrer. Acrescentou que tinha várias camas de campanha na estufa ao lado da casa e que os visitantes interessados podiam até pernoitar por lá.

O relato animado de Dom *ahjussi* foi interrompido por um suspiro profundo e ruidoso de Hanbin. Ele fulminava o pai com um olhar irritado.

— Então essas pessoas ficam aqui de graça? Você é filantropo agora? O filho vive atolado em dívidas e o senhor continua sendo generoso só com os outros, é isso?

Dom *ahjussi* virou-se de lado e apontou para o canto da sala. Lá, repousava um pote de barro coberto com uma tampa.

— Filho. Aqui, recebemos doações. Contribuições para a fundação da República de Barataria. Só pode pernoitar quem contribui. Inclusive vocês. Se quiserem passar a noite aqui, também terão que doar.

Mais uma vez, Hanbin suspirou fundo.

— Então foi por estar focado em construir a Barataria que o senhor cortou contato com todo mundo?

Tentei mudar o clima lançando uma pergunta às pressas.

— ...É. Isso mesmo.

— O senhor pode não acreditar, mas eu procurei muito por você, *ahjussi*.

— É mesmo?

— Reencontrar o Hanbin, conhecer o produtor Min, tudo isso aconteceu enquanto eu procurava pelo senhor.

— Haha. Que honra a minha.

— E não se assuste. Atualmente eu tô morando onde o senhor morava antes. No porão da antiga locadora, em Seonhwa-dong.

— Hã? Mas lá é muito precário. Não é lugar pra uma criança como você. Venha morar aqui na Barataria. A gente tem que viver tomando sol. Lá é muito escuro e úmido.

— Tá tudo bem. Eu gosto de lá, desde a época da Dom Quixote Vídeos.

— Dom Quixote Vídeos, hein... Como pode você lembrar disso... até eu já quase não lembro mais...

— Foi me agarrando a essas lembranças que eu cheguei até aqui. Pra encontrar o senhor.

— Haha!

— O senhor era o Dom *ahjussi*. O nosso Dom Quixote *ahjussi*! E foi atrás do Dom Quixote que eu cheguei até aqui... mas então de repente vira o Sancho?! Como assim?

Sem perceber, minha voz se exaltou. Entre mágoa e frustração, minha voz embargada explodiu numa pergunta cheia de ponto de interrogação.

Dom *ahjussi* pensou por um momento e, como se já tivesse uma resposta pronta, sorriu para mim.

— Sol, a vida inteira a gente precisa lutar pra se conhecer. É verdade. Eu vivi me chamando de Dom Quixote. Mas quanto mais traduzia *Dom Quixote*, quanto mais escrevia minha história pra encarar esse mundo, mais eu percebia que eu não era o Dom Quixote. Se eu fosse, já teria me lançado contra toda injustiça e corrupção que encontrei. Mas eu nunca consegui me lançar de verdade. Só fiz de conta. Eu era só o Sancho, fingindo ser Dom Quixote. Um Sancho que nunca conseguiu ser mais do que uma sombra.

— Então e eu, que era o Sancho? O que sobra pra mim?

— Pra mim, Sol, você é o Dom Quixote. Eu me lembro de você, na locadora, rindo alto assistindo aos programas de TV. Parecia até que ia entrar pela tela. E quando eu soube que tinha virado alguém que faz esses programas, me surpreendi de verdade. "A Sol está vivendo o sonho dela", pensei. Naquele momento, eu já achava que o Dom Quixote era você.

— Já chega!

— O produtor Min aqui também é um Dom Quixote pra mim. De todos com quem trabalhei no mundo do cinema, ele era o mais firme. Sempre soube dizer não quando precisava, e quando me vi em situações injustas, ele foi o primeiro a tentar consertar. Mesmo que isso significasse prejuízo pra ele. A paixão dele por cinema, então, nem se fala.

— É elogio demais... — disse o produtor Min, com uma expressão visivelmente constrangida.

— E meu filho... eu sei que você sempre buscou estabilidade financeira, que sempre viveu tentando manter a vida no azul. Mesmo com perdas, mesmo com fracassos, você nunca parou. Sempre correu atrás. Essa sua jornada também é uma marcha de Dom Quixote. Claro que é.

Dom *ahjussi* lançou um olhar profundo ao filho. E a resposta de Hanbin foi se levantar com o rosto prestes a explodir de frustração.

— Pai, eu sou um Dom Quixote que só corre atrás de dinheiro. Um fracassado sem emprego que vive às custas da namorada. E o produtor Min? Esse tiozão aqui tá fazendo entrega, sabia? Carga pesada, descarregando caminhão. Faz tempo que largou o cinema. E essa *nuna* aqui? O senhor sabia que ela foi demitida da TV e agora virou youtuber? Vive de aluguel num porão e mal dá pra pagar as contas com o canal! Ah, mas é YouTube, né? Ainda é programa, né? A Sol *nuna* tá pelo menos na mesma área. A Sol *nuna* é o verdadeiro Dom Quixote. Falo mesmo. Total respeito. Então fiquem aí vocês dois, Dom Quixote e Sancho com os papéis trocados. Boa sorte!

Hanbin se virou com tanta força que a cadeira caiu, fazendo um som alto e pesado que ecoou pela sala. Ele saiu da casa de pedra e Min foi atrás dele de imediato.

Eu mirei cuidadosamente Dom *ahjussi*. Ele ficou olhando, meio atônito, na direção por onde Hanbin havia saído, e então inclinou a cabeça.

— Será que o *shwindari* de hoje tá mais forte? Ele nunca foi de fazer escândalo depois de beber...

— *Ahjussi.*

— Hum?

— Sei que não sou a pessoa mais indicada pra dizer isso... mas presta um pouco mais de atenção no seu filho. Ele vive bancando o durão, mas ultimamente tem ficado bem inseguro.

— C-claro. Eu já ia entrar em contato... mas, quando ele apareceu de repente, fiquei tão surpreso que acabei me enrolando um pouco nas palavras.

Dom *ahjussi* passou a mão pelo cabelo comprido e desgrenhado, jogando-o pra trás, e enxugou o suor da testa.

— Sabe, *ahjussi*, na época da locadora o senhor falava tudo com tanta calma... agora, com esse jeito mais direto, parece mesmo o Sancho.

— Você acha?

— Eu tô vivendo bem morando lá no porão, contando as histórias de antigamente e indo bem no YouTube. Tô ganhando até mais do que o Hanbin imagina. Se eu contar direitinho quanto é, ele vai morrer de inveja. Se hoje eu consigo trabalhar com isso, é tudo graças ao senhor.

— Sério? Até parece... Mas se você diz, que bom.

— Então... Eu queria saber se posso mostrar o senhor e a Baratária no meu canal do YouTube. O senhor viu a câmera do produtor Min, né? Se o senhor autorizar, eu queria filmar esse espaço, mostrar as esculturas, o alojamento na estufa, o campo... e no final fazer uma entrevista comigo.

— Ah!

— Na verdade, os nossos inscritos, que chamamos de *Amigo*, estão realmente querendo ver o senhor.

— Ah, *Amigo*, de amigo mesmo, certo?

— Na verdade, *Amigos*. Os inscritos já passaram de cinquenta mil.

— Uau, que incrível. Parece que vai ajudar bastante na divulgação da Barataria, hein?

— Então o senhor topa gravar com a gente?

— Mas é claro. Se foi você que pediu, Sol, como eu não ia aceitar? Já deixei outro pessoal gravar também.

— O quê? Como assim... gravar?

— Uns dias atrás, veio um pessoal de uma emissora. Achei que seria uma boa chance de divulgar a Barataria, então aceitei na hora. Vai ao ar em breve. Mas você é do YouTube, então pode gravar de um jeito diferente. O *ahjussi* Sancho aqui vai te ajudar em tudo, então não se preocupa com...

Nada do que o Dom *ahjussi* dizia estava de fato entrando nos meus ouvidos. Minha mente tinha ficado completamente em branco. Eu não sabia nem por onde começar a perguntar. Olhei ao redor e percebi que Min e Hanbin não estavam mais ali. Enquanto isso, Dom *ahjussi* falava empolgado sobre como deveríamos fazer a filmagem. Mas... quem foi que gravou aqui antes da gente?

E se tivesse sido alguém de onde eu trabalhava que assistia ao meu canal? E se eles tivessem mirado no meu Dom *ahjussi* e o gravado antes de mim? É esse o estado que chamam de confusão total? Um suor frio começou a escorrer pela minha testa, e uma sensação de formigamento subia pela espinha. Tantas suspeitas e confusões me invadiram de uma vez que minha cabeça parecia prestes a explodir como se tivessem lançado uma brasa acesa dentro dela. De repente, o enjoo veio como uma onda feroz e subiu o meu estômago.

Sequer tive tempo de pensar em ir ao banheiro. Corri para a pia da cozinha e vomitei ali mesmo.

Dom *ahjussi* veio atrás de mim e começou a bater nas minhas costas. Mesmo depois botar tudo para fora como se meu intestino fosse sair pela boca, eu ainda não conseguia recuperar a clareza. Dom *ahjussi* me apoiou e levou até algum lugar para me deitar. E era até ali que minha memória chegava.

36 – A sinceridade da comida

Ao abrir os olhos, um crepúsculo escuro envolvia meu corpo. Eu estava deitada sobre uma esteira, com a cabeça apoiada em um travesseiro, dentro de um cômodo apertado. Quando virei o rosto, a luz avermelhada do entardecer que entrava pela janela encheu meus olhos.

Devia ter dormido por pelo menos duas ou três horas. Ao tirar a fina coberta que Dom *ahjussi* aparentemente havia colocado sobre mim, levei um susto tão grande que quase pulei. Do outro lado da janela, pendurados na parede, estavam enormes pedaços de carne. Ao me aproximar, vi que aquelas massas de coloração castanho-escuro eram pernas traseiras de porco curadas com sal — *jamón*.

Aproximei o nariz, e o cheiro forte e úmido me confirmou que estavam em plena fermentação. Será que o Dom *ahjussi* estava tentando produzir *jamón* com o porco preto de Jeju para alimentar os cidadãos de Barataria? Os três pedaços pendurados na parede, pelo tamanho e imponência, revelavam o quanto a sua vontade era firme e determinada.

Na sala, Min e Hanbin estavam concentrados em seus respectivos celulares. Dom *ahjussi* não estava à vista. Quando apareci, os dois levantaram a cabeça ao mesmo tempo. Diante da pergunta de Min sobre como eu estava, apenas assenti com a cabeça, sem coragem de responder, e me sentei do outro lado. Hanbin se levantou, foi até a cozinha sem dizer nada, trouxe um copo de água para mim e voltou a afundar o rosto no celular.

— O que você tá vendo aí com tanta atenção?

Perguntei, mas Hanbin não respondeu. Olhei para Min. Ele, com uma expressão de quem havia acabado de herdar um problemão, me encarou.

— Foi ao ar hoje. "A Crônica da Fundação de Barataria por Sancho, o homem de Jeju."

Nesse instante, a memória que havia se rompido voltou à tona com força.

— Foi na GBS, né? *Desbravadores locais*, da TV a cabo.

Min assentiu com a cabeça. *Desbravadores locais* era o programa criado pela equipe de *Desbravadores de cidades* depois que fui chutada da empresa. Mesmo tendo saído da emissora, haviam se apropriado do meu conteúdo. Só podia ter sido obra do produtor chefe e dos capangas dele.

Ao lembrar daqueles vermes nojentos, a náusea voltou. Peguei a água que Hanbin havia trazido e bebi tudo de uma vez.

— São uns canalhas. Ficaram de olho no canal esse tempo todo e, assim que encontraram alguma pista, se anteciparam. O roteirista Jang não tinha como saber de nada disso, então respondeu naturalmente.

Min falou o que eu estava pensando. Mas o que eu realmente queria dizer era outra coisa.

Que eu é que tinha sido uma idiota. Que, embriagada pela alegria de ter encontrado Dom *ahjussi*, fui eu mesma quem baixou a guarda.

— O mundo do cinema já tem seus lados podres, mas pelo visto a televisão não fica atrás.

Min continuava tentando me consolar, mas eu não ouvia nada. Minha cabeça só fazia pender, como a de uma galinha doente.

— O programa ficou ótimo!

Hanbin exclamou, se levantando com entusiasmo. Quando olhamos para ele, surpresos, ele sorriu confiante, exibindo os dentes.

— Acabei de ver todas as capturas do programa e os comentários. A reação tá absurda! Todo mundo curioso sobre meu pai. Parece que ele tá sendo visto meio que como um "homem das montanhas", sabe?

Eu e Min só conseguimos encarar o garoto, paralisados.

— Quer dizer, ele é tipo um ermitão da natureza, mas com estilo. E como tem esse nome, Barataria, o pessoal acha que é um lugar conceitual. Tá todo mundo dizendo que vai visitar quando vier pra Jeju no verão!

Continuávamos sem conseguir reagir. O clima estava ficando esquisito, então Hanbin levantou a voz, exaltado:

— O programa editou tudo muito bem, sério. Mesmo pagando, não sairia tão bom assim! Sabe o que o produtor falou? Que só de ver aquele monte de sucata lá fora já imaginou o feed do Instagram bombando. Deu até joinha! Mas, vendo bem, quando aparece na câmera, aquelas tralhas até parecem obras de arte. Televisão é tudo! E agora, o que falta? Agora é só vender café e waffle aqui pra fazer sucesso!

— Hanbin. Vamos parar por aqui — disse Min, com uma expressão dura.

Hanbin, como se não acreditasse no que estava ouvindo, me lançou um olhar pedindo apoio.

— *Nuna*. Você tem que olhar para a situação inteira. O importante não é ser a primeira a publicar. Se isso bombar, aí a gente revela que foi você quem descobriu este lugar. E meu pai ainda pode dar uma entrevista exclusiva depois. É melhor deixar explodir e só então a gente pega carona na onda. Vamos falar a real, mesmo que o vídeo saísse primeiro no seu canal, não teria bombado desse jeito. A TV tem outra força.

Fiquei só encarando ele em silêncio. Hanbin pareceu que ia retrucar, mas fechou a boca e se sentou com uma expressão mal-humorada.

Eu olhei direto nos olhos dele e falei:

— Hanbin, você veio comigo até aqui pra encontrar seu pai, lembra? Pra encontrar o nosso Dom Quixote. E agora, quando a gente perde a cena da grande descoberta pro pessoal da TV, você vem falar de sucesso e de aproveitar o sucesso? Você só quer abrir um negócio aqui e ganhar dinheiro com isso? E tudo o que a gente passou para chegar aqui? A narrativa que construímos, o clímax dessa história sendo roubado... e tá tudo bem porque pode render lucro? Você tem noção do que tá dizendo?

Ao ver o Hanbin encolher, sem saber se estava arrependido ou só frustrado, algo me tomou por dentro e eu já não consegui mais ficar sentada ali.

— Desculpa. A culpa não é sua. Fui eu quem estragou tudo. Fui eu que arruinei tudo.

Me levantei e corri para fora.

A noite escura em Baratária estava mergulhada em uma serenidade suave. No centro, uma árvore tinha vários feixes de lâmpadas incandescentes enroladas em volta dos galhos, como luzes de Natal, emitindo um brilho acolhedor. Mesmo que os mosquitos devorassem toda a pele exposta das minhas pernas, não fazia diferença. Eu era a única patética e estúpida ali. Segurando as lágrimas, aceitei as picadas dos mosquitos como um castigo merecido e fiquei sentada no banco ao lado da árvore.

Alguém saiu da casa e se aproximou. Era o produtor Min. Esforcei-me para parecer tranquila, determinada a não chorar. "Eu não vou chorar, de jeito nenhum."

Ele se aproximou com passos pesados e se sentou ao meu lado, me observando. Passei as mãos pelo rosto e olhei para ele. Sob a luz das lâmpadas que pendiam como frutos da árvore, o rosto de Min surgiu com sombras suaves. Seu queixo, coberto por uma barba, parecia ainda mais masculino. Ele moveu o rosto para cima e para baixo lentamente, como que perguntando se eu estava bem. Respondi com um leve aceno de cabeça.

Ele me entregou algo que carregava. Era a câmera.

— Se estiver tudo bem, dá uma olhada nisso.

Olhei para a tela da câmera, e o vídeo começou.

A luz do sol da tarde se espalhava suavemente por todo o espaço da Baratária, retratado com fluidez. Como um pássaro voando rente ao chão, a câmera sobrevoou o jardim de Barataria, passou ao lado da árvore e filmou o *Dom-hareubang* usando um elmo como o de Dom Quixote e segurando uma lança. Depois circulou a casa de pedra e a estufa, pousando em frente à horta. Na próxima cena, galinhas ciscavam e se bicavam dentro do cercado, e cabras mastigavam lentamente, até que, por fim, a imagem parou nas costas de um homem agachado na horta, trabalhando. Quando Min o chamou, Dom *ahjussi* virou-se para a câmera com um sorriso radiante e acenou com uma das mãos.

Era como um trailer lindamente editado da República Livre de Barataria. Eu queria chorar de emoção.

— Foi com drone?

— Os desgraçados da emissora vieram às pressas e nem trouxeram drone.

— O senhor manda bem nas locações também.

— Me formei em direção de fotografia na época da escola de cinema.

— Uau, que incrível.

— Jin Sol. Podemos usar isso no nosso canal. Se você narrar por cima e fizer uma entrevista com o Dom *ahjussi*, vamos deixar no chinelo esses programas de variedades da TV.

Tentei segurar o choro. Por que esse homem continuava me emocionando assim? Logo ele, que eu já achava um charme... ainda vinha com esse talento todo, me animando desse jeito. Não tinha como eu ficar parada.

Eu abracei Min com força.

Ele abriu os braços, visivelmente surpreso... mas, aos poucos, começou a dar tapinhas suaves nas minhas costas. Não era o bastante.

— Me abraça de volta.

— ...Tá bom.

Ficamos um tempo assim, abraçados, curtindo a noite de Barataria. Os mosquitos também nos curtiram, mas não nos separamos.

De repente, ouvimos um som. A caminhonete freou bruscamente e os faróis iluminaram o quintal.

Soltamos o abraço, tentando disfarçar o constrangimento, e fomos depressa até a entrada da Barataria. Dom *ahjussi* saiu da cabine do caminhão já no caminho "olé", com sacolas plásticas nas mãos, e nos viu.

— Sol, você tá bem? Trouxe *bomal-juk*.

Ele sorriu, radiante, balançando a sacola com o mingau de caracol de turbante marrom dentro. Era o mesmo *ahjussi* da antiga locadora, sem tirar nem pôr. Igualzinho a quando voltava de uma entrega com rosquinhas.

A estufa de plástico naquele início do verão tinha um ar encantador. O plástico preto das paredes tinha sido enrolado para cima, revelando uma tela contra mosquitos que mantinha o ambiente arejado. As camas de campanha, o fogareiro feito com tijolos e os equipamentos de camping davam ao local o ar de um cenário de comercial de marca de esportes ao ar livre.

Dom *ahjussi* organizou os pratos na mesinha entre nossas camas, revelando um banquete vindo direto de um restaurante de frutos do mar em Gimnyeong. O *bomal-juk*, feito especialmente para mim, vinha reforçado com abalone, como uma verdadeira refeição revigorante. Para Hanbin, que ama crustáceos, ele trouxe sashimi de camarão-doce. Para Min, fã de moluscos, havia fatias de lula fresca. E, além disso, sashimi grosso do peixe local *benjari* e caracóis-do--mar enchiam um pratão de plástico, deixando a gente com água na boca.

— Nossa, quanto que ia custar isso tudo se fosse em Seul?

Hanbin, enfim de bom humor com a comida, tentou animar o clima.

— Eu já comi muito sashimi, mas de *benjari* é a primeira vez. Dizem que este é o verdadeiro robalo-filipino dos moradores locais, né? — perguntou Min, sempre com seu orgulho jejuense.

Dom *ahjussi* assentiu enquanto balançava uma garrafa branca de soju Hallasan, feito com água alcalina filtrada através das camadas de rocha do vulcão Hallasan.

— Sancho leva comida a sério. Dom Quixote só pensava em justiça e em sair arranjando briga, mas não dava a mínima pras dificuldades do povo. Quem realmente se preocupava com comida e preparava as refeições nas jornadas era o Sancho, sabia?

Clack, ele girou a tampa da garrafa e serviu uma dose para Hanbin, que estava sentado ao seu lado, outra para Min, à frente, e encheu seu próprio copo num piscar de olhos. Então os três brindaram. Soltei uma risadinha.

— E eu?

— Você tá doente, lembra? Come o mingau primeiro.

Peguei a colher e levei uma colherada do *bomal-juk* à boca.

— E aí? Tá bom?

— Parece mingau.

— "Parece mingau"? Esse jeito de falar não tá meio estranho?

— É mesmo? Então... é mingau.

Dom *ahjussi* deu um sorriso de canto e levantou a garrafa. Esvaziei o meu copo d'água e, enquanto ele o enchia com soju Hallasan, percebi que era a primeira vez que bebia com ele.

— Na época da locadora, eu pensava direto em crescer logo, ir beber com o senhor no bar, falar mal das pessoas e tudo mais.

— É mesmo?

— Hoje é o dia perfeito pra isso. Um brinde com o senhor, e umas boas reclamações também. A chance perfeita.

Estendi meu copo. Dom *ahjussi* brindou comigo. Hanbin e Min nos acompanharam. Ao engolir aquele soju amargo, a lembrança ainda indigesta da minha derrota voltou a subir. Por que será que as pessoas bebem diante das feridas que mais doem? Será que é porque o álcool ajuda a desinfetar? Mas essa bebida não é álcool medicinal — não cura, só escancara mais a ferida. E talvez seja justamente isso: quando a ferida se abre mais, fica mais fácil encarar o que tem lá dentro. Talvez a gente beba para olhar a derrota de frente, analisar bem, guardar o que serve e esquecer o resto.

Eu, Min e Hanbin esvaziamos os copos rapidamente. Dom *ahjussi* nos observava com carinho enquanto separava a carne da concha do caracol-do-mar com seus palitos.

— O caracol-do-mar de Jeju não tem glândulas salivares, então não tem veneno. Pode comer cru sem problema.

Dom *ahjussi* distribuiu os pedaços de caracol-do-mar que ele mesmo tinha tirado, como se fossemos esquilos recebendo bolotas. Cada um pegou o seu e mergulhou no molho picante. O sabor amanteigado e refrescante da carne crua, junto ao tempero do molho, criava uma combinação perfeita.

Comemos e bebemos. Os choques e surpresas do dia foram sendo digeridos junto com aquele banquete com gosto de mar. Às vezes, repartir comida diz mais do que palavras.

— Dom *ahjussi*, por que a Barataria é uma república livre?

Era uma dúvida que eu tinha desde o começo. Dom *ahjussi* arregalou os olhos, já com a vista turva de leve embriaguez. Aquela intensidade nos obrigou a prestar atenção. Ele limpou a garganta e encarou a todos nós com firmeza.

— Alguém me disse certa vez que a palavra que mais aparece em *Dom Quixote* é "libre". *Liberty*. Liberdade. Foi por isso que resolvi chamar aqui de República Livre.

— Ah...

— Não é só porque o senhor queria ser livre, pai?

— Claro que também tem isso. Mas é só metade da verdade. Não queria só a minha liberdade. Meu desejo é que todas as pessoas que passem por Barataria também fossem livres. Haha.

Sorrindo satisfeito, Dom *ahjussi* arrancou com os dentes um camarão inteiro e tomou um gole de soju. Tornado Sancho por escolha própria, ele parecia, por fidelidade ao personagem, ter se transformado também em um glutão. O *ahjussi* magro da locadora não existia mais. Agora parecia até mais baixo que eu, e aquele ar inteligente de quando me ensinava o *present perfect* havia desaparecido por completo.

Mas, para mim, ele sempre vai ser o Dom Quixote *ahjussi*.

37 – Sancho fazendeiro

Acordei com uma dor de cabeça latejante e, logo ao abrir os olhos, dei de cara com uma perna traseira de porco salgada, ressecando pendurada na parede. Era porque, ao contrário da última vez, eu tinha dormido virada para o outro lado. Depois de comer e beber à vontade, revirar velhas lembranças e trocar gestos de cuidado e afeto, o sono chegou no mesmo instante em que as memórias desapareceram — e foi um adormecer doce, diferente do que se tem no continente. Seria por causa do ar puro? Dos frutos do mar frescos? Ou da ternura da noite anterior? Qualquer que tenha sido o motivo, a dor de cabeça logo foi embora, e eu consegui me levantar com mais disposição.

Dentro de casa não havia ninguém. Saí. Apesar de ainda ser de manhã, o calor denso de sauna já envolvia todo o jardim. Apesar de não ser de suar muito, já sentia a nuca ficando gradualmente úmida.

Aonde será que foram todos? Com essa dúvida na cabeça, me encaminhei até a árvore no centro do jardim.

Pongnang.

É como se chama a árvore zelkova no dialeto de Jeju. Claro que foi o produtor Min quem me ensinou isso. Sob a *pongnang*, que parecia chamar para um abraço, foi onde nos abraçamos. Quando me sentei no banco ali perto, a cena de ontem me voltou à mente, me deixando um pouco surpresa e um tanto envergonhada.

Meu lema de nunca mais me envolver com alguém do trabalho desmoronou aos pés daquela árvore. Não, calma. A gente nem sabia se iria continuar trabalhando junto. Ele era só um membro temporário da equipe nessa expedição. Talvez fôssemos apenas como aquecedores descartáveis um para o outro — algo provisório, necessário só por um momento nesse mundo tão difícil.

Tentei afastar os pensamentos confusos e caminhei com ar soberano, como se eu fosse a governante de Barataria, inspecionando meu território. Os vestígios da noite anterior na estufa já estavam todos limpos. Que cidadãos exemplares. O galinheiro e o cercado das cabras, que apareciam no vídeo do Min, também estavam em paz, sem sinal de ataque de cães selvagens. Ótimo. A cerca estava funcionando direitinho.

Ouvi algum movimento vindo de trás do cercado das cabras e fui até lá. O verdadeiro governante da república já estava com a pá na mão, cavando uma valeta ao lado de um terreno bem nivelado. É claro. Para que uma república funcione bem, o líder precisa dar o exemplo.

Me aproximei pelas costas e gritei:

— *¡Hola!*

Dom *ahjussi* se virou e sorriu, com o rosto sujo de terra.

— O que o senhor está construindo?

— Um chiqueiro.

— Vai criar porcos também?

— Fornecer carne e alimento de forma estável aos cidadãos e gerar empregos é dever do governante. Em Jeju temos os porcos pretos, e a carne deles é de excelente qualidade.

— Vai fazer *jamón* também? Vi alguns pendurados no quarto dos fundos...

— *Jamón* de porco preto. Ainda estou aprendendo. Tem uma pessoa em Geumak-ri que faz. Sol, isso é segredo, mas acredita que o porco preto de Jeju é ainda mais apropriado pra fazer *jamón* do que o porco ibérico? Se a gente conseguir comercializar o *jamón* de porco preto, ele pode até ficar acima do *jamón* serrano e o ibérico nas classificações. Imagina só exportar isso de volta pra Espanha. Ia ou não ser um estouro?

Soltei uma risada pelo nariz.

— Agora o senhor tá parecendo o Hanbin. Se fosse tão fácil assim ganhar dinheiro, alguém já teria feito e vendido isso faz tempo, né?

Dom *ahjussi* riu meio sem graça, com uma cara de "é, também acho".

— É só um sonho. Mesmo que eu não vá até a Espanha, ainda posso fazer um *jamón* meu chegar lá, né... só uma esperança. E esperança é algo bom, né?

— Lá vem o senhor de novo com sonho e esperança.

Dom *ahjussi* soltou um risinho e me encarou com suavidade.

— Você lembra? Uma vez, há muito tempo, me perguntou: "Por que o senhor só fala essas palavras que os adultos não usam?" Você reclamava que eu só falava de sonho, esperança, justiça, liberdade... e perguntava como se aquilo tudo fosse estranho.

— Não lembro.

— Então também não deve lembrar da pergunta que fiz em seguida. Perguntei assim: "Sol, que tipo de adulto você quer ser? Que palavras quer usar quando crescer?" Lembra da resposta?

— Também não lembro.

— Não precisa lembrar. Agora que você é adulta, as palavras que usa hoje são a resposta que deu naquela época.

— Aha.

— Haha.

Conversando com Dom *ahjussi* sobre essas coisinhas miúdas, parecia que a gente estava mesmo dentro de uma máquina do tempo. Barataria se transformou na antiga locadora, e nós éramos a aluna que tirava nota baixa e o homem que ninguém valorizava, jogando conversa fora numa loja sem clientes.

Falando de sonho, esperança, justiça e liberdade.

Como eu estava ali, o *ahjussi* disse que ia fazer uma e caminhou em direção à sombra de uma árvore. A forma como pegou a garrafa d'água sobre a pedra larga e bebeu tudo de uma vez tinha mesmo mais de Sancho do que de Dom Quixote.

Sentei-me ao lado dele.

— Procurando o senhor, acabei conhecendo muita gente. Um colega de faculdade, um parceiro de cursinho, um amigo de editora, até o dono da produtora.

Dom *ahjussi* não pareceu nem um pouco surpreso. E ao notar o meu olhar intrigado, ele apenas sorriu com aquele sorrisinho característico.

— Você também encontrou o Daejun. Fiquei bem satisfeito em saber que ele tá vendendo bem o *donbokki* lá em Busan.

— Hã? O senhor assistiu?

— Ontem mesmo, tratei de ver correndo. Veja só meus olhos, como estão vermelhos. Fiquei assistindo até às quatro da manhã.

— Não está com os olhos vermelhos de chorar com as histórias dos amigos, não?

— Mas é claro que foi. Com essa idade, a gente fica mesmo mais chorão. Mas o bom foi que você, Sol, contou de forma divertida as conversas que a gente teve lá na locadora. Dei muita risada. Fiquei entre rir e chorar o tempo todo.

De repente, me deu um nó na garganta. Será que era esse o sentimento de uma criatura ao receber elogio do próprio criador? Peguei a garrafa d'água das mãos do *ahjussi*, bebi um gole e tentei acalmar o coração.

— Dom *ahjussi*.

— Eu disse que agora sou Sancho.

— Por que o senhor tentou tanto mudar o mundo? Foi porque não suportava a injustiça da ditadura? Porque ficou obcecado por "Dom Quixote"? Ou por que era apaixonado por cinema? Mesmo conversando com seus antigos amigos, eu não consegui entender direito o que foi que fez o senhor se jogar de cabeça desse jeito.

Dom *ahjussi*, ouvindo minha pergunta, ergueu o olhar lentamente e ficou encarando as colinas suaves ao longe. Eu não o apressei.

— Não sei ao certo...

Felizmente, dessa vez ele não respondeu dizendo que agora era o Sancho e não sabia mais dessas coisas. Senti o suor escorrer pela lateral da cabeça. Ele continuava evitando meu olhar, coçou a cabeça duas vezes e, respirando fundo, finalmente falou.

— Eu só não aguentava ver gente fraca sofrendo. Desde pequeno. Não suportava ver meu pai batendo na minha mãe. Detestava esses caras que acham que podem pisar nos outros só porque têm dinheiro ou estão protegidos por alguma influência. Eu era franzino, mas tinha coragem. Acho que foi por isso que, mesmo na faculdade, eu sempre acabava me metendo nessas coisas.

— Ah...

— Quando saí da prisão, achei que viveria em uma nova era com o fim do regime militar. Mas nada tinha mudado. Os poderosos continuavam controlando tudo. E, pra ser sincero, eu ainda queria lutar contra todos eles, mesmo que fosse parar na cadeia de novo. Aqueles políticos nojentos e fingidos, juízes que manipulam as leis conforme seus interesses, conglomerados que só querem encher o próprio bolso, e os altos funcionários do governo cheios de podridão... eu queria acabar com todos.

— Hum...

— Mas a realidade era outra. Eu me casei com a mulher que esteve ao meu lado durante todo o tempo em que estive preso, e nasceu nosso filho. Aí eu percebi que precisava me adaptar ao mundo como ele era. A boca que gritava "viva a democracia!" nas ruas agora tinha que ensinar o uso do infinitivo nas salas de aula.

— Ouvi dizer que o senhor era um professor bem popular.

— Como professor de inglês, fui um dos melhores. Mas nunca foi uma roupa que me servisse de verdade. Eu não consegui segurar o que carregava dentro de mim. Se quiser dizer bonito, eu era um idealista cheio de senso de justiça. Se quiser dizer feio, era um sonhador sem noção de realidade. Foi aí que conheci o livro *Dom Quixote*.

Nesse momento, o *ahjussi* pegou a garrafa e bebeu o restante da água. E como se estivesse apenas esperando que eu perguntasse, começou a desfiar sua história.

— O *Dom Quixote* que eu li era um grito feroz do Cervantes em nome do povo oprimido pelo poder na Espanha daquela época. Ele usou o personagem enlouquecido do Dom Quixote pra escancarar críticas ao sistema vigente e, com isso, escapar da censura e seguir lutando. Sabe aquela cena simbólica, quando ele confunde os moinhos com gigantes e avança contra eles? Aquele foi um desafio direto aos gigantes do poder, uma luta pela liberdade do povo.

— Ah... Então foi por isso que o senhor decidiu mudar o mundo com uma história como *Dom Quixote*.

— Isso mesmo. Foi bem nessa época, quando eu me sentia um fracasso como pai, que eu passava os dias vendo filmes na locadora. Pra tentar esquecer da realidade. Mas aí percebi... que dentro dos filmes é que estava a realidade de verdade. Vi que o cinema tinha o poder de virar tudo de cabeça pra baixo. Alguns filmes me deixaram completamente nocauteado, depois me jogaram um balde d'água na cara e disseram: "Vai continuar deitado aí até quando?" Gritavam pra eu me levantar, superar o desânimo e sonhar dentro da realidade.

— E por isso o senhor decidiu ser cineasta?

— Eu queria mostrar às pessoas, por meio dos filmes com o espírito de *Dom Quixote*, como é bonito viver de forma justa num mundo envenenado pela mentira. Queria fazer filmes que repreendessem o mundo com elegância... Mas, como você bem sabe, no fim das contas tive que aceitar que era um sonho fantasioso demais. Esse corpo meu, que foi ficando mais e mais redondo, me mostrou que eu não era o Dom Quixote, mas o Sancho. E como um Sancho fazendeiro, vim pra essa ilha, comecei a cultivar cenouras, a criar porcos, e a dividir os fardos da vida com quem está exausto das marés do mundo. Achei que era esse o tamanho certo do meu passo.

— É meio vazio, sabe? Eu queria ver uma obra escrita pelo senhor virar filme. Ainda lembro tão claramente... você sempre ali, encolhido atrás da mesa da locadora, martelando no teclado do notebook, às vezes rindo sozinho, às vezes ficando bravo.

— Eu fazia isso, é?

— Eu dizia que se você escrevesse um filme, iria assistir dez vezes. Eu entendo que o senhor tenha deixado pra lá o sonho de ser diretor. Se fosse eu, depois de tudo que passou, também teria largado. Mas é muito frustrante.

— ...Desculpa.

— Não tem pelo que se desculpar. Passa uns anos aí vivendo como Sancho e depois volta a tentar como Dom Quixote. Direção de cinema.

— Haha. Dom Quixote pode até virar Sancho, mas Sancho nunca vira Dom Quixote.

— E por quê?

— Porque a paixão se foi. E é a paixão que cria a loucura, e é essa loucura que tira a gente da realidade e empurra pra frente. Eu, que fiquei sem paixão, agora ponho os pés no chão, com a força de um Sancho realista. E com essa força, vou construir chiqueiros e curar *jamón*. A Sol adulta... eu confio que vai entender este *ahjussi* aqui.

— Que entender, que nada. Tô decepcionada.

— Depois vem aqui comer um *jamón*, então. O *jamón* de porco preto, esse pelo menos não vai te decepcionar.

Se tivesse um *jamón* do meu lado, eu teria dado com ele nas costas do *ahjussi*. Mas aquele "Sol adulta" tinha peso. Eu só resmunguei um pouco, sem conseguir retrucar de verdade.

Chegando perto da hora do almoço, Hanbin e o produtor Min apareceram trazendo *jeopjjakppyeo-guk*, um tipo de sopa de ossos para curar ressaca. Talvez fosse verdade que as sopas de ressaca eram mais evoluídas em Jeju, pois foi minha primeira vez comendo uma assim. O caldo parecia um creme feito com trigo sarraceno e a carne de porco cozida estava absurdamente macia.

Depois de comermos, os dois montaram um "Conjunto Essencial de Drip de Café Manual All-in-One" que tinham comprado na cidade. Hanbin moeu grãos de café e preparou um drip na hora para cada um de nós. Estava ótimo. Min até levantou o polegar dizendo que aquilo dava para ser vendido.

Só o *ahjussi*, que não tomava mais café, ficou com uma cara nada satisfeita, desconfiando das habilidades do filho. Disse que a bebida de boas-vindas oficial da Barataria era o *shwindari*, e que isso já era mais que suficiente. Senti como se estivesse assistindo ao início de um conflito entre o governante e o príncipe herdeiro de Barataria.

Assim que viu a recepção positiva ao seu café, Hanbin correu pra dentro, revirou a casa do pai e voltou com um caderno de esboço, onde começou a escrever os preços do café, do *shwindari* e do *gwajeul*, montando um cardápio. Era impossível imaginar que aquele fosse o mesmo Hanbin que andava por aí todo inseguro. Ali, concentrado ao máximo, me dava nos nervos... mas ao mesmo tempo, era adorável.

Logo chegou a hora de partir.

Min assumiu o volante, eu sentei no banco do carona. Hanbin, ainda pendurando o cardápio na árvore, se despediu com um simples aceno de mão. O *ahjussi* se aproximou do carro e nos entregou um saquinho cheio de *gwajeul*, dizendo para comermos no caminho, com uma expressão meio sem graça.

— Sol... Ontem não consegui dizer, mas... eu nem tenho palavras. Me desculpa.

— Pelo quê?

— A aparição na TV. Se eu soubesse que você tava preparando um programa, nunca teria aceitado. Acabei te decepcionando muito.

— Isso não foi culpa sua, *ahjussi.* Eu tô bem. Não precisa ficar se culpando.

— Mesmo assim, fui imprudente. Podia ter esperado pra sair na TV depois de convidar vocês primeiro.

— Ai, deixa disso. O que me deixou mais brava foi o senhor não ter me reconhecido!

— É, sinto muito por isso também.

Com um sorrisinho envergonhado, estendi a mão para ele. Aceitei o pedido de desculpas com um aperto de mão.

— Eu volto, viu?

Falei olhando para o rosto rubro do *ahjussi.*

— Voltem juntos — respondeu o *ahjussi*, com um sorriso radiante.

O caminho até o aeroporto foi marcado por uma serenidade silenciosa. Era difícil dizer, pela expressão do produtor Min, se ele estava tentando captar o meu humor ou se apenas estava concentrado na direção. Eu, por minha vez, revisava mentalmente os acontecimentos das últimas 24 horas, vagando sem parar dentro da minha própria cabeça.

Enquanto esperávamos o voo, dividimos o *gwajeul.* Min disse que, assim que voltasse para Seul, complementaria o vídeo com as imagens da Barataria e me enviaria. Foi uma conversa estritamente profissional. Eu respondi que faria o pagamento assim que recebesse o arquivo. De novo, uma troca puramente profissional.

O voo para Gimpo foi o primeiro a sair. Acenei com a mão. Min sorriu calmamente ao passar pelo portão de embarque.

Esperando sozinha minha vez de decolar para Cheongju, voltei a me perder dentro da minha própria cabeça.

38 – Daejon, de novo

Fazia três dias desde que tinha voltado para Daejeon. E, desde então, a apatia era tanta que eu não conseguia nem mover um dedo. Apesar de ter dito para o *ahjussi* que estava tudo bem, a verdade era que a pancada foi forte. O golpe final veio quando assisti ao episódio do "Desbravadores locais" sobre Barataria assim que cheguei. Esses caras captaram exatamente tudo o que eu queria mostrar sobre o *ahjussi* e seu espaço — como se tivessem lido minha mente. E o pior: ele parecia um personagem excêntrico e humanista, perfeitamente encenado. Não, ele não estava atuando. Aquele era o verdadeiro *ahjussi,* quem eu procurei por tanto tempo.

Eles captaram com precisão assustadora o charme dele, com aquelas falas esquisitas e esperançosas, o olhar firme e decidido, os vincos do rosto, o canto da boca que caía quando ele sorria, os gestos intensos de quem quer se tornar um personagem literário. Tudo. Absolutamente tudo estava lá.

Sempre que lembrava que tinha abaixado a guarda e deixado que me passassem a perna, o arrependimento me invadia. Eu estava furiosa. Nem mesmo adicionando a entrevista especial que o Min gravou eu achava que conseguiria satisfazer os inscritos alguma forma. A verdade era que o que mais doía era a sensação de ter perdido algo meu. Algo que eu não consegui proteger.

Talvez por isso eu não tivesse nem coragem de abrir o canal. Já conseguia ouvir as perguntas dos *amigos* martelando: por que não tem vídeo novo? Aquele Sancho da Baratаria na TV era mesmo o Dom *ahjussi*? E a expedição para Jeju, como ficou? As perguntas dos *Amigos* já começavam a martelar nos meus ouvidos e me deixavam com o estômago embrulhado. Sem forças, eu só conseguia me encolher no sofá-cama e ficar deitada ali.

Tóc-tóc-tóc-tóc.

Levantei com esforço ao ouvir as batidas na porta. Era a Sangeun.

— *Unnie*. Você voltou mesmo de Jeju?

Ela entrou de forma abrupta com um muffin e um café na mão e, sem nem dizer oi, já foi perguntando. Respondi que o cansaço da viagem me derrubou e passei dias sem conseguir me mexer. Ela sentou ao meu lado com uma expressão preocupada e me ofereceu o que tinha trazido. Ao tomar o café típico da Sangeun, senti um calor subir direto ao peito e o corpo começar a relaxar. Realmente, há algo de poderoso nas coisas que já nos são familiares.

— Entrei no canal só pra checar... e tem muita gente esperando o próximo vídeo.

— É. Imaginei que estivesse assim, por isso nem tive coragem de olhar. Estou com medo e me sentindo culpada.

— Ai, ai. Não é que o povo só esteja esperando: tão esperando *pra caramba*, tipo… nível épico! E, olha, os inscritos aumentaram um monte… Você tem que subir o vídeo de Jeju logo.

— O que é isso? Você virou minha empresária agora? Isso aqui tá mais me pressionando do que ajudando, sabia?!

— Ah, pelo amor, meu negócio tá um fiasco mesmo. Ia ser ótimo virar sua empresária se seu canal bombasse de vez. Vai, anda! Se os inscritos aumentaram, o que tá esperando? Tá com medo? Se tiver, eu vejo com você!

No fim, acabei sentada na frente do notebook, puxada por Sangeun. Ela mesma ligou o notebook e ficou me incentivando como uma treinadora pessoal em modo turbo. Com esforço, entrei no YouTube e abri o canal Don Quixote Vídeos.

Precisei tampar a boca de tanto espanto. Sempre achei que aquelas reações exageradas dos filmes de drama, com as mãos tapando os lábios e os olhos arregalados, fossem forçadas. Mas naquele momento, eu estava exatamente assim, encarando a tela.

Inscritos atuais: 94.239 pessoas.

— Uau, aumentou desde ontem! Uaaaau! — A voz da Sangeun parecia ecoar nos meus ouvidos.

Antes de ir para Jeju, o canal mal tinha passado dos 50 mil. Eu estava confusa, sem entender nada, mas a Sangeun ficou insistindo para que eu olhasse os comentários.

No vídeo mais recente, o da partida da Expedição Jeju, os comentários se estendiam infinitamente. Rolei a página e rolei, e rolei mais um pouco. Com a respiração já acelerada, fui controlando o fôlego enquanto procurava o comentário que parecia ser o início de tudo.

Um dos *Amigos* do canal, ao assistir ao programa "Desbravadores locais", havia levantado a hipótese: Será que o "Dom *ahjussi*" que a Jjin-Sancho procurava era o mesmo que apareceu no programa? Em resposta, outro inscrito postou uma comparação entre as fotos da Baratariа no Instagram, que foram publicadas com minha autorização, e os trechos do programa de TV. Logo depois, surgiram dezenas de respostas, e mais perguntas, e mais comparações. A comunidade dos *Amigos* estava usando a força da inteligência coletiva para montar o quebra-cabeça. Chegaram à conclusão de que sim: o Dom *ahjussi* que eu procurei por tanto tempo havia sido achado... por outra emissora. Justamente um dia antes da nossa reunião, antes do clímax da nossa história. E isso, definitivamente, não parecia uma coincidência.

No dia anterior, outro *Amigo* descobriu que eu era ex-produtora do *Desbravadores de cidades*. Ele alegou que, por *Desbravadores locais* ser um programa-irmão, a equipe com certeza sabia sobre mim, a Jjin-Sancho, e ficou de olho no meu canal no YouTube... até roubar a fonte e usar o material primeiro.

A habilidade investigativa dos *Amigos* era minuciosa. Implacável. E, além de tudo, tinha grande poder de alcance. O primeiro deles, que levantou a suspeita, fez um infográfico resumindo tudo. Logo depois, o arquivo começou a circular espontaneamente em fóruns e redes. Estava viralizando.

Como as notícias sobre a Expedição Jeju não apareciam, a indignação coletiva só aumentava. Gente que nunca tinha ouvido falar do canal começou a se aglomerar, clicando em "se inscrever" e "curtir" como se estivessem marcando presença em uma aula. E todos aguardavam um novo vídeo.

Enquanto eu compreendia tudo isso, os inscritos seguiam aumentando. Comentários de apoio apareciam em tempo real. Eu tremia, tentando conter o choro, até que Sangeun me envolveu num abraço apertado.

— Eu já sabia de tudo isso quando vim. Você merece esse apoio, *unnie*.

E com aquelas palavras, o choro que eu vinha segurando escapou de vez.

Amigos são aqueles que te apoiam e lutam ao seu lado. Sangeun era minha amiga. E os *Amigos* — os do canal — eram, literalmente, isso: amigos. O canal Dom Quixote Vídeos era a fortaleza deles. Com tantos amigos surgindo de repente, joguei fora qualquer vergonha e chorei sem parar.

Mas as surpresas não pararam. Naquela mesma noite, Hanbin me ligou para contar que a Baratária estava enfrentando um pico de visitantes. Disse que a média era de cinquenta visitantes por dia, e que até a namorada dele tinha largado o trabalho e ido à Jeju para fazer café. Quando perguntei se o *ahjussi* estava bem com toda essa movimentação, Hanbin deu aquela risada aguda típica dele e respondeu:

— No começo ele ficava todo sem jeito com os clientes, nem sabia cobrar direito. Agora virou um mestre do atendimento. Vive falando que precisa faturar logo pra comprar porco preto, tá focadíssimo nas vendas.

Não pode ser... o Dom *ahjussi*? Não, espera. É possível, mas se for o Sancho. Triste, mas ele já não era mais o Dom Quixote.

— E outra, ele vê o seu canal toda noite. Tá obcecado. Vê e revê os vídeos, parece que quer decorar tudo.

— Jura? Comigo ele falou como se não fosse nada demais.

— Ah, tá sendo todo um drama. No episódio com aquele amigo de Seocho-dong, ele começou a chorar! Tô falando, meu pai tá igual uma *ahjumma* mesmo. E ainda fica toda hora se lamentando de ter deixado o programa de TV passar primeiro. Fica o tempo todo se desculpando pra mim, tô exausto.

— Hanbin, diz pra ele vir até Daejeon se está mesmo arrependido. Já tá na hora de ele aparecer no canal.

— Ah, isso é meio difícil. Barataria tá bombando, sabia? Meu pai é tipo o mascote do lugar. Não tem como ele sair daqui agora. Sério, ia ser um caos.

— Mas que mesquinho você, hein?

— Vem pra Jeju. Traz o *hyung* produtor e a câmera. A gente ajuda com tudo na gravação.

— Ai... tá bom. Eu vou numa próxima.

A ligação com Hanbin deixou um certo eco emocional difícil de definir. Ver ele e o pai trabalhando juntos em Barataria e se aproximando me parecia bonito. Saber que o Dom *ahjussi* assistia meu canal repetidamente também enchia meu peito de orgulho. Mas, ao mesmo tempo... eu me sentia distante. Talvez porque agora ele realmente se encaixava naquele papel de Sancho, vivendo em Barataria, e isso me dava um misto de alívio e irritação.

Talvez por isso que não tenha gostado muito da sugestão do Hanbin de eu ir até Jeju filmar de novo. Não gostava da ideia de usar de novo, no meu canal, um lugar que tinha acabado de virar matéria de TV. E também não queria forçar o *ahjussi* a vir até Daejeon só para aparecer em um vídeo meu.

Se ele um dia aparecesse no Dom Quixote Vídeos, seria por decisão dele. Ele ainda precisava de tempo. E eu tinha que suportar esse tempo também. Decidi que ia me firmar de vez nessa nova vida de youtuber.

Na noite seguinte, recebi uma DM de uma inscrita com o username Princesa Doce.

Jjin-Sancho, o que achou do meu bombardeio de apoio?

Eu já tinha reparado que vários comentários de novos *Amigos* no canal diziam ter chegado por um link postado pela Princesa Doce. Fui conferir, e quase caí da cadeira: a dona desse username era uma autora famosíssima de web-romances. Entre suas obras estava o hit *A protagonista que não sabe que é bonita*, com mais de 40 milhões de visualizações acumuladas numa das maiores plataformas de web-romances. E ela não parava por aí: nos últimos sete anos, emplacou sucesso atrás de sucesso. Descobri também que a Princesa Doce havia feito um post intitulado "Apoiem o único canal que eu assisto!" tanto na página dos fãs quanto no "recado da autora" do capítulo mais recente, com o link para o Dom Quixote Vídeos. Agora, ela tinha tomado a iniciativa de falar comigo.

Respondi com todo o respeito, dizendo que o apoio recebido tinha sido um conforto ainda maior do que o aumento dos inscritos.

Unnie, você ainda não se tocou? Nossa, assim você acaba com a minha autoestima.

Fiquei paralisada lendo essa resposta. Quem me chamaria de *unnie*? Só consegui pensar na Sangeun. Colegas de produção? Cortei contato com todos. Ex-colegas da faculdade ou do ensino médio? Não consegui pensar em ninguém que tivesse perfil para virar escritora. Então, e se fosse... alguém da época do fundamental? Teria que ser alguém que frequentou a Escola Hosudon para Meninas, em Daejeon. Se fosse o caso, só poderia ser uma pessoa.

Não, ela não era apenas uma ex-colega da Hosudon. Era também da locadora Dom Quixote Vídeos.

A caçula do Clube La Mancha. Aquela que vivia lendo os livros da Gwiyeoni...

Era a Saerom.

— Saerom, é você, né? Me desculpa. Eu sou muito lerda. Nunca ia imaginar que era você. Já tinha até desistido, não consegui te achar e você também nunca deu sinal...

— Ai, qual é? Não pegou o "Princesa Doce"? É uma referência à Dulcineia, claro! Você devia me reverenciar, não me reconhecer foi um ultraje. Tô decepcionada!

— Desculpa mesmo. Fiquei te procurando pelo seu user antigo, "Princesa Excêntrica".

— Credo! Quem ainda usa "excêntrica" hoje em dia? *Unnie*, quantas vezes o Dom *ahjussi* falou que Dulcineia significa "doce"? Foi por isso que eu vivia chamando ele de Dulcineia e ganhava *dalgona* de brinde, lembra?

— Ah, isso eu lembro! Mas, sério, você virou mesmo escritora de web-romances! Por que nunca contou pra ninguém? Nem o Dom *ahjussi*, nem o Hanbin, nem o Daejun sabiam de nada.

— Claro, né! Ninguém nunca leu minha obra-prima. Se lessem só uma vez, iam sacar que fui eu quem escreveu. Pode avisar que fiquei magoada porque ninguém reconheceu a estrela do Clube La Mancha.

— Perdoa a gente. Tava todo mundo ocupado demais tentando achar o Dom *ahjussi*. Mas agora que a gente encontrou ele, ia começar a procurar você. Obrigada por ter entrado em contato primeiro.

— Só agradece? Nem percebeu que eu usei meu *superpoder* pra te levantar? Aposto que só meus fãs já te renderam mais de dez mil inscritos. Agora vai e vira uma youtuber de sucesso. E me paga esse favor.

A ansiedade era tanta que não consegui mais esperar. Pedi o número da Saerom e liguei imediatamente. E, como era de se esperar, a conversa deslanchou. Saerom contou que morava em Seul com dois gatos e que escrevia todos os dias, sem descanso. Aos trinta e cinco anos e sonhando com a aposentadoria, ela empilhava obras e já era uma escritora de sucesso. Há tempos era inscrita no meu canal, uma verdadeira *Amiga* desde o início. A voz infantil e aquele jeito inconstante de expressar as emoções continuavam exatamente como nas nossas tardes preguiçosas na locadora.

Contei a ela toda a história de reencontro com o Dom *ahjussi* em Jeju. E disse, sem esconder nada: que estava muito grata pela ajuda, mas também morrendo de vergonha por não ter sido uma boa *unnie* todos esses anos. Que queria muito vê-la, mas que agora não conseguiria nem erguer os olhos.

Ela respondeu perguntando se eu lembrava da primavera de 2003, quando fomos à sessão de autógrafos da autora Gwiyeoni. De Daejeon até Seul, depois de Seul até a livraria Kyobo de Gangnam, pulando de trem em metrô, só porque eu — um ano mais velha — tinha morado em Seul e era mais destemida que ela. Disse que nunca esqueceu o quanto significou conhecer sua ídola e receber aquele autógrafo, tudo graças a mim.

No ano seguinte, quando me mudei para a capital, ela ficou sozinha e com saudade. Foi nessa época que começou a escrever suas primeiras novelas na locadora, sonhando em se tornar uma autora incrível como a Gwiyeoni só para poder um dia bater no próprio peito e dizer: "Tá vendo?" E agora que finalmente podia fazer isso, ela estava se divertindo demais.

As palavras dela me encheram de força. Falei que iria para Seul no dia seguinte mesmo, que estava morrendo de saudade. Mas Saerom disse que estava no meio da serialização e que, com sorte, só no fim do ano — quando entregasse o último capítulo — conseguiria tirar um tempo. "Esse é o mundo dos profissionais, *unnie*", gabou-se.

Tudo bem. Então eu disse que também seria profissional, que iria fortalecer meu canal, criar com afinco e esperar pelo fim do prazo dela.

39 – A liberdade da Barataria

Hola, ¡Amigos! Como vocês estão? Aqui quem fala é a Jjin--Sancho. Faz tempo que não nos falamos, né? Antes de tudo, peço desculpas por não ter cumprido a promessa de subir dois vídeos por semana. Eu, que sempre defendi o lema "Quantidade antes de qualidade!", acabei quebrando minha própria regra, e isso fez com que eu me culpasse bastante. Infelizmente, acabei passando por um período de ausência que não pude evitar. Peço desculpas de coração a todos os *Amigos* do canal Dom Quixote Vídeos que possam ter se decepcionado ou ficado preocupados com esse silêncio.

Desde que voltamos da expedição a Jeju, meu corpo e minha mente precisaram de um tempo. Sempre me orgulhei da minha resistência, mas, depois de três meses de aventura para encontrar o Dom *ahjussi,* acho que a tensão acumulada me cobrou a conta.

Com o apoio e o carinho de todos vocês, conseguimos encontrá-lo em Jeju. A ideia era mostrar a vocês o novo rosto do nosso querido *ahjussi,* agora transformado em Sancho, e a beleza indescritível de Barataria. Mas, como vocês sabem, outra emissora acabou se adiantando e revelou tudo antes de nós... Por isso, agora temos o desafio de apresentar o *ahjussi* e sua Barataria de um jeito diferente. De um jeito que seja só nosso, só dos *Amigos* do canal.

Dom *ahjussi* ter aceitado participar de outra filmagem antes da nossa não foi culpa dele, de forma alguma. Durante essa jornada em que vocês me apoiaram até financeiramente para encontrar o *ahjussi*, fui eu quem se precipitou. Faltou cautela da minha parte. Cabia a mim guiar vocês com firmeza até o clímax dessa história... e eu falhei. Doeu. Meu coração desabou. Teve um momento em que pensei que talvez nunca mais conseguisse aparecer aqui de novo.

Na semana passada, reuni coragem e entrei no canal, me deparando com um apoio que eu nunca esperei. Em vez de cobrança, encontrei preocupação. Vocês entenderam, procuraram saber o que houve, espalharam a palavra e trouxeram ainda mais *Amigos* para perto. Eu tremi com a enxurrada de comentários, inscrições e curtidas. Meu coração ficou quente. Como vocês bem sabem, "amigo", em espanhol, é *amigo*. E vocês foram mais do que isso — foram meus aliados, meu abrigo, meu time.

Ontem, enviei o meu endereço para o YouTube para receber o Botão de Prata. Se eu soubesse que um dia receberia isso, teria saído muito antes do emprego para me tornar youtuber. É um arrependimento feliz. Um daqueles que vêm com gratidão e propósito. A partir de agora, quero fazer de tudo para não deixar mais nenhum arrependimento pelo caminho. Vou continuar criando conteúdos incríveis e aparecendo por aqui como a *prateada* Jjin-Sancho de vocês.

A Expedição Jeju encontrou Dom *ahjussi*. Passamos uma noite em sua república, a Baratária, e tivemos longas conversas. O cavaleiro Wonbin pôde matar a saudade do pai — e, claro, não deixou de falar sobre planos para ganhar dinheiro. O diretor Min, responsável pelas filmagens, mergulhou nas lembranças da época em que escrevia roteiros ao lado do autor Jang. E eu, Jjin-Sancho, revivi os diálogos de quinze anos atrás, do tempo em que frequentávamos a locadora de vídeos. Foi como usar um rebobinador de fitas para rever, juntos, os nossos dias de outrora.

E comemos. Comemos muito. Dom *ahjussi*, agora na pele do guloso Sancho de *Dom Quixote*, nos ofereceu as iguarias de Jeju: a bebida fermentada *shwindari*, o doce tradicional *gwajeul*, sashimi de camarão-dama e mingau de caracol, sashimi de *benjari* e lula. Foi uma avalanche de sabores que ficará na memória. Sem esquecer, claro, do soju Hallasan. A bebedeira se estendeu noite adentro e, no dia seguinte, a ressaca foi domada por uma milagrosa sopa de cartilagem chamada *jeopjjakppyeo-guk*.

Jamais pensei que contaria tudo isso para vocês só com palavras. Queria, como é de se esperar de um canal no YouTube, mostrar tudo em vídeo — cada detalhe, cada clima —, mas por enquanto só posso entregar essa história contada na minha voz rouca, com o coração inteiro.

Com isso, encerro o relato da jornada dos últimos três meses.

Felizmente, diferente de mim, que fiquei paralisada, o diretor Min cumpriu seu papel com perfeição. Nos intervalos da viagem, ele captou imagens da Baratária e, com sua técnica profissional, editou tudo para compor um vídeo curto. É com esse pequeno vídeo, "A Liberdade da Baratária", que nos despedimos oficialmente da Expedição Jeju. Nos vemos em breve com um novo conteúdo. *Adiós, ¡amigos!*

O vídeo de aproximadamente três minutos, impulsionado pela expertise de Min, teve um impacto imenso. As imagens feitas por drone e a edição minuciosa atingiram um nível de qualidade que mal parecia de um canal no YouTube. O conteúdo começava com a minha chegada ao aeroporto de Jeju e o reencontro com Hanbin, e seguia pela estrada até o interior da ilha, por entre as matas das montanhas centrais, com uma estética de tirar o fôlego. Quando as turbinas eólicas apareciam, a imagem era alternada com cenas dos moinhos de vento da região de La Mancha, na Espanha, reforçando o elo com *Dom Quixote*.

Ao chegarmos à Baratária, o drone brilhava em sua plenitude. Como um pequeno pássaro de Jeju, ele sobrevoava todo o território da república livre, enquanto eu, Hanbin e Dom *ahjussi* nos tornávamos apenas parte da paisagem. A montagem dos pratos típicos, todos captados sem que percebêssemos, transmitia perfeitamente a atmosfera do banquete que havíamos compartilhado.

A cena final se encerrava com um suave *tracking out* a partir da grande árvore no centro de Baratária, guardiã da república. A música suave e ritmada de trilha sonora, fazia tudo soar como um videoclipe poético. Essa "obra que não é uma obra" ultrapassou o YouTube, sendo compartilhada em blogs, no Instagram e no Facebook como vídeo de referência obrigatória para quem deseja visitar Jeju. Conseguia ver com clareza o sorriso satisfeito de Hanbin servindo café entre os turistas que lotavam Barataria.

Depois disso, os dias ficaram intensamente ocupados. Primeiro, a pedido de Dom *ahjussi,* enviei os cadernos com as transcrições manuais de *Dom Quixote* para Jeju — cadernos que eu mesma havia usado para ler a obra por completo. A despedida desses textos foi como me separar de um amigo com quem dividi segredos; deixou um vazio. Para preenchê-lo, fui direto à livraria Gyeryong e comprei os volumes 1 e 2 de *Dom Quixote.*

Recebi o botão de prata enviado pela sede do YouTube e reformei completamente o estúdio. Era hora também de criar novos conteúdos, então comecei a pensar no próximo tema do canal.

Primeiro, entrevistei um diretor de cinema independente indicado pelo Min, mas a proposta acabou ficando no meio do caminho. Ainda assim, senti que, de certo modo, contribuir com o cinema coreano me deixou orgulhosa.

Depois, testei um novo quadro com a Sangeun: exploramos restaurantes populares de Daejeon. Mas a reação foi morna, mais do que o esperado, e após o terceiro episódio decidimos cancelar. Se fosse para fazer o que todo mundo fazia, seria preciso ter um carisma especial ou uma habilidade fora do comum.

Após muita reflexão, decidi lançar um novo quadro: entrevistas com pessoas que, assim como Dom *ahjussi,* nunca abriram mão de seus sonhos. Mas, mesmo essa ideia foi abandonada após o segundo episódio. Um comentário disse que parecia uma mistura mal feita de "Os Incríveis do Cotidiano" e "Coisas Bizarras do Mundo", e foi um golpe certeiro. Comentários infundados não me abalavam, mas críticas precisas me obrigavam a abaixar a cabeça.

A verdade é que "Em busca de Dom Quixote" foi tão impactante que se tornou quase impossível substituí-lo por outro conteúdo à altura. E, como era de se esperar, os números começaram a cair: os inscritos diminuíam como areia escorrendo por uma ampulheta, o que se refletia diretamente na receita gerada pelo canal. Toda vez que eu organizava os dados financeiros no Excel, soltava um suspiro pesado.

Já tinham se passado quase dois meses desde que eu tinha ido a Jeju encontrar Dom *ahjussi*. Voltei ao básico: resenhas de livros e indicações de filmes, mas nada parecia conter a queda. Os *Amigos* frequentemente perguntavam: "Quando o Dom *ahjussi* vai aparecer?" Eu respondia evasivamente que isso dependia dele, que eu também não sabia. No fundo, torcia para que ele visse os vídeos e me procurasse por conta própria.

Sabia que, se Dom *ahjussi* aparecesse, haveria uma explosão de reações. Se ele se tornasse presença fixa, talvez o canal voltasse a crescer rapidamente. Imaginei a gente revivendo memórias da antiga locadora, lendo e debatendo *Dom Quixote* juntos, reencontrando pessoas que participaram da série "Em busca de Dom Quixote", recebendo *Amigos* para encontros especiais com ele... Só de pensar nisso, o coração se animava. E aí vinha a pergunta: será que, sem o *ahjussi,* eu não conseguia me sustentar como youtuber? Esse pensamento me deixava arrasada.

O *ahjussi* tinha que estar em Barataria. Ele não podia mais estar na Dom Quixote Vídeos. Porque ele não era mais o Dom Quixote. Ele era o Sancho. Eu repetia isso para mim mesma como se estivesse firmando uma promessa.

Recebi a ligação do Hanbin enquanto lia um novo lançamento enviado por um dos *Amigos* que gerenciava uma editora independente. Estava pensando se o selecionava ou não como "Aluguel do dia", mas o ensaio era meio sem graça. O celular começou a vibrar, e, ao mesmo tempo, meu coração também. Será que o Dom *ahjussi* tinha decidido participar do canal? Nem era ele quem estava ligando, então por que meu coração estava tão acelerado? Quem diria que um dia eu atenderia o Hanbin com esse tipo de expectativa... era algo que nunca tinha imaginado.

Respirei fundo e atendi a ligação.

— *Nuna*, meu pai não te ligou?

A voz do Hanbin estava agitada, parecia preocupado ou irritado.

— Acho que o *ahjussi* nem tem meu número. A gente nunca trocou mensagem ou ligação.

— Ah, fala sério! Então pra onde ele foi, afinal? Você tem certeza que não encontrou com ele em Daejeon?

— Que papo é esse? Se eu tivesse encontrado, teria contado, né.

— Ele sumiu. Sumiu como mágica.

— O quê? Será que ele só não deu uma saidinha?

— Já faz dois dias sem sinal dele. O celular tá desligado. E justo agora, no auge das férias de verão... Tem coisa aí, fala sério. *Nuna*, cê tem certeza que não sabe mesmo? Não tá gravando nada com ele escondido, né?

— Ei! Olha como fala! E você, não tá preocupado, não? É o seu pai! Já registrou o desaparecimento?

— Sei lá! Pai, o caramba! Ele nunca escuta ninguém.

— Quem não escuta é você. Mas o que houve? Você brigou com ele, né?

— Não foi briga... Tá, talvez eu tenha reclamado. É que, poxa, ele vive largando a loja e indo pescar! O pessoal vem atrás do "Sancho *ahjussi*", quer tirar foto com ele, e ele nunca está. Como é que eu não fico irritado com isso, hein?

— "Talvez"? Você deve ter mandado ver bonito.

— Também não é mentira. Minha namorada até brigou comigo por causa disso. Ah, chega! Enfim, se ele te ligar, me avisa, tá? Promete. E diz pra ele que o filho tá arrependido.

— Você devia dizer isso, não eu. Desde quando arrependimento se transmite por terceiros?

— Ah, *nuna*! Por favor! Você sabe que eu te respeito pra caramba, né?

E desligou como quem foge.

O Dom *ahjussi* desapareceu.

No instante em que ouvi o que o Hanbin disse, por um momento, só um mesmo, bem breve, me imaginei pegando a câmera e indo procurá-lo de novo. Mas eu não faria isso. Não queria transformar meu canal naquelas reciclagens batidas que o mundo da televisão adora fazer com programas que deram certo.

Mas... independentemente disso, eu estava preocupada. Queria saber onde estava. Na verdade, percebi só naquele momento, ao ouvir que ele havia sumido, que sentia saudade dele. Só me dei conta que já estava com saudade desde que voltei de Jeju no momento em que soube que ele havia desaparecido. O *ahjussi* que agora era o Sancho, e não mais Dom Quixote. Mas, para mim, sempre seria o Dom Quixote *ahjussi*. Afinal... pra onde o senhor foi dessa vez?

PARTE 4

나의 돈키호테

O país do sol

40 – A segunda temporada do Clube La Mancha

O cartão-postal enviado da Espanha pelo Dom *ahjussi* chegou exatamente três semanas depois de Hanbin ter avisado sobre sua fuga. Caramba! Será que ele foi mesmo para a Espanha levando *jamón* de porco preto? Em plena era das redes sociais, o cartão-postal do *ahjussi* parecia uma relíquia vinda do passado. Na frente, havia uma estátua imponente de Dom Quixote, com uma capa nos ombros e uma espada na cintura. No verso, estava escrito o seguinte, com a caligrafia familiar do *ahjussi:*

A última aventura do Clube La Mancha.

Um festival que acontece no lugar onde a história foi concebida.

Dress code = Hanbok*.

*Forsi altro canterà con miglior plectio***.

---

* Vestimenta tradicional coreana.

** Versão em italiano de *Dom Quixote*: "Talvez outro cante com palheta melhor."

Eu rapidamente comecei a decifrar a mensagem. Dom *ahjussi* estava convocando a última aventura do Clube La Mancha e, pelo local de envio do cartão-postal — a Espanha —, ele estava nos convidando para lá. E o lugar onde a história foi concebida? Um festival? Corri para pesquisar "Dom Quixote" e "festival" juntos. Mas os resultados eram apenas postagens de viajantes que haviam participado de um festival regional no Japão e, depois, passado por uma loja chamada Don Quijote.

Com essas frases sozinhas, não dava para saber qual era o festival a que ele se referia. Voltei a observar a imagem da frente do cartão-postal. Será que era um festival que acontecia onde aquela estátua estava? Mas não havia sequer um nome de cidade escrito.

Agarrei-me a qualquer fio de esperança e encarei atentamente a estátua magricela de Dom Quixote. Diferente do tradicional Dom Quixote com elmo, armadura e lança, esta estátua vestia uma capa e trazia uma espada. E em uma das mãos segurava algo que... olhando melhor, era uma caneta-tinteiro com pena. Naquele instante, entendi. Não era Dom Quixote.

Era a estátua de Cervantes.

Digitei no campo de busca "Cervantes" e "festival" juntos, e então descobri que na cidade onde Cervantes nasceu, Alcalá de Henares, há um festival que acontece em torno do seu aniversário, dia 9 de outubro.

A última linha eu já conhecia por meio do manuscrito de Dom *ahjussi. Forsi altro canterà con miglior plectio.* "Talvez outro cante com palheta melhor." A última frase do volume 1 de *Dom Quixote*.

Talvez Dom *ahjussi* sentisse que era hora de concluir sua própria história. E, para isso, estava convidando o Clube La Mancha para a Espanha. Porém, além da instrução de usar *hanbok*, não havia qualquer indicação sobre trajeto ou meios de transporte. Eu fiquei ali, encarando o cartão-postal coberto pelas impressões digitais do Dom *ahjussi*, imersa em pensamento. Mas refletir só servia para atrasar. E quem era eu? Eu era uma ex-produtora e atual youtuber que já percorreu todas as ilhas do país e cobriu todos os tipos de festivais locais. De dentro de mim brotavam determinação e vontade. Retomei minha habilidade investigativa e comecei a pesquisar como chegar a Alcalá de Henares.

Naquela tarde, recebi a ligação de uma agência de viagens. A funcionária informou que eu havia sido designada como a responsável pelo pacote adquirido por um certo senhor Jang Yeongsu, e que estavam reservadas cinco passagens aéreas saindo de Incheon rumo a Madri no dia 8 de outubro, além de três quartos duplos em um hotel em Alcalá de Henares. Assim que ouvi aquilo, parei de pesquisar. Dom *ahjussi* era muito mais gentil e meticuloso do que eu imaginava. E ainda por cima, havia considerado o estado frágil das minhas finanças.

Desliguei o telefone, respirei fundo e me sentei com a postura ereta. A situação, resumidamente, era a seguinte: Dom *ahjussi* havia me dado uma missão. Dentro de um mês, eu deveria levar os cinco membros do Clube La Mancha até Alcalá de Henares, na Espanha! Ele estava gritando para que partíssemos na verdadeira e última aventura do Clube La Mancha — aquela que não conseguimos concluir em Busan.

Hanbin reagiu explodindo primeiro. Insistiu obstinadamente que o pacote fosse cancelado e o valor reembolsado para ele, despejando todo tipo de reclamação contra o pai por ter fugido irresponsavelmente para a Espanha.

— Então você vai ou não? Pra Espanha.

— Você tá louca, *nuna*? Já tá difícil tocar o negócio sem meu pai. Até tive que chamar um tio do bairro aqui do lado e fantasiar ele de Sancho. Só pra pagar o cachê dele, meu fígado já tá fervendo, sério!

Não aguentei mais escutar o Hanbin repetindo "louca" e "sério!" e desliguei na cara dele. Liguei para o próximo membro do Clube La Mancha.

Depois que expliquei tudo, Daejun, claramente animado, respondeu com entusiasmo:

— Fechado!

Disse que já estava querendo pesquisar churros espanhóis para desenvolver um novo item no cardápio do DJ's Kitchen.

— Então você vai? — perguntei.

— É que... quer dizer, claro que eu quero muito... mas me ausentar da loja não é fácil, né... é uma baita oportunidade, mas... sem mim o lugar não gira, então...

— Ok, entendi.

Cortei o discurso dele antes que ficasse interminável e desliguei.

Não entrei em contato com Seongmin.

Por fim, liguei pra Saerom, mas ouvi o que já imaginava: enquanto estiver em período de publicação, sair de casa — quanto mais ir pra Espanha — era totalmente inviável.

Os membros do Clube La Mancha não estavam em condições de partir para uma nova aventura. A missão do Dom *ahjussi* parecia impossível de cumprir. O desânimo e a ansiedade transbordaram em mim. Comecei a roer as unhas, depois a andar de um lado para o outro no estúdio subterrâneo, como um animal enjaulado. Foi então que, de repente, um pensamento me ocorreu.

O Dom *ahjussi* comprou cinco passagens de ida e volta. Mas não especificou quem usaria cada uma.

O nome do responsável pela compra registrado na agência de viagens era o meu: Jin Sol. Isso significava que era eu mesma quem deveria enviar os dados de quem usaria os bilhetes.

Logo parei de andar de um lado para o outro.

Então... será que isso significava que eu podia escolher os membros?

— Quer dizer que o Dom *ahjussi* me convidou mesmo pra ir pra Espanha? — perguntou o produtor Min Juyeong, com um tom de dúvida na voz. — Tem certeza de que eu posso ir? Que tem lugar pra mim?

— Você pode ir como novo integrante do Clube La Mancha. Mas tem uma coisinha que vai precisar fazer lá. Se tiver tempo, queria muito que fosse comigo.

Expliquei o que Min teria que fazer na Espanha. E esperei. Ele também precisava de tempo para pensar. Afinal, Espanha não é ali na esquina. Por fim, Min respondeu:

— Tudo bem. Vamos juntos.

Talvez o Dom *ahjussi* quisesse me ajudar. Ele disse que se arrependia todos os dias por ter deixado que a TV mostrasse a Barataria antes. Procurando uma forma de se redimir, e também pressionado pelas reclamações do filho, ele ir para a Espanha para espairecer. E aí, de repente, tem uma boa ideia. "O último capítulo do Clube La Mancha vai ser no canal da Sol. Vamos logo chamar a Sol."

Sem perceber, deixei escapar um sorriso. Bem na hora em que levantei a cabeça, e havia um espelho à minha frente. A fantasia se desfez, e voltei à realidade. De qualquer forma, o gênio das câmeras, Min, era um membro indispensável e essencial nessa viagem à Espanha.

Sangeun aceitou o convite sem hesitar por um segundo. Disse que iria explorar a cultura dos cafés espanhóis e trazer uma nova energia ao seu negócio, que andava às moscas. Pedi permissão à Saerom e então nomeei Sangeun como a nova Dulcineia da segunda formação do Clube La Mancha.

Pouco depois, Hanbin entrou em contato. Disse que também iria para a Espanha. Quando perguntei por que havia mudado de ideia, a desculpa esfarrapada foi que precisava comprar artigos relacionados a Dom Quixote para decorar a Barataria. Mas eu sabia bem qual era a verdadeira intenção. Ele queria dar um jeito de convencer o pai a voltar para a Coreia.

Resolvi dar outra chance ao Daejun. Liguei para contar sobre os novos membros do Clube La Mancha e a entrada do Hanbin. Esperava que aceitasse usar a passagem restante. Dias depois, ele me ligou animado, dizendo que a esposa tinha autorizado a viagem. Eu, com a mesma empolgação, disse que também estava feliz por ele ir.

O novo Clube La Mancha estava formado.

Comecei a me preparar, junto com o produtor Min, para a aventura e as filmagens que nos aguardavam. Meu coração voltou a bater acelerado.

41 – From ICN to MAD

O voo direto da Korean Air de Incheon para Madri parte às onze da manhã. Um mês e dois dias depois que o *ahjussi* enviou as passagens, aqui estou eu, voando rumo ao lugar que tracei como objetivo.

Como prefiro o assento na janela, quase não bebo nada durante o voo. Detesto incomodar quem está ao meu lado para me levantar para ir ao banheiro. Em vez disso, encosto a testa na janela e fico imóvel. Observar lá de fora as cordilheiras que se conectam como imensas ondas azuis e as vastas planícies amarelo-acastanhadas — será o deserto de Gobi? Ou talvez o Taklamakan? — é um prazer que cultivo. Quanto mais longo o voo, melhor; quanto maior a altitude, melhor ainda. Quando sobrevoamos lugares onde não se vê qualquer sinal da presença humana, costumo sonhar com o momento em que salto com um paraquedas em forma de coração.

Ao meu lado está a Sangeun. Ela não para de olhar as informações sobre cafeterias e restaurantes em Madri no iPad que trouxe. Há pouco, estava animada, insistindo para irmos juntas provar um café chamado "café cortado", um expresso com um toque de leite. Humm... não sei se vou ter tempo para isso, por isso não respondo com tanto entusiasmo.

Ao lado da Sangeun está o Hanbin, com os fones de ouvido colocados, navegando incessantemente nos canais da tela individual. Tão absurdamente disperso — é bem a cara dele. Disse que ouviu falar que Toledo, nos arredores de Madrid, é ótimo para comprar lembrancinhas baratas, e já afirmou que pretende ir até lá mesmo que sozinho. Para ele e para a namorada, Barataria não passa de um lugar que vende café e waffles. Sonhos, esperança, justiça e liberdade são coisas cultivadas pelo pai e, para eles, o que importa são os elementos visíveis que ajudam a aumentar o faturamento.

Do outro lado do corredor, o Daejun está espremido na poltrona, tentando se acomodar enquanto lê um guia turístico. Com a entrada dele na aventura, senti que o peso da jornada aumentou proporcionalmente ao tamanho do seu corpo. Ele convenceu a esposa dizendo que pesquisaria pratos espanhóis, como churros, para desenvolver um novo menu no DJ's Kitchen. Mas será que é possível criar um novo cardápio em uma viagem tão curta? Me senti realmente grata pela generosidade da esposa dele, que fingiu não ver a verdadeira intenção de uma viagem com os amigos.

Ao lado do Daejun está o produtor Min Juyeong. E digo mais uma vez: sua presença aqui não tem absolutamente nada a ver com meus sentimentos ou qualquer outra intenção além do trabalho. Ele é um mestre da filmagem e edição, além de compreender profundamente a narrativa do Dom *ahjussi*. É a pessoa ideal para documentar a última aventura do Clube La Mancha. Vestindo sua típica calça cargo e camiseta preta — seu uniforme de trabalho —, ele escreve algo num caderninho. Seu perfil tem algo de encantador. A mandíbula bem definida, cercada por uma barba rala, confere a ele uma imagem rude e livre. Min aproveitou a ida à Espanha para deixar de vez o trabalho com entregas. Quando perguntei o que faria agora, ele respondeu, com seu sorriso contido característico, que espera descobrir isso ao final da jornada.

Este avião tem chegada prevista ao Aeroporto Barajas, em Madrid, às seis da tarde. Apesar de ser um voo de doze horas, não aterrissaremos no escuro da noite, mas sim sob a claridade do dia. Segundo o que pesquisei, no início de outubro, às seis da tarde, o sol ainda domina o céu de Madrid.

Assim que desembarcarmos, deixaremos Madrid de carro alugado. É que precisamos seguir rumo a uma cidade localizada ao nordeste da capital.

Alcalá de Henares. A cidade já abrigou uma das universidades mais antigas do mundo, tem seu centro histórico declarado Patrimônio Mundial pela Unesco e é famosa por ser o local de nascimento de um dos maiores escritores da Espanha. E todos os anos, em 9 de outubro, data de nascimento do autor, a cidade celebra um festival em sua homenagem.

Durante os preparativos da viagem, encontrei o blog de uma turista que participou dessa festa. Cada vez que rolava a tela com o mouse, deixava escapar um murmúrio de surpresa. As barracas do mercado estavam repletas de comidas fartas. A casa onde Cervantes nasceu ainda existe e foi transformada em museu. As feiras livres e os brinquedos de parque viviam lotados, e havia leituras públicas de *Dom Quixote* realizadas por moradores no teatro local. Mas o auge da festa era o desfile em que os personagens do romance tomavam as ruas, dançando e tocando música enquanto marchavam pela cidade.

Como será que Dom *ahjussi* descobriu esse festival? Como conseguiu se adaptar tão rápido em terra estrangeira, mergulhando de imediato naquele universo? Será que ele foi espanhol numa vida passada? Talvez tenha se transformado por completo em espanhol enquanto transcrevia, linha por linha, os dois volumes daquele livro tão espesso.

O aviso do piloto informando a iminência do pouso começou a soar pelos alto-falantes.

42 – A cidade de Cervantes

Na saída do aeroporto Barajas, em Madrid, havia uma multidão de coreanos e locais esperando os passageiros do voo da Korean Air. Cada um de nós puxava sua mala robusta, e seguimos rumo ao setor de aluguel de carros com a disciplina de soldados em marcha. O único com uma mochila nas costas em vez de uma mala era o Min, que, com as mãos livres e a câmera em punho, se movia agilmente cuidando de suas tarefas.

Colocamos as bagagens todas no carro SUV para seis pessoas e entramos nele. Conforme combinado, Daejun assumiu o volante.

— Na verdade, eu sempre quis ser o "Rocinante". Esse nome é simplesmente demais — disse Daejun, enquanto afivelava o cinto de segurança.

Sentei-me no banco do carona e digitei o destino no GPS. Era hora de partir.

Ao sairmos do aeroporto e adentrarmos um trecho que parecia uma rodovia expressa, a paisagem espanhola que surgiu diante dos olhos era, por alguma razão, ao mesmo tempo familiar e estranha. O sol intenso batia sobre a terra amarelada e seca, e os edifícios residenciais que surgiam de tempos em tempos pareciam uma mistura entre apartamentos e vilas. Nas barreiras ao lado da estrada, grafites barulhentos surgiam em intervalos regulares, acrescentando um toque exótico, e toda vez que um carro coreano passava, parecia como reencontrar um compatriota.

O aeroporto de Barajas estava situado entre Madrid e Alcalá de Henares. Ou seja, era até mais perto do que sair da própria Madrid. Talvez por isso, após apenas trinta minutos de viagem, já estávamos entrando na cidade.

Daejun era um excelente motorista. Mesmo com um carro desconhecido em um lugar estranho, ele dirigiu com habilidade e nos levou ao destino sem problemas. Olhando o horário, eram pouco mais de sete da noite, mas o sol ainda brilhava forte. Realmente, digno do título de "terra do sol".

— Que horas são, afinal, pra esse sol ainda estar rachando? — resmungou Hanbin, recém acordado.

— Todos, peguem seus óculos escuros. Li no guia que na Espanha você pode sair sem seu amor, mas nunca sem seus óculos de sol — disse Sangeun.

Ao sairmos do carro, ficamos parados por um tempo diante da entrada do "parador" reservado pelo Dom *ahjussi*, admirando a paisagem. Paradores são hotéis nacionais da Espanha instalados em construções históricas, como castelos ou igrejas antigas, famosos por sua beleza e imponência. O parador daquela cidade também comprovava isso com perfeição.

Após fazer o check-in, distribuí os cartões de acesso aos membros do grupo. A ideia era desfazer as malas primeiro e, em seguida, ir até o local do festival para procurar pelo Dom *ahjussi*.

Sangeun e eu abrimos a porta do quarto duplo que nos foi designado e entramos. O interior, mais espaçoso do que o esperado, estava mobiliado com elegantes móveis marrom-escuros de estilo moderno que nos agradaram imediatamente. Sangeun, que foi até o banheiro, soltou um grito de encantamento. Fui atrás e vi que, graças a um ângulo engenhoso, havia uma grande janela panorâmica pela qual se via o exterior apenas de dentro do banheiro, e logo abaixo, uma banheira branca de porcelana se destacava.

— *Unnie*, obrigada por me trazer. De verdade. Achei que ia ser tudo difícil por ser uma aventura, mas isso aqui é puro luxo — disse Sangeun, com uma expressão emocionada.

— Em *Dom Quixote*, tem uma parte em que Dom Quixote e Sancho, depois de uma jornada difícil, encontram um casal de duques e aproveitam uma vida de luxo. É exatamente essa parte agora. Sangeun, saiba que você é sortuda — respondi, bagunçando o cabelo dela de brincadeira antes de sair do banheiro e me jogar na cama macia.

Depois de doze horas de voo, meu corpo, completamente tomado pelo cansaço, quase se entregava ao sono. Mas antes que minhas pálpebras se rendessem à gravidade, precisava achar o *ahjussi*. Mandei uma mensagem no grupo avisando para todos se encontrarem no saguão em dez minutos.

Vestidos com roupas leves, nos reunimos no saguão e seguimos direto para a praça. Nossa. O festival já estava em andamento. Comerciantes em trajes tradicionais espanhóis haviam montado suas barracas e chamavam os clientes, enquanto uma multidão se enfileirava para examinar os produtos.

Quando vi a estátua erguida no centro da praça, soltei um grito de surpresa. Era a mesma estátua do Cervantes empunhando uma espada e observando seus descendentes — exatamente como na imagem do cartão-postal do Dom *ahjussi*. Min capturou com a câmera minha expressão boquiaberta ao olhar para cima.

Íamos seguir para o próximo ponto quando percebemos que Hanbin havia desaparecido. Abrimos caminho por entre a multidão para procurá-lo, e o encontramos no fim da praça, num local que lembrava uma forja medieval. Estava repleto de peças feitas de sucata: dragões montados com ferro velho, armaduras de cavaleiro, espadas, lanças e escudos que pareciam saídos de *Game of Thrones*.

— Isso aqui ficaria perfeito pendurado ao lado da árvore na Barataria — disse Hanbin, acariciando o dragão de sucata.

— E como você pretende levar isso?

— Será que não tem serviço de entrega?

— Se a gente instalar isso, já vira uma foto perfeita pro Insta.

Parece que, quando veem esse tipo de coisa, os homens voltam a ser crianças. Todos começaram a falar um monte de bobagens.

— Quer transformar Barataria num ferro-velho? Você esqueceu que a maresia de Jeju vai corroer tudo isso em seis meses?

Diante da minha crítica, todos assentiram com a cabeça e enfim seguimos em frente.

Saímos da praça repleta de barracas e nos dirigimos ao Mercado Cervantes. Logo na entrada, a profusão de comidas e mercadorias fez com que o grupo diminuísse o ritmo a cada passo, e eu precisei lembrá-los, vez após vez, de que nosso objetivo principal era encontrar o Dom *ahjussi*.

Felizmente, o produtor Min seguia à frente, filmando tudo. Eu, por minha vez, observava atentamente a multidão que se avolumava diante de mim, em busca de qualquer sinal dele. Curiosamente, todas aquelas pessoas pareciam personagens saídas de *Dom Quixote*. Uma mulher de traços finos e nariz afilado parecia judia-espanhola como Cervantes, um homem robusto e peludo lembrava um guerreiro basco, um jovem de olhos castanhos escuros tinha o ar de um pastor tranquilo da planície de La Mancha, e um casal de pele morena, braços apoiados nos ombros um do outro enquanto observavam uma barraca, tinha algo de ancestral no jeito sereno e atento com que se moviam — como se carregassem uma história antiga nos gestos e no olhar.

Avançávamos com dificuldade por entre a multidão quando, de repente, surgiu diante de mim uma longa fila. Era a frente da casa onde Cervantes nasceu. As pessoas aguardavam sua vez para tirar fotos no banco em que estavam sentadas as estátuas de Dom Quixote e Sancho Pança.

Mas do outro lado, uma outra fila chamou minha atenção. Lancei um olhar para Min, sinalizando com os olhos, e me apressei na direção oposta.

— Ah...

No final da fila, havia um restaurante. E ali, numa mesa ao ar livre, avistei o Dom *ahjussi:* vestia um robe tradicional coreano *dopo* branco, usava um chapéu tradicional coreano *gat,* levava uma espada presa à cintura e segurava um pincel de caligrafia. Inclinava-se sobre a mesa, escrevendo algo para as pessoas com o pincel.

— Dom *ahjussi!*

Ao ouvir meu chamado, ele ergueu o rosto. Um homem com uma barba rala sob o *gat*, que parecia ter saído diretamente de uma delegacia da dinastia Joseon, abriu um sorriso radiante.

Era um sorriso que lembrava o Dom Quixote da videolocadora. Ou talvez o Sancho de Barataria.

— Sol, você veio!

Disparei na direção dele.

43 - ¡Vamos!

— *Ahjussi*, que roupa é essa? Que história é essa de *gat* e de espada? Onde o senhor conseguiu isso?

— Cervantes era um homem versado tanto nas letras quanto nas armas. A espada eu comprei em Toledo, e o *gat* veio amassado na mala, mas não está ótimo assim mesmo? E cadê o resto da turma? Oh! Estão todos aqui.

Um pouco depois, Hanbin e Daejun dispararam até o Dom *ahjussi*. Sangeun, um pouco envergonhada, fez uma reverência com a cabeça, um passo atrás.

— Uau! Quanto tempo, *ahjussi!* — gritou Daejun.

— Está com tudo, hein? Foi tão bom assim abandonar a loja e vir para cá? — resmungou Hanbin.

— Olá. Eu sou Jeong Sangeun, estou como Dulcineia desta vez. Estou tocando uma cafeteria no lugar da Dom Quixote Vídeos.

— Ah, muito prazer. Que bom que veio — disse Dom *ahjussi*, acenando com a mão para Sangeun. — Esperem só um pouquinho. Me deixem terminar aqui o que estava fazendo. Essa minha popularidade, olha... não dá trégua! Hahaha.

Dom *ahjussi* apontou para a fila de pessoas e fez um gesto para que a próxima se aproximasse.

Logo, uma mulher local chegou mais perto. Dom *ahjussi* perguntou o nome dela e, em seguida, pegou o pincel e escreveu o nome em coreano sobre o objeto que estava sobre a mesa. Depois, carimbou com um selo que dizia "Cervantes" em coreano. A mulher segurou o objeto naturalmente e ficou ao lado dele, e foi então que eu pude ver com clareza.

Era um dos cadernos manuscritos do Dom *ahjussi,* no qual ele havia traduzido *Dom Quixote.*

Uma das companheiras da mulher tirou uma foto dos dois. Dom *ahjussi,* segurando o caderno, agradeceu alto à mulher:

— *¡Muchas gracias!*

Sobre a mesa havia dezenas de cadernos manuscritos do livro empilhados, e à frente deles, uma placa dizia o seguinte:

DON QUIXOTE, translated into Korean: FREE!!

Dom *ahjussi* estava distribuindo aos espanhóis a obra que ele havia copiado à mão com tanto esforço por tanto tempo. Eu me calei, tomada por um remorso silencioso. Era como se ele tivesse passado todo aquele tempo traduzindo *Dom Quixote* à mão exatamente para esse momento. Com uma expressão solene, escrevia os nomes dos espanhóis em coreano no caderno manuscrito, e com um rosto alegre e leve, tirava fotos com eles, participando ativamente do centro da festa.

— Pai! Não vai cobrar? Mesmo que seja só 10 euros por exemplar, imagina o quanto daria? — Hanbin começou com o "dinheiro, dinheiro" de sempre.

— Dom *ahjussi* está popular, hein. Será que se a gente vestir *hanbok* amanhã também vai fazer sucesso? — Daejun disse, com o rosto levemente corado de empolgação.

— Mas, de verdade, vestido assim, até que faz sentido o chamarem de Cervantes da Coreia. — Sangeun falou enquanto gravava Dom *ahjussi* com o celular.

Dom *ahjussi* havia se transformado mais uma vez. Como se não bastasse ser Dom Quixote e Sancho, agora ele havia se tornado o próprio criador da história. Eu ainda estava pasma. Mas ao ver as pessoas daquele lugar acolhendo, com respeito, Dom *ahjussi* como o Cervantes coreano por ter traduzido para o coreano o *Dom Quixote*, fui sendo tomada por uma emoção solene.

De fato, Dom *ahjussi* estava ali, completando a própria história — e a estava compartilhando com eles.

O evento só terminou depois que Dom *ahjussi* entregou todos os cadernos escritos à mão. Ele apontou para o restaurante logo atrás, perguntando se não estávamos com fome.

— *¡Hola! ¡Buenas!*

Com a voz alta e animada, Dom *ahjussi* entrou sendo calorosamente recebido pelos funcionários do restaurante. Havia um motivo para ele ter escolhido fazer o evento na frente daquele restaurante.

Juntamos duas mesas e nos sentamos. Dom *ahjussi* nem sequer olhou o cardápio, e fez vários pedidos ao garçom em inglês. Mas como os nomes dos pratos eram todos em espanhol, era impossível imaginar o que viria. Logo chegaram cestos de pães como entrada, junto com taças de vidro finas, uma para cada pessoa. Em seguida, um balde com gelo trazendo uma garrafa de champanhe foi colocado sobre a mesa.

— Pai! Esse champanhe não é caro, não?

— *No, no.* É "Cava", espumante espanhol. Não é caro. Uma taça no jantar antes de dormir é o ideal.

O garçom abriu a garrafa e serviu Sangeun primeiro. Ela levou a taça até o nariz, sentiu o aroma, e numa pose charmosa, tomou um gole.

— Tá uma delícia! Nada doce, bem leve.

A voz límpida de Sangeun combinava com seu rosto alegre, e todos à mesa sorriram com a cena.

Logo, todas as taças estavam servidas.

Dom *ahjussi,* como se estivesse ciente da filmagem de Min, levantou a taça, ajeitou a voz e nos fitou com serenidade. As mãos de Daejun, que rasgavam o pão, pararam no ar.

— Pois é. O Clube La Mancha se reuniu de novo. Achei que nunca mais sairíamos em uma aventura juntos... Obrigado por terem vindo. É a primeira vez de vocês na Espanha, né? A minha também. Mas foi aqui que percebi que, nos últimos trinta anos, meu coração sempre correu por estas terras.

As palavras de Dom *ahjussi,* sérias demais, fizeram com que todos escutassem em silêncio. Min se levantou com a câmera e se aproximou um passo de Dom *ahjussi.*

— Amanhã é o aniversário de nascimento de Cervantes. Vamos nos juntar ao desfile de rua também, vestindo *hanbok.* Vamos mostrar ao mundo como o Clube La Mancha, vindo direto da Coreia, é incrível.

Ao terminar, Dom *ahjussi* ergueu a taça e gritou:

— *¡Vamos!*

Todos olharam para ele.

— Quer dizer "todos juntos" em espanhol. *¡Vamos!*

Após repetir o brado com ele, brindamos e levamos as taças à boca. O espumante chamado "Cava" era surpreendentemente refrescante e leve. De tão suave, dava até a sensação de estar tomando um digestivo. Um leve arroto subiu depois de mais um gole. Na hora certa, chegou um pedaço de queijo curado e duro. Ao mastigá-lo e saboreá-lo com mais um gole de vinho, a combinação era simplesmente perfeita.

Depois disso, seguiu-se um verdadeiro banquete de sabores: *tortilla*, bacalhau, batatas bravas, *jamón* ibérico, *chorizo, morcela*. A fartura da culinária espanhola se desdobrava à nossa frente. Comer aqueles pratos me fazia sentir como se tivesse voltado àquela época. À época em que demos a volta na Fortaleza de Gongsanseong, comemos *gukbap* em Gongju, molhamos os pés no mar de Haeundae e depois devorávamos *milmyeon*.

Dom *ahjussi* também parecia ter voltado àquele tempo. Ele nos atendia com cuidado, explicando um a um os pratos que chegavam. Foi só então que compreendi por que ele havia nos chamado até aqui.

Em *Dom Quixote*, não aparecem apenas Dom Quixote e Sancho. Rocinante e Dulcineia, os pastores e o estalajadeiro também eram necessários. O barbeiro, o padre, a criada, a duquesa — todos esses personagens faziam falta naquela longa narrativa. E os diversos pratos também. Dom *ahjussi* precisou absorver tudo isso com o corpo e a alma. Até mesmo tornar-se Cervantes, o autor dessa história.

A história do Dom *ahjussi* ainda não havia terminado.

44 – O desfile da aventura e amizade

Por causa da insistência da Sangeun, que dizia ser indispensável experimentar o café da manhã do parador, não tive escolha e acordei cedo. Fiquei admirada com o profissionalismo dela, que ia e voltava sem parar com os pratos do buffet, fotografando e registrando tudo, enquanto eu bebia meu *café con leche*. Os outros pareciam ter dormido até mais tarde, pois não se viam por ali.

Depois do café, saí para caminhar com a Sangeun e então chegou uma mensagem no grupo: o Hanbin pedia que todos se reunissem no quarto do Dom *ahjussi* às onze horas, vestidos com o *hanbok*. Voltamos ao hotel, tomamos banho e vestimos com cuidado os *hanboks* que havíamos guardado nas malas. Então, seguimos para o quarto do Dom *ahjussi*.

Toc, toc. Assim que batemos e entramos pela porta entreaberta, levamos um susto. Quem nos recebeu foi o Daejun, usando uma enorme máscara de cavalo feita de látex.

— Não se assustem. Eu sou o Rocinante Daejun.

Vestido com um *hanbok* marrom escuro, o corpanzil do Daejun combinado àquela máscara dava a ele um ar estranho e cômico.

No centro do quarto, o Dom *ahjussi* estava sentado numa cadeira, vestindo o mesmo *dop* branco do dia anterior. Min, de *hanbok* verde-claro, e o Hanbin, usando uma roupa tradicional de Jeju na cor tangerina, nos saudaram também.

— Uau! Vocês estão incríveis!

— Estão ótimas, mas não acham que estão muito chamativas não?

Enquanto todos elogiavam nossos *hanboks,* o Hanbin comentou com um tom de implicância:

— Sol *nuna* tá parecendo bem maior hoje, hein?

Mesmo assim, a Sangeun, com seu *jeogori,* a parte de cima do *hanbok,* amarelo e saia vermelha que lembravam a bandeira da Espanha, estava radiante. Eu, de *jeogori* rosa e saia azul-celeste, também não estava nada mal. Mal podia esperar para ver como apareceríamos nas filmagens do desfile.

— *¡Qué bueno!* — exclamou o Dom *ahjussi*, levantando-se da cadeira. — Quer dizer "que bom". Pronto, como todos estão aqui, vamos experimentar tudo isso.

Ele se dirigiu até a cama, onde abriu o zíper de uma mala preta. Era a mesma mala que o Hanbin havia levado e pela qual dei uma bronca nele, dizendo que parecia mais uma mudança do que uma viagem de três noites.

Dom *ahjussi* escancarou a mala junto com Hanbin

Caramba. A mala estava cheia de objetos que pareciam ter saído direto do depósito de figurinos de um vilarejo folclórico: um enorme capacete com franjas vermelhas, uma armadura com grossas escamas azuladas, perucas, barbas postiças, cantis, bolsas tradicionais, chapéus cônicos, leques e por aí vai.

— O que é tudo isso? — perguntei. Será que foi o Hanbin quem preparou tudo isso? Não era possível!

— O que mais seria? É pra gente usar, ué — respondeu ele, sorrindo com malícia ao colocar uma peruca.

Ao mesmo tempo, Dom *ahjussi* tirou o capacete da mala, veio até mim e, sem cerimônia, o colocou na minha cabeça. Era do tipo que generais costumam usar em dramas históricos.

Ficou justo como se tivesse sido feito sob medida. Sem saber como reagir, levei a mão à cabeça e senti a maciez da franja vermelha presa à ponta do capacete.

— *Unnie*, ficou perfeito em você — comentou Sangeun.

Daejun, com a máscara de cavalo, ergueu o polegar em aprovação. Atordoada, sem saber o que fazer, olhei para o Min. Ele assentiu com um gesto decidido do queixo e se aproximou, mostrando o visor da câmera.

Dentro do visor, lá estava eu, usando o capacete, parecendo imponente — talvez por causa da minha altura — e, surpreendentemente, combinando bem com tudo aquilo.

Olhei para o Dom *ahjussi*. Usando o *gat*, ele me observava com um semblante satisfeito.

— No desfile de hoje, a Dom Quixote é você, Sol. Por isso, é você quem deve usar o capacete e empunhar a lança.

— *A-ahjussi*, isso é realmente... muito repentino...

— Não tenha medo. Este Cervantes estará sempre ao seu lado.

Nesse momento, Hanbin se aproximou e me entregou alguma coisa. Era uma longa lança de plástico, montada sabe-se lá quando, que agora estava em minhas mãos.

Usando peruca, barba postiça e chapéu cônico, ele exibiu um sorrisinho presunçoso, levantando um canto da boca.

— E aí, tô parecendo com o Sancho? Eu que cuidei de você durante este ano, né? Então agora eu sou o Sancho.

Foi quando as peças começaram a se encaixar na minha cabeça. Dom *ahjussi* e Hanbin trocaram sorrisos cúmplices, se olhando.

— ...Então foi você que planejou tudo isso? Junto com o *ahjussi*?

— Ai, sério, Jin Sol. Que lerdeza. Só agora se ligou? Desde que o pai "fugiu", já dava pra perceber. Ele veio antes pra preparar tudo, eu vim depois trazendo os figurinos e acessórios. Por quê? Porque o *Dom Quixote Vídeos* tem que bombar de novo, né! Se a *nuna* se dá bem, a Baratária também pega carona no sucesso!

As lágrimas começaram a escorrer sem que eu percebesse. Era difícil acreditar que Hanbin e Dom *ahjussi* tinham planejado tudo isso por minha causa. Sangeun me passou um lenço de bolso. Hanbin, com o peito estufado, parecia ainda mais orgulhoso, enquanto Daejun e Min me olhavam com sorrisos discretos. E quanto a mim... digamos que surpresa, confusão, vergonha e emoção dançavam dentro do meu corpo em pequenas fagulhas que tilintavam de alegria.

De volta ao quarto, parada diante do espelho de corpo inteiro, fiquei boquiaberta.

Era realmente imponente. Com o capacete encimado por um tridente, minha altura — que já era grande — parecia ainda maior. Ao menos o capacete era deslumbrante. As franjas vermelhas combinavam com o azul metálico, e a aba dourada junto à proteção de testa davam um acabamento refinado.

A armadura, com base vermelha e ornamentos dourados, era de uma exuberância fora do comum, e os pequenos dragões nos ombros faziam minha silhueta parecer ainda mais larga. No peito, escamas em azul e marrom, feitas de tecido canelado, acrescentavam robustez. Meu rosto encaixado no capacete transmitia firmeza, e uma confiança inédita começava a se infiltrar. Mas... seria mesmo essa a imagem do Dom Quixote? Era esse o cavaleiro que eu sonhava ser?

Foi então que, no espelho, vi refletido o sorriso de Sangeun atrás de mim.

Ao me virar, como se estivesse esperando por isso, ela começou a me fotografar com o celular. *Click. Click. Click.* Mais de dez fotos em sequência. Depois me mostrou o resultado.

— Não pareço alta demais? Será que tá ok?

— *Unnie.* Tá um arraso. É só avançar sem olhar pra trás!

— Você... é mesmo a Dulcineia. Me dá coragem.

Tomada por uma centelha de diversão, apoiei um dos joelhos no chão diante de Sangeun, curvando solenemente a cabeça. Ela deu uma risadinha, mas, diante do meu gesto sério, pegou o leque que havia trazido como acessório e tocou duas vezes meus ombros, como se estivesse me concedendo bênçãos.

Ao nos ver reunidos no saguão do parador, os recepcionistas começaram a cochichar, visivelmente intrigados. Alguns até soltaram interjeições de admiração. O Cervantes coreano de *gat* e *dopo* falava por si só, e Daejun, com sua cabeça de cavalo, bem que podia se passar por Rocinante. Sangeun parecia literalmente irradiar luz, e Hanbin, sem dúvida, era o próprio Sancho. De tão mergulhado no papel, ele andava com a barriga estufada e, ao me ver, levantou o cantil fazendo menção de beber. Sua atuação exagerada, num claro esforço para me dar coragem, fez com que eu mordesse com força os lábios.

Então, como num gesto de decisão, ergui a lança que segurava com firmeza. Todos voltaram seus olhos para mim.

— *¡Vamos!*

Ao meu grito, partimos do parador. Assim que saímos, o produtor Min, que nos esperava diante do hotel, ligou a câmera de mão.

Ao chegarmos à praça, a reação do público foi imediata. Como se estivéssemos combinados, eles nos aceitaram de pronto como personagens saídos diretamente da obra. Ficaram maravilhados com os trajes e acessórios, e não economizaram nos elogios. Por nossa vez, incorporamos o Dom Quixote e seus companheiros em versão coreana.

Acima de tudo, a armadura e o elmo exuberantes que eu usava causaram tanta admiração que os locais se aproximaram em peso, querendo tirar fotos. Em questão de minutos, eu estava cercada por fãs como uma celebridade. Logo, Dom *ahjussi,* Sangeun, Hanbin e Daejun também se viram presos no mesmo "inferno" fotográfico.

Não sei quanto tempo se passou, mas um som vibrante e grandioso de instrumentos começou a soar. Ao olhar para trás, vimos uma banda marchando em direção à praça. Homens e mulheres vestiam camisas brancas, coletes e calças de boca larga pretas enquanto avançavam, tocando. A mistura de flauta, violino, trompete, bandolim, tambor pequeno e castanholas atraía uma multidão.

Ali, sim, era o começo.

Com habilidade, o líder da banda conduziu a multidão em direção ao mercado. Como que enfeitiçados, seguimos e logo demos de cara com a formação do desfile, ainda em espera.

E então vimos.

Na dianteira do cortejo, Dom Quixote em pessoa montava um cavalo branco, o rosto cansado e a expressão indiferente, vestindo armadura prateada e elmo, segurando lança e escudo. O rosto avermelhado pelo calor e o corpo magérrimo faziam parecer que havia saltado diretamente de dentro do livro. Ao seu lado, segurando a rédea de um burrico cinza, vinha Sancho, baixo, rechonchudo, usando um chapéu de abas largas e bebendo de uma bolsa de couro que lembrava uma luva de beisebol, enquanto posava para fotos.

Atrás deles, os demais integrantes do desfile não eram menos impressionantes. Um árabe com ar de mágico e um papagaio no ombro, um gigante careca musculoso de dois metros, um homem de turbante com uma cobra píton enrolada no pescoço, um acrobata seminu que se esticava dentro de um grande aro circular — todos formavam um espetáculo tão diverso quanto fascinante.

Min sugeriu que seria bom captar uma cena minha descendo o desfile desde a frente e cumprimentando as pessoas. Logo, o Dom *ahjussi* tomou a dianteira e me guiou até o Dom Quixote daquela cidade.

Fiquei parada diante do cavalo branco e estendi minha lança. O homem com aparência de velho cansado — o Dom

Quixote local — me olhou de cima com um semblante sério, então estendeu a própria lança e a encostou na minha. Era um gesto claro: estava me enfrentando. Trocamos olhares por um instante, e então recuei minha lança.

Hanbin já estava brindando com Sancho, batendo a bolsa de couro contra o cantil. Eu comecei a descer a formação do desfile, cumprimentando os participantes pelo caminho. O mágico ergueu apenas o canto da boca, cheio de carisma. O gigante careca fez os músculos do peitoral ondularem, alternando os lados. O homem com a píton mostrou os dentes brancos ao levantar a cabeça da serpente em minha direção. O acrobata do aro manteve o equilíbrio e estendeu o braço, oferecendo o punho. Esforcei-me para não encarar seu corpo quase nu, usando apenas uma micro cueca, e bati meu punho no dele.

Nesse momento, alguém agarrou meu elmo. Levei um susto e olhei para cima com um grito — era uma árvore gigante e verde, do tamanho de duas pessoas, com galhos em forma de mãos que agarravam minha cabeça. Eram árvores que se moviam, como as de *O Senhor dos Anéis*, e que agora estendiam seus galhos em nossa direção pedindo um toca aqui.

Depois disso, cruzamos e nos abraçamos com diversos participantes do desfile usando máscaras de animais e monstros. Os moradores dessa cidade, sem exceção, nos acolhiam como se fôssemos personagens que haviam saltado da versão traduzida da obra de seu antepassado.

Por fim, chegamos ao coral. Todos vestiam roupas tradicionais e xales marrons e recuaram alguns passos para nos dar passagem. Inclinamos levemente a cabeça em sinal de agradecimento e nos juntamos à procissão.

A música começava a atingir seu clímax. No coração do festival, todos cantarolavam a melodia. Em dado momento, a canção cessou, e então ressoou com força novamente — o desfile começava de verdade.

— Mar-cha!

Dom *ahjussi* gritou ao dar o primeiro passo.

— Mar-cha!

Ele repetiu, e só então percebi que aquilo era uma canção.

— Estamos mar-chando!

Dom *ahjussi,* atrás de mim, entoava a plenos pulmões a música "Marcha"*. Mesmo que o acrobata à nossa frente caísse do aro, uma cobra engolisse alguém, o mágico perdesse seu papagaio, Dom Quixote cochilasse em cima do cavalo, Sancho tropeçasse embriagado e a banda musical esgotasse o repertório, Dom *ahjussi* continuaria incansavelmente cantando "Marcha" e marchando.

Assim como foi toda a sua vida.

Eu caminhei lado a lado com Dom *ahjussi,* erguendo a lança bem alto.

O Mercado de Cervantes ganhava um brilho diferente com a presença de um Cervantes e um Dom Quixote vindos da Coreia. Graças aos espectadores que acreditavam em *Dom Quixote,* o desfile atingia seu auge. Naquele dia, em Alcalá de Henares, todos eram palavras, frases, personagens

---

* "Marcha", canção de 1985 associada a protestos e movimentos sociais.

e cenários de *Dom Quixote*. Como se, há 400 anos, o gênio escritor desta cidade já tivesse planejado tudo isso.

O desfile terminou, mas nós continuamos andando. Para dentro da história. Para dentro das páginas de uma obra antiga. Como os *Amigos* do antigo Clube La Mancha.

Antes que a noite caísse, seguimos em direção a Madrid.

45 – Mad house

O hostel coreano Mad House MADRID, situado um pouco ao norte do centro da capital, podia ser visto de duas formas: em uma visão positiva, era acolhedor e simpático; em uma visão negativa, era apertado e rústico. Mas era inevitável: cada quarto de uma casa comum havia sido adaptado com beliches para receber os hóspedes.

O dono, um homem de meia-idade com cabelo comprido e com permanente, parecia bem próximo de Dom *ahjussi*. E fazia sentido: aquele foi o primeiro lugar onde Dom *ahjussi* se instalou assim que chegou à Espanha, e foi também o dono quem lhe forneceu todas as informações sobre como viver por lá.

— Ah, eu sou o Dom Quixote de Madrid, mas assim que este senhor chegou, começou a se autoproclamar Cervantes. Então tive que dar o braço a torcer. Afinal, ele é mais velho e tal. Cof, cof.

O dono, armado com uma tagarelice gentil, contou que já fazia doze anos que havia se estabelecido sozinho na Espanha por gostar do país, e que morava em Madrid há sete. Depois de nos cumprimentarmos, seguimos para os quartos feminino e masculino, e Dom *ahjussi* foi conduzido pelo dono até a mesa da sala de estar.

Disseram que no quarto masculino já havia dois hóspedes, mas no feminino, felizmente, só estávamos nós. Eu e Sangeun desfizemos as malas no primeiro andar dos beliches. Enquanto separávamos roupas para tomar banho, ela comentou que no dia seguinte queria visitar cafeterias pela manhã e ir ao Museu do Prado à tarde, sem falta. Após o desfile do festival de Cervantes, havíamos encerrado as filmagens. Combinamos que no dia seguinte seria inteiramente dedicado ao tempo livre.

No banho, pensei que a Espanha tinha atrações muito além de Cervantes e Dom Quixote. Era um país de gastronomia excelente com *jamón*, *gambas*, vinhos e cervejas; onde catedrais conviviam com mesquitas; terra do flamenco e das touradas; e também de Gaudí, Picasso, Goya e Dalí. E, claro, até eu que não sou fã de futebol sabia do "El Clásico", o superclássico entre os dois grandes times do país: FC Barcelona e Real Madrid.

Para onde eu deveria ir no dia seguinte? Enquanto os outros membros da equipe se ocupavam com entusiasmo em montar suas programações, apenas eu e Min ainda não havíamos decidido nada — estávamos focados demais nas filmagens.

Ao sair do banho, vi Hanbin e Daejun dizendo que estavam com fome e colocando água para ferver para preparar os Cup Noodles que o alojamento oferecia gratuitamente. Dom *ahjussi*, o dono e o produtor Min estavam sentados em volta de uma mesa bebendo vinho e comendo batata chips.

Assim que me viu, Dom *ahjussi* pediu que eu me sentasse e logo chamou Sangeun também.

Nos reunimos na sala com a mesa ao centro.

— Sei que amanhã todo mundo vai estar ocupado. Tem muitos lugares que vocês querem conhecer, muitas coisas que querem comer.

— Pai, nem vem. Não abro mão do meu tempo livre! — disse Hanbin, saindo na frente.

Dom *ahjussi* ergueu a mão, pedindo silêncio, e nos olhou com um olhar afetuoso.

— Mas é o seguinte... Amanhã, este *ahjussi* aqui vai fazer um bate-volta até Sevilha. Sevilha é uma das principais cidades da Andaluzia, berço da cultura das tapas e do flamenco, com sua imponente catedral, uma praça belíssima e o Alcázar, famoso também por ter sido cenário de *Game of Thrones*. E mais: é lá que *Dom Quixote* realmente foi concebido. O que acham? A gente vai de manhã cedo e volta à noite. Quem topa?

— Quanto tempo leva até lá? — perguntou Sangeun.

— De trem-bala, são três horas — respondeu o dono da pousada, como se estivesse esperando a deixa.

— Aff, ida e volta dá seis horas! Eu tenho que ir ao Museu do Prado, então passo. — Sangeun desistiu.

— Pai, eu falei antes mesmo de vir pra cá que ia pra Toledo. Se eu não voltar com os produtos de lá, a Seoyoon vai me matar. — Hanbin recusou.

— Hum... entendi sobre vocês dois. Mas, Daejun, se é pra pesquisar sobre comida, Sevilha não seria uma boa? — perguntou o Dom *ahjussi*.

Dava para sentir o Daejun se encolhendo um pouco.

— *Ahjussi*... na verdade, eu tenho um jogo pra assistir à noite. Descobri que vai ter partida do Real Madrid amanhã, então já reservei o ingresso antes mesmo de sair da Coreia.

— Hã? — Dom *ahjussi* se espantou.

— Ah, o Real Madrid hoje em dia não é mais lá essas coisas. Desde que o Cristiano Ronaldo saiu... o Zidane como técnico era a parte mais famosa, o que já diz tudo — comentou o dono da pousada.

— Mesmo assim, já que vim até a Espanha, queria muito assistir a pelo menos um jogo do Real Madrid — respondeu Daejun, rindo ao recusar.

— Eu também preciso ir ao Estádio Bernabéu... comprei ingresso para o jogo de amanhã — confessou Min, em um tom quase de confissão.

— Mas, gente...?

Dessa vez, fui eu quem se surpreendeu e deixou escapar uma exclamação. Achei que Min fosse passar o dia comigo. Quem diria que esses dois seriam fãs de futebol? E, pelo jeito, um já sabia que o outro também ia ao jogo. Logo o Hanbin entrou na onda dizendo que ainda dava tempo de comprar ingresso e que também queria ir. Virou uma algazarra. Soltei um riso sem graça, sem acreditar.

— Uau. Esses moleques... A última aventura do Clube La Mancha e vocês preferem o Real Madrid ao *Dom Quixote*! Tudo bem. Sol, você vai comigo, né? — Dom *ahjussi* me olhou como quem apelava ao último bastião de esperança.

Levantei uma mão em sinal de rendição. Na mesma hora, a palma da mão dele estalou num sonoro high-five.

— *Ahjussi,* não dá pra ver tudo em Sevilha amanhã, né? Me diz só uma coisa: onde foi que *Dom Quixote* nasceu?

— Na cadeia.

— Como é?

— Foi na cadeia em que o Cervantes ficou preso. Eu sempre quis conhecer esse lugar.

Todo mundo caiu na gargalhada. Na cadeia?! Com todos aqueles pontos turísticos em Sevilha, ele queria ir logo à cadeia? A piada ficou ainda melhor quando o Hanbin soltou um "Boa visita à cadeia, *nuna*", que respondi com um olhar fulminante. Daejun e Min se encolheram. Hanbin tapou a boca e virou de lado. Sangeun cochichou "Foge, mulher" no meu ouvido.

Mas o *ahjussi* continuou com toda a seriedade. Disse que, há muito tempo, leu que um antigo prédio que hoje abrigava um banco em Sevilha era, no passado, a prisão onde Cervantes foi detido. O problema é que não lembrava se tinha visto isso num guia de viagem ou num post de blog. No fim, me pediu para procurar o endereço exato.

Voltei para o quarto, liguei o celular e comecei uma maratona de buscas.

Depois de mais de uma hora e com os olhos quase saltando das órbitas, encontrei o tal prédio que ele queria visitar. Havia até um busto do Cervantes na frente.

Inacreditável. Um busto do Cervantes em Sevilha.

O dia seguinte seria longo. Fechei os olhos, exausta, e tentei dormir logo.

46 – O romancista de Sevilha

Dom *ahjussi* ficou todo o caminho até Sevilha apenas olhando em silêncio para as planícies da Espanha. Eu também olhava pela janela de tempos em tempos. A terra amarelada e seca, as florestas e vinhedos que apareciam aqui e ali, as cadeias de montanhas consideravelmente imponentes... me distraí tanto admirando as paisagens que, quando dei por mim, já estávamos na Andaluzia.

O trem-bala espanhol, o *Renfe*, nos deixou pontualmente às 12h30 na estação Santa Justa, em Sevilha.

— Sol, você se lembra?

Dom *ahjussi* me chamou enquanto eu abria o Google Maps no celular, tentando encontrar a direção da Catedral de Sevilha.

— *Ahjussi,* agora, não... preciso achar o caminho...

— Aquilo que eu disse, que Sevilha era como Seul. Aquela vez, lembra? Eu tinha dito que...

Baixei o celular e me virei para olhar o Dom *ahjussi.*

— Claro que lembro. Málaga é Mokpo. Barcelona é Busan.

— Tudo aquilo não tinha fundamento algum, você sabia, né?

— Sabia, sim. Naquela idade, a gente já entende essas coisas.

— Mesmo assim, acho que porque você fingiu acreditar, os outros amigos acabaram acreditando também.

— Tem histórias nas quais vale a pena acreditar, mesmo sabendo que são mentira.

— Obrigado. Então quer dizer que agora a gente tá em Seul, né?

— Seul, claro. Acabamos de descer na Estação Central de Seul e agora vamos procurar a prisão onde o Cervantes ficou preso. Fica nos becos atrás da Catedral de Sevilha... melhor a gente pegar um táxi.

Desistimos de ir a pé e seguimos para o ponto de táxi.

O táxi nos deixou com rapidez e objetividade uma quadra antes da Catedral de Sevilha. O motorista foi sábio. Diante da quantidade absurda de turistas ao redor da catedral, bastava imaginar o caos se ele tivesse tentado ir até lá direto... só de pensar já dava calafrios. De todo modo, teríamos que atravessar aquela multidão e ainda vasculhar becos complicados para finalmente chegar ao destino. Me mantive bem atenta e abri o Maps, inserindo o endereço do banco.

Na noite anterior, eu tinha encontrado uma informação sobre o antigo prédio da prisão onde Cervantes foi mantido, num diário de viagem postado por um escritor em seu blog. Esse escritor estava morando em uma residência artística em Madrid e percorria toda a Espanha escrevendo um romance sobre Dom Quixote. Era como se ele estivesse em busca de inspiração, tentando absorver tudo que pudesse sobre Cervantes e sua obra. E foi ali, em Sevilha, que descobriu o que acreditava ser a prisão de Cervantes. Segundo seu relato, o prédio de um banco localizado um pouco além dos pontos turísticos, aos fundos da catedral, era exatamente esse antigo cárcere.

Fui avançando entre turistas e vendedores chamando clientes, examinando as placas de rua coladas nas paredes dos prédios. Dom *ahjussi* vinha atrás de mim, devagar demais, e eu precisava parar com frequência para diminuir a distância entre nós. Ué, foi ele quem quis ir, por que estava se arrastando daquela forma? Mas, pensando que esse era o lugar com que ele sonhava conhecer, entendi por que estava tão nervoso.

Depois de errar duas vezes o caminho, me vi completamente perdida e entrei em pânico. Não era culpa do Google Maps, mas do ser humano que não sabia ler o mapa direito, ou seja, eu. Dom *ahjussi*, sem dizer nada, foi andando até o outro lado do beco. Exausta e sem saber o que fazer, me agachei ali mesmo.

— Sol, tem uma coisa ali. Ali, olha só — disse ele, que já havia voltado sem que eu percebesse.

Apoiei os joelhos para me levantar. Fomos na direção da rua principal, onde Dom *ahjussi* havia visto algo, e logo apareceu um pequeno busto.

— Acho que é ali mesmo! Vamos!

A proximidade do nosso lugar de destino me encheu de energia. Fomos direto para o busto a passos largos.

Era de fato o busto de Cervantes. O nariz adunco, os cabelos ralos, o livro na mão esquerda e a espada na direita deixavam claro quem era.

Por um tempo, Dom *ahjussi* e eu ficamos apenas olhando o busto em silêncio. As pessoas passavam distraídas na calçada, havia algo sujo no chão ao lado — talvez cocô de cachorro, talvez vômito —, e, embora estivéssemos perto de pontos turísticos, não havia turistas nem ambulantes por ali, apenas uma rua comum com uma estátua comum.

Fiquei encarando o Cervantes de bronze, tomada por uma mistura de emoções. Foi quando ouvi o som de um clique atrás de mim. Virei e vi Dom *ahjussi* me fotografando com o celular.

— Ah, era eu quem devia fotografar... o senhor...

— Não tem problema.

Depois de tirar mais algumas fotos de mim, ele se aproximou e abraçou o busto de Cervantes. O gesto foi tão natural, como se reencontrasse um velho amigo, que me apressei em ligar a câmera.

Aproximei-me com a câmera em punho e perguntei ao Dom *ahjussi,* que ainda abraçava Cervantes:

— Meio sem graça, né?

— Nada disso. É o monumento mais acolhedor que já vi. Pronto, já encontramos o Cervantes *hyung*... agora, onde será que fica a prisão?

Dom *ahjussi* olhou em volta. Apontei para o banco logo à direita, com uma placa começando com a letra C.

— É ali! Aquele prédio!

Enquanto filmava o *ahjussi,* nos aproximamos. Era um banco de proporções consideráveis. Sem dúvida, era um edifício antigo, e se tivesse sido uma prisão no passado, com certeza teria comportado centenas de prisioneiros.

— ...Então é aqui.

— É aqui. O lugar onde o senhor queria tanto vir.

Dom *ahjussi* estendeu o braço devagar e pousou a mão na parede do prédio do banco. Depois, encostou a testa nela, fechou os olhos e ficou imóvel. Como se estivesse em oração, em meditação, ele permaneceu assim por um tempo, colado ao edifício. Sem perceber, também parei de filmar e fechei os olhos atrás dele.

Quando terminou seu ritual, Dom *ahjussi* se virou para mim.

— Você sabe, né? O Cervantes foi preso porque trabalhava como coletor de impostos e o banco onde ele tinha deixado o dinheiro arrecadado faliu.

— Sei. Li essa história ontem, quando pesquisei sobre este lugar.

— Que azarado, né? Nem sorte ele tinha...

— Pois é.

— E foi justamente nesta prisão que o Cervantes refletiu sobre a vida dele e teve uma ideia. Aquela ideia que acabou trazendo a gente até aqui, essa história tão longa e tão fantástica. Não é?

— É, sim.

— ...Eu queria muito vir aqui. Achei que esse lugar onde *Dom Quixote* foi concebido, onde o Cervantes passou a época mais dolorosa da vida dele, pudesse me dar coragem.

— Que tipo de coragem?

— Aquela paixão do Dom Quixote que você falou. Talvez loucura. A coragem de lutar. A coragem de enfrentar o mal com a força do bem em nome da justiça e da liberdade.

Eu sentia o peito esquentar, mas fiz de tudo para manter a compostura.

— Coragem sozinha não basta. Tem que agir.

Dom *ahjussi* me estendeu a mão de repente para um aperto. Eu segurei a mão dele.

— Sol, eu vou voltar a escrever.

— O quê?

— Me chamei de grande romancista, então tenho que escrever, né? Uma história que chegue pelo menos a um milionésimo da que o Cervantes fez aqui nesta prisão.

— Vai escrever roteiro de filme de novo?

— Foi só vindo aqui que eu entendi. Cervantes era romancista.

— Ah...

— Eu também quero escrever um romance. Quando eu lançar meu livro, por favor, leia. E lembre deste dia em Sevilha.

— Tá bom.

Apertamos as mãos com força.

— Então, o que tá esperando? Liga essa câmera! Tem que filmar eu recebendo essa energia toda do escritório de escrita do Cervantes de quatrocentos anos atrás. Tenho que mostrar meu propósito pros *Amigos*. Vamos lá, vamos ver o que a Sol é capaz de fazer, deixa o Min de boca aberta. Haha!

Dom *ahjussi* se ajoelhou diante do prédio do banco. Com solenidade. Depois, abaixou a cabeça e realmente fez uma reverência. Aquilo foi o sinal de início da gravação. Eu liguei a câmera de novo e comecei a filmar Dom *ahjussi*.

E continuei. E continuei mais um pouco.

No diário de viagem do romancista que se hospedava em uma residência literária em Madrid, havia este trecho:

Durante o período em que Cervantes esteve em Sevilha, ele já havia passado pelos horrores da Batalha de Lepanto e dos anos como prisioneiro de guerra, vagando por muito tempo fora do país. Era um veterano de guerra, um ex-prisioneiro, um romancista ultrapassado. Queria que sua trajetória fosse reconhecida e ser enviado ao Novo Mundo como funcionário do governo, mas acabou sendo apenas contratado como cobrador de impostos na região da Andaluzia. Trabalhando como cobrador, o banco no qual havia depositado os valores arrecadados faliu, e ele foi acusado de desvio de verbas e acabou preso. Já havia passado dos cinquenta anos, tinha um dos braços inutilizado — ainda assim, sonhava. Não pôde realizar o desejo de ir ao Novo Mundo, e teve de ser encarcerado. Um velho que não passava de um ex-presidiário com deficiência, ele sonhou com a única coisa que ainda podia fazer. Bem aqui. Esta viela atrás da Catedral de Sevilha, onde *Dom Quixote* foi concebido, foi o espaço em que mais senti arrepios desde que vim à Espanha em busca de Cervantes e Dom Quixote. Curvando-me profundamente, à moda coreana, prestei reverência à sua estátua antes de me virar. Eu não sabia para onde ir, mas sabia o que precisava fazer. Era brindar à alma daquele que sonhou, mesmo dentro da prisão.

Depois de prestar reverência, eu e Dom *ahjussi* fomos a uma cafeteria ao ar livre e tomamos Cruzcampo, a cerveja regional de Sevilha. Fizemos um brinde ao romancista que nos deu a dica deste lugar, ao romancista desse país que ele tanto reverenciava, e ao futuro romancista — aquele que havia declarado que voltaria a escrever algo capaz de surpreender o mundo com o espírito de Dom Quixote.

Já era hora de ir até a estação para pegar o trem de volta a Madrid. Enquanto esvaziava meu último copo, vieram à minha mente os rostos de cada membro do Clube La Mancha. Lembrei dos descendentes de Cervantes que encontrei em Alcalá de Henares. Do rosto tranquilo do dono da Mad House e do rosto do técnico Zidane do Real Madrid. Lembrei também do taxista de Sevilha com a barba espessa e do garçom, que parecia ter ascendência árabe, que nos trouxe a cerveja há pouco. E para todos esses rostos, murmurei num sussurro baixo e veloz:

"Adiós, amigos."

PARTE 5

나의 돈키호테

O canal Dom Quixote Vídeos

47 – Depois da Covid-19

4 anos depois, 2023

Abri os olhos. Enquanto recitava mentalmente o que precisava fazer no dia, decidi logo levantar e resolver tudo de uma vez. Saí de casa sem máscara.

No verão, o uso obrigatório de máscara havia sido completamente suspenso. Mesmo assim, as pessoas continuaram relutantes em retirá-las em espaços fechados ou no transporte público, mas após um verão repleto de ondas de calor e tufões, todos acabaram baixando a guarda.

No meio do outono, saí sem máscara, com o vento fresco batendo no rosto, a caminho do Parque Yangji.

Cinco anos antes, no outono, foi justamente naquele parque onde subi no pavilhão e tentei aliviar a melancolia. Depois de sair da produtora, voltei para Daejeon e precisei buscar um novo rumo para a vida. Foi então que, imersa nas lembranças da antiga locadora de vídeos que ainda resistia no porão, decidi começar um canal no YouTube. Por meio das histórias em busca do *ahjussi* da locadora, consegui me estabelecer como youtuber. Depois, aceitei o convite dele e fui à Espanha, onde marchamos juntos como Cervantes e Dom Quixote.

Aquela marcha representava valores abstratos e nebulosos como sonho, esperança, amizade e justiça, mas enquanto conteúdo, cumpriu bem seu papel. O vídeo "A Última Aventura do Clube La Mancha" foi o que me consolidou como uma produtora de conteúdo sustentável, e a inesperada chegada da pandemia criou um ambiente ainda mais favorável ao consumo de YouTube.

Desde então, nunca quebrei minha regra de dois uploads por semana. Apresentei incansavelmente filmes e livros. Também conduzi lives com os próprios cineastas e escritores por trás das obras. Graças aos contatos do produtor Min, consegui trazer cineastas ao estúdio e, por meio de um site de editores literários, consegui agendar com autores do meio editorial.

Tive bastante sorte. Nada disso seria possível sem os colegas ao meu lado. Min, que continua ao meu lado, ficou encarregado de tudo: filmagem e edição — obviamente — até direção, transporte e contato com os convidados.

Quer saber como consegui mantê-lo por perto? Fácil. É só casar no civil. Depois que voltamos da Espanha, passamos dias mergulhados na edição e brigamos muito. Trabalhar juntos e brigar juntos acabou derretendo meu antigo princípio de nunca me envolver com alguém do trabalho. Acima de tudo, ele é um homem sério e meticuloso. Eu simplesmente não podia deixá-lo escapar. Tive que convencê-lo a ficar em Daejeon. Agora só falta o casamento adiado pela pandemia, mas seguimos ocupados, e o trabalho ainda vem primeiro.

A vida que começamos no porão logo se mudou para o segundo andar do mesmo prédio. Ou seja, agora nós ocupamos do subsolo até o segundo andar do edifício de três andares.

Por que eu disse "nós"? Porque a Sangeun, como esperado, também virou minha colega de trabalho. No ano passado, o proprietário do prédio, Seongmin, aumentou em 300 mil wons o valor do aluguel do térreo na renovação do contrato. Com isso, ela decidiu fechar a cafeteria. Mas eu e Min a convencemos a renovar e transformamos o espaço em um novo lugar.

O nome do estabelecimento no primeiro andar é "Dom Quixote Book & Pub". Eu e a Sangeun somos co-proprietárias. Ela cuida da cozinha e das bebidas, e eu sou responsável pelos livros e pela divulgação. Gravamos vídeos para o YouTube alternando entre o estúdio no subsolo e o Dom Quixote Book & Pub. Os *Amigos* que assistem ao canal e vêm até Daejeon costumam passar pela padaria Seongsimdang para comprar pães e visitar aqui. Permitir que tragam comida de fora foi uma jogada de mestre, por assim dizer. Vendemos menos petiscos, mas isso também significa menos custo com ingredientes e mão de obra. Em troca, a Sangeun elaborou cuidadosamente uma lista de bebidas que harmonizam com os pães — de highballs e coquetéis a vinhos.

Já faz um ano desde que abrimos o negócio juntas, e o Dom Quixote Book & Pub agora é um dos locais mais conhecidos de Seonhwa-dong. Mesmo sabendo que é difícil superar a Seongsimdang, eu e a Sangeun nunca esquecemos que podemos surfar na fama dela — e por isso formamos uma dupla e tanto.

Depois de refletir no Parque Yangji, fui até uma imobiliária localizada numa rua movimentada. Era uma agência recomendada pela minha mãe. Depois da consulta com o agente, passei na minha loja favorita de *kkwabaegi*, rosquinhas torcidas, para comprar algumas, e também donuts. Não era dessa loja exatamente que o Dom *ahjussi* costumava comprar, mas ele sempre trazia *kkwabaegi* para a gente ao voltar das entregas.

Ah, o *ahjussi* agora é o Cervantes da Barataria. Apesar de ter perdido metade do território para o autoproclamado "Sancho Descolado" Hanbin e sua nora, os dois lados continuam em um jogo de empurra-empurra entre cooperação e rivalidade. Quando falo com o *ahjussi,* tenho que ouvir reclamações sobre Hanbin e a nora; quando falo com Hanbin, ouço as queixas sobre a teimosia do *ahjussi.*

Hanbin e sua esposa transformaram Barataria em uma cafeteria relativamente conhecida, aproveitando o aumento de turistas nacionais em Jeju desde a pandemia. O *ahjussi,* como símbolo do lugar, passou a tirar fotos com os clientes e até a chamar alguns para visitar. Mas, desde o ano anterior, ele se recusou a ajudar no funcionamento do local, alegando que precisava se dedicar à escrita de seu romance, o que acabou despertando o descontentamento de Hanbin.

Ainda assim, os dois lados conseguem coexistir por um motivo fundamental: um novo cidadão. No final de 2019, pouco antes do início da pandemia, Hanbin e sua esposa realizaram um pequeno casamento na Barataria. No ano seguinte, nasceu uma criança. Seu nome é Oreum. Foi o próprio *ahjussi,* agora avô e entusiasta de nomes coreanos nativos, quem escolheu.

A existência de Jang Oreum é quase a razão da existência da Barataria. O primeiro cidadão da república livre é incrivelmente fofo. Tanto que até mesmo uma tia ocupada como eu dá um jeito de ir até Jeju todos os anos só para ver aquela criaturinha — que agora já tem quatro anos.

— *Nuna*, dinheiro não vem só porque a gente corre atrás dele.

Foi o que Hanbin me disse em uma ligação recente. Talvez a paternidade o esteja amadurecendo.

— Dinheiro só vem quando você tá perto de quem ganha dinheiro.

Claro, típico.

— Então, *nuna*, será que você topa fazer uma live lá na Barataria ? Faz tempo que não tem nenhuma... A divulgação tá fraca, e o pai fugiu de novo... E o Oreum tá comendo demais. Ano que vem já vai pra pré-escola...

O mesmo Hanbin que antes me olhava com desprezo quando eu estava sem grana agora reconhece o valor da Jin Sol youtuber com 300 mil inscritos e muda o tom. É como dizem: *Money talks*. Ou melhor, *Talk money*. Eu ganho dinheiro contando histórias. Falando sobre as histórias dos filmes e compartilhando as dos livros — e sou recompensada por isso. Mas, acima de tudo, foi compartilhando com os meus companheiros de jornada — os amados *Amigos* — a minha própria história de vida, que cresci e cheguei até aqui. E tudo isso foi graças a *Dom Quixote*, uma história antiga, de um país distante, que se alojou no coração do Dom *ahjussi* e no meu — e foi ela que nos conduziu até aqui.

Comprei os donuts e voltei. Um dos funcionários do Dom Quixote Book & Pub estava abrindo o estabelecimento e me cumprimentou com uma reverência. Era um antigo cliente que virou funcionário — se dá super bem com a Sangeun, vivem num papo vai e vem sem fim. Entreguei parte das rosquinhas para o andar de baixo e subi para o segundo.

Em casa, o produtor Min estava acordado. Só com a calça do pijama, preparava café. Ainda me soa mais natural chamá-lo de produtor Min do que de marido. Pedi que fizesse o meu café também e fui me arrumar. Depois, sentamos juntos para revisar a agenda do dia.

Hoje, temos uma live marcada com um diretor veterano, prestes a lançar um novo filme. Ele é *sunbae* da faculdade de cinema do Min. E então, ele está vindo no nosso canal só para dar uma força ao *hubae*? Nem tanto: foi ele quem entrou em contato primeiro, querendo participar. Min, por sua vez, confessou que sentiu uma pontinha de satisfação quando esse mesmo cara, que o ignorava nos tempos áureos, veio pedir espaço no nosso canal.

O Dom Quixote Vídeos não é um canal com milhões de inscritos. Mas os nossos inscritos, os *Amigos*, são fiéis. Sempre encerro os vídeos com a frase: "Se o BTS tem as Armys, eu tenho os *Amigos*." Eles caminharam comigo por mundos antigos de filmes e livros, embarcaram na jornada em busca do Dom *ahjussi*, e participaram com entusiasmo da última aventura do Clube La Mancha durante o festival de Cervantes.

À tarde, tenho pendências mais práticas para resolver. Pedi ao dono da imobiliária que, se não der certo em Seonhwa-dong, procure também por espaços em Jungang-dong e Daeheung-dong. Ou seja, a tarde será de andanças com o dono da imobiliária em busca de imóveis. Nosso tempo neste lugar está acabando, falta menos de um mês.

No verão anterior, o Seongmin finalmente vendeu o prédio, que não conseguia passar adiante desde o início da crise da Covid-19. Com isso, recebemos o aviso de despejo. Havíamos assinado um contrato que previa a saída imediata caso o prédio fosse vendido. Portanto, vamos ter que deixar o estúdio no subsolo, o Dom Quixote Book & Pub no primeiro andar, e o nosso lar no segundo. É uma despedida dolorosa, sim. Mas talvez tenha sido uma sorte conseguirmos esticar por quatro anos esse espaço em tempos tão incertos. Mas agora que chegou a hora de partir, uma tristeza silenciosa começa a tomar conta. E, no fundo, já começo a desejar um lugar mais estruturado, que nos traga mais estabilidade para os próximos passos.

Descemos para o primeiro andar. A dorminhoca da Sangeun ainda não havia chegado para o trabalho. Min abriu o notebook na mesa reservada do pub e começou o expediente ao telefone. Eu fui para o subsolo.

Estúdio Dom Quixote Vídeos.

Reaberto por Hanbin, este foi, muito tempo atrás, o esconderijo do Dom *ahjussi*. Também foi minha moradia ocupada sem permissão, e depois o primeiro set de gravação do canal no YouTube, arrumado com um aluguel de trinta mil wons.

Sempre que as coisas ficam difíceis, volto mentalmente ao inverno de cinco anos atrás que passei aqui. Quando tremia de medo por causa dos fantasmas, do frio, dos insetos e do mofo. Quando o futuro era incerto e as visualizações, vergonhosamente baixas. Hoje sou uma youtuber em melhor situação, mas, para não esquecer o que senti naquele tempo, continuo usando este lugar úmido e escuro como ateliê e principal local de gravação.

Havia um pacote diante da porta do estúdio. Era claramente um livro. Muitas editoras mandam lançamentos pedindo divulgação no canal, então não dei muita importância e simplesmente o peguei. Mas, no instante seguinte, um arrepio estranho pèrcorreu meu corpo.

O nome do remetente não era comum.

Ban Taesu.

Soava mais como o nome de um autor de sobrenome raro do que de uma editora. Ainda assim, mesmo autores independentes mandam seus livros em busca de divulgação, então não era exatamente algo espantoso.

Mas no instante em que abri a porta de ferro e entrei, colocando o pacote no chão, uma luz se acendeu dentro da minha cabeça como um estalo.

Se Don Giho... é Dom Quixote... então Ban Taesu... não seria... *Cervantes*?

Sem nem procurar uma tesoura, rasguei a caixa de papelão com toda a força. Enfiei a mão e retirei o livro.

A capa, com o corpo de um morto ensanguentado e um cata-vento feito com uma nota de cinquenta mil wons repousando sobre ele, não parecia tão chocante quando comparada ao título da obra.

O Assassinato de Dom Quixote

Com o coração prestes a parar, examinei o livro. Na contracapa, estava escrito:

"O julgamento de vocês não é justo. Agora eu julgarei os julgamentos de vocês."

Um cata-vento feito com uma nota de 50 mil wons sobre o corpo de um político corrupto.

A sequência de assassinatos de juízes que haviam dado penas brandas como se fossem indulgências.

Uma série de assassinatos em cadeia contra figuras de poder corruptas.

E, em meio à investigação, a polícia descobre que a assinatura do criminoso está escondida em uma obra de Cervantes: *Dom Quixote*.

Começa então a busca por pistas ocultas no romance...

A marcha sangrenta do nosso anti-herói, Dom Quixote, que pune os abusos de poder com justiça implacável, continua!

Deixei escapar um leve suspiro quando abri a capa do livro. Na primeira página interna, com uma caligrafia que me era por demais familiar, estava escrito:

¡Vamos!

Para a Dom Quixote Jin Sol.

De Ban Taesu

48 – A promessa antiga

O diretor de cinema era um excelente orador. Quando surgiram perguntas ao vivo sobre o fracasso de seu filme anterior, ele respondeu com bom humor dizendo que o set foi um caos e que ele próprio foi o "*top dog*" daquele caos. Talvez fosse a confiança nos bons retornos da pré-estreia do novo filme. De todo modo, pensei que é preciso ter esse tipo de resistência e elasticidade para cair uma vez e ainda assim conseguir investimento de centenas de milhões para um próximo projeto.

Após desejar sucesso ao novo filme junto aos *Amigos*, o diretor se despediu. Eu então anunciei o tema do próximo vídeo:

— No "Aluguel do dia" da próxima semana, vamos falar de um lançamento. Um thriller policial de tirar o fôlego que eu recebi esta manhã e terminei em apenas três horas. Um livro novo, eletrizante. Muita gente pensa logo em autores japoneses ou escandinavos quando se fala nesse gênero. Mas, não. Esse aqui é de um autor coreano estreante. E digo mais: como tenho relação pessoal com o autor, não posso avaliá-lo com isenção. E talvez, meus *Amigos*, vocês também não consigam ficar totalmente neutros em relação a ele.

Depois de dizer isso, olhei a janela dos comentários. As mensagens dos *Amigos* se acumulavam em tempo real. Havia palpites sobre o livro e o autor, e — surpreendentemente — até comentários de quem já havia lido a obra. Para retomar o controle da live, tratei de continuar:

— Quatro anos atrás, nós voamos para a Espanha. Junto do *ahjussi,* os membros do nosso Clube La Mancha, com o apoio de vocês, nossos *Amigos,* encontramos inúmeros Dom Quixotes e Cervantes em Alcalá de Henares, Madrid e Sevilha. E foi em frente à prisão de Sevilha, onde o último Cervantes concebeu *Dom Quixote,* que o *ahjussi* prometeu escrever um romance. Depois disso, veio a pandemia da covid. E, nesse período tão difícil, mal conseguimos compartilhar notícias sobre o *ahjussi.* A vida ficou dura, o contágio nos cansou. Acabamos esquecendo de nós mesmos, e da história dele. Mas agora, este homem cumpriu a promessa que fez a nós e a Cervantes. Na próxima semana, nosso convidado será o autor do romance *O Assassinato de Dom Quixote,* Ban Taesu. Sim, um nome novo, um autor estreante. Mas todos vocês já o conhecem. Vamos redecorar o estúdio especialmente para o evento da semana que vem, e convidar dez *Amigos* para participarem como plateia. Gente, Daejeon não é longe! Venham iluminar esse encontro ao vivo especial, e aproveitem para comprar um pãozinho também. Inscrevam-se nos comentários!

Depois da transmissão, o Min estava com uma cara enorme de desânimo. De novo, por culpa das minhas decisões impulsivas. Ele expressou preocupação: e se não conseguíssemos confirmar a participação do autor Ban

Taesu? Eu prometi que faria acontecer, custasse o que custasse. Disse que transformaríamos o primeiro andar do Dom Quixote Book & Pub na antiga locadora de vídeos para essa transmissão, com plateia ao vivo, e que convidaríamos pessoas especiais.

— Quero, nem que seja uma vez, devolver a loja ao *ahjussi.*

Felizmente, o produtor Min acabou concordando. Mas no dia seguinte, comecei a suar frio. Precisei implorar à Sangeun para autorizar a transformação do primeiro andar para o evento, e pedi ao Min que organizasse os adereços do estúdio para lá. O autor Ban Taesu, por sua vez, ignorava minhas ligações e mensagens, me deixando à beira de um colapso. Já o Hanbin, que deveria ser o filho do autor, dizia que não sabia de nada e ainda sugeria que a transmissão fosse feita na Barataria, para ver se o pai aparecia. Era só o que faltava para acabar com o que restava da minha paciência.

Por sorte, eu ainda tinha uma aliada: Saerom confirmou presença. Sugeriu que reuníssemos o Clube La Mancha e fizéssemos uma grande celebração, como nos velhos tempos. Ainda assim, Hanbin não dava sinal de que viria, e Seongmin — que vendera o prédio — tampouco apareceria em Daejeon. Daejun, por sua vez, explicou que não poderia por causa do restaurante. Como ele sofreu bastante durante a pandemia, eu entendi perfeitamente. Respondi à Saerom que apenas com ela, o *ahjussi* e eu já bastava para ser especial. E que, com os *Amigos* presentes, o clima de uma verdadeira casa em festa estaria garantido.

O livro *O Assassinato de Dom Quixote* estava subindo, pouco a pouco, nos rankings das livrarias on-line e físicas — talvez por causa da minha menção durante a transmissão, ou quem sabe por conta própria, graças ao boca a boca.

Eu reli o texto de apresentação do autor.

Ban Taesu

Passou muitos anos imerso no universo de *Dom Quixote*, de Cervantes. Roteirista de diversos projetos, ainda não viu sequer uma de suas obras chegar às telas. *O Assassinato de Dom Quixote* é seu romance de estreia.

Será que a vida do *ahjussi* poderia realmente ser resumida nesse texto tão curto? Nele, não há nada sobre o dono da locadora Dom Quixote Vídeos, aquele senhor tagarela e metido em tudo. Eu queria ser a pessoa a preencher essa lacuna. Mas ele continuava sem atender minhas ligações. Até mesmo a editora disse que não estava conseguindo contato com o autor Ban.

Anos atrás, saí em uma longa busca para encontrar o *ahjussi*. Não podia me permitir reviver essa ansiedade toda de novo. Dessa vez, eu faria com que ele viesse até mim. Talvez por isso, ao relembrar o tempo em que procurei Jang Yeongsu, o Dom Quixote, me veio uma ideia. Uma forma de convocá-lo de volta.

— Alô? Oi, srta. Jin Sol. Como vai?

— Bem! E a senhora? Nossa, já fazem quatro anos desde que nos vimos em Tongyeong.

— Pois é. Mas eu sempre acompanho seus vídeos no YouTube.

— Ah, muito obrigada. Fiquei feliz quando vi seu comentário no vídeo "A Última Aventura do Clube La Mancha". Mostrei pro *ahjussi* e ele adorou.

— Eu adorei mesmo. Aquela cena dele se curvando em frente à prisão de Sevilha... foi realmente emocionante.

— Muito obrigada. A senhora chegou a ver a live de ontem?

— Vi, sim. Inclusive, já pedi o livro e acabou de chegar. Pretendo começar a leitura amanhã.

— Vai ler rapidinho, tenho certeza. Tem gente morrendo, os culpados mudam o tempo todo, tem várias reviravoltas... Ah, pera, tô quase dando spoiler, né? De todo modo, eu liguei porque queria muito convidar você pro especial da próxima semana.

— ...

— Gostaria muito que nos honrasse com sua presença.

— Eu não sei se consigo aceitar esse convite... fico um pouco hesitante.

— Mas é a estreia do *ahjussi* como autor. Vocês prometeram que iam comemorar juntos quando um conseguisse realizar algo importante. Este dia chegou. Você precisa vir.

— Como ele está? Não consigo imaginar como deve se sentir depois de realizar um sonho de tantos anos.

— Eu também não consegui mais contato com ele. Vamos ter que perguntar no dia do evento.

— Como assim? Então... quer dizer que ele pode não aparecer?

— É por isso mesmo que, se a senhora vier, talvez ele também venha.

— Ah...

— Por favor, confie em mim. Eu vou trazer todo mundo. O *ahjussi,* a senhora, e também aquele outro amigo. Tá bem?

Kim Seung-a ficou um tempo em silêncio antes de dizer que leria o livro e pensaria com calma antes de dar uma resposta.

Liguei então para outro amigo do *ahjussi.* Um colega de faculdade que dividiu o quarto com ele naquela época. Aquele que genuinamente se preocupava com o bem-estar do *ahjussi* e já havia me pedido para dar notícias dele.

Assim que atendeu, o senhor Kwon comentou que justamente havia recebido um exemplar do livro do autor Ban Taesu e estava lendo com grande interesse. Quando perguntei se tinha tido algum contato recente com ele, ouvi uma risada desconcertada do outro lado da linha, seguida da resposta de que havia enviado uma mensagem de agradecimento pelo livro, mas que não teve retorno.

Como ele não acompanha o YouTube, informei que haveria um evento de bate-papo sobre *O Assassinato de Dom Quixote* em Daejeon, e ele prontamente se mostrou disposto a comparecer, colocando qualquer outro compromisso de lado. Pedi então que enviasse uma única mensagem ao seu amigo, o autor Ban Taesu, dizendo apenas que estaria lá e que gostaria muito de vê-lo.

Não entrei em contato com o diretor do cursinho nem com o produtor de cinema, pois eles não eram amigos do *ahjussi.*

No dia seguinte, recebi uma resposta da Kim Seung-a por mensagem. Disse que, movida pela força da história, iria ao evento. Mais uma vez, pensei em como ela era uma mulher admirável. Será que eu também conseguiria envelhecer como uma adulta ponderada? Provavelmente não. Eu sou Dom Quixote — eu sempre me lanço de cabeça antes de mais nada.

Para decidir de vez essa história, joguei minha última carta: mandei uma mensagem para o *ahjussi*.

> *Ahjussi*, daqui a dez dias a Dom Quixote Vídeos vai sair do prédio. Vamos nos mudar para outro lugar em Seonhwa-dong. Então, se o senhor não vier ao bate-papo na semana que vem, nunca mais vai poder estar com a gente na Dom Quixote Vídeos.

49 – Reencontro

O contato do *ahjussi* veio a apenas três dias do evento. Depois de ignorar incontáveis chamadas e mensagens minhas, ele simplesmente me ligou como se nada tivesse acontecido.

— Onde o senhor estava esse tempo todo?

— Málaga.

— Mokpo? Mas por quê?

— Ah, sei lá. Briguei com o Hanbin, e até a minha nora, que geralmente fica do meu lado, dessa vez ficou toda cautelosa com ele. Aí, no calor do momento, saí de casa, peguei o navio de Jeju pra Jindo. De lá, fui parar em Mokpo. E gostei muito do lugar. Então resolvi ficar um tempo num quarto alugado por ai, escrevendo. Foi daqui que mandei meu livro para você.

— O senhor ainda está em Mokpo?

— Não, agora tô em... Sevilha.

— Mas o senhor não dizia que odiava ir pra Seul?

— E odeio mesmo. Trânsito infernal, ar poluído... Seul é uma cidade dominada pelos carros, nada humana. Mas, veja bem, lancei um livro, né? E antes de morrer, queria pelo menos uma vez ver meu livro exposto numa grande livraria no centro de Seul.

— Ah, para com isso. O senhor acabou de lançar o primeiro livro e já fala em morrer? Conseguiu ver? Seu livro tá lá?

— Tô numa livraria agora. Ainda não chegou à estante, mas tá bem ajeitadinho numa mesa de lançamentos. Só que, olha... nem tive coragem de me aproximar da sessão de best-sellers. Aquilo lá... os livros todos na 30ª, 40ª edição. Eu mal sonho com uma reimpressão.

— Mas é por isso que precisa divulgar! Não pode lançar o livro e sumir assim. Já que está em Seul, vai até a editora e ajuda na divulgação. Eles também estavam tentando te encontrar.

— Ah, sou tímido demais pra isso. Por que acha que usei pseudônimo? Ficar aí fazendo papel de autor... que vergonha.

— Mas isso quer dizer que o senhor não vai vir? Olha, seu colega da faculdade recebeu sua mensagem, viu? Ele vai estar lá.

— Aquele traste nem lê livro, o que vai fazer lá?

— Ué, então por que mandou o livro pra um amigo que não lê? E viu a mensagem que eu mandei, né? A tradutora, Kim Seung-ah, também vai. Sua colega da época da editora.

— ...Nem mandei o livro pra ela. Fico até sem jeito de me encontrar com ela... Ai, ai. Você realmente sabe como armar as coisas.

— Se está com vergonha, autografa o livro dela no dia. Ah, a Saerom também vem. E outra coisa: mais de cem *Amigos* se inscreveram pra participar da gravação do nosso programa. Sorteamos vinte entre eles, sabia? Inicialmente eram só dez vagas. Impressionante, né? Todos são seus fãs, *ahjussi*. Compraram o livro, estão postando resenhas nos sites das livrarias. Entendeu? Todo mundo quer ver o senhor. Se não vier, vai ser uma traição. Uma traição!

O *ahjussi* ficou em silêncio por um tempo. Será que eu tinha exagerado? Me senti um pouco culpada, mas já que tinha chegado até ali, resolvi continuar pressionando.

— Não me diga que está chorando aí, emocionado. Se for pra chorar, vem chorar aqui com a gente. Eu choro com você. Estamos montando o primeiro andar exatamente como era a Dom Quixote Vídeos, sabia? A Dom Quixote Vídeos de Seonhwa-dong. Então, por favor... *ahjussi*?

Ouvi um pigarro do outro lado da linha, seguido de alguém limpando a garganta. Fiquei quieta, esperando. E então a voz dele se fez ouvir.

— Nos quatro anos desde que voltei da Espanha, deixei a Barataria praticamente nas mãos do meu filho e fiquei escrevendo o romance. Me tornei Ban Taesu, me agarrei até a ponta dos pés de Cervantes, e finalmente terminei a história que faria os Dom Quixotes do mundo inteiro se encherem de ânimo, que deixaria os governantes corruptos deste país de joelhos. Mas, veja bem, quando o livro saiu... não passava de um livro. Aqui, nesta livraria, é como se fosse um imenso cemitério de livros. Um frio danado. Os livros, cada qual repousando tranquilamente em sua cova. O engraçado é que, se a obra dá dinheiro, dão uma cova maior. Se não, fica um tempo deitado ali e depois é exumado, pra deixar empalado numa prateleira qualquer. Sabe, isso me apavora. Que o livro no qual coloquei tudo de mim, aquele que viraria o mundo de cabeça pra baixo, vire só um zumbi de papel, plantado aqui. Sol, você ainda não publicou um livro, então não sabe. Não é ir ao seu programa ou à editora pedir uma promoção que vai fazer esse livro vender. Eu resolvi aceitar. Aceitar o destino do livro. Vai acabar desaparecendo das lojas, sendo passado pra frente em locadoras ou bibliotecas, e com sorte, talvez algum leitor que goste de Dom Quixote ou de romances policiais acabe escolhendo. É esta a vida que pretendo pra ele. Entendeu, Sol? Um livro é um livro. E o mundo é o mundo.

Depois desse discurso inflamado, Dom *ahjussi* ficou em silêncio. Refleti por um instante sobre o sermão que acabara de ouvir, e então respondi com uma frase.

— Mas *Dom Quixote* mudou o senhor. Mudou o seu mundo. E mudou o meu também, sabia?

— Eu não sou o Dom Quixote. Depois de publicar o livro, percebi isso. Eu sou Jang Yeongsu: um sonhador, um fantasioso, só mais um autor desconhecido.

— Eu sou Dom Quixote. O senhor me chamou assim, e agora eu também me chamo assim. *Ahjussi,* por que disse que La Mancha era Daejeon?

— Porque... porque é onde Dom Quixote está.

— Ok! Daejon é La Mancha por causa do Dom Quixote. Por isso, o senhor tem que vir.

— ...Não sei... Tenho que voltar pra Barataria, ver o Oreum... Não sei...

— Ah, sério! Se Dom Quixote está chamando, então venha logo! Dom Quixote e Cervantes são inseparáveis!!

Tentei arrancar uma promessa com desespero, mas Dom *ahjussi* desligou sem dar uma resposta até o fim.

Segurei como pude a decepção e me concentrei na preparação do evento. Se ele não viesse, a ocasião ficaria esvaziada. Mas eu precisava fazer minha parte. Não era a primeira vez que conduziria um bate-papo literário sem a presença do autor. O que me incomodava era só o fato de que a Saerom, os amigos do *ahjussi* e os amados *Amigos* ficariam decepcionados. Resolvi então me apoiar nessa incômoda expectativa. E prometi para mim mesma que, se ele realmente não viesse, eu jamais o culparia por isso.

Mas também nunca mais iria vê-lo.

Na manhã do dia do evento, o maior problema que enfrentamos foi transferir a placa da Dom Quixote Vídeos do porão para o térreo. O funcionário de meio-período e Min conseguiram arrastá-la com esforço até lá, mas pendurá-la acima da placa atual do Dom Quixote Book & Pub exigia mãos profissionais. Acabamos chamando um instalador, e só depois de pagar um valor mais alto do que o esperado conseguimos fixá-la do jeito certo.

Dom Quixote Vídeos.

Letras grossas de contorno vermelho sobre um fundo branco. A visão da placa pendurada trouxe de volta a lembrança de caminhar com uma ansiedade feliz desde o fim da rua, só por saber que estava prestes a chegar à locadora. Era como se aquela memória se projetasse sozinha na minha mente. Ao nos verem agitados, moradores e comerciantes da região se aproximaram um a um e começaram a comentar sobre a antiga loja.

— Essa aí ainda existia, é?

— Pensei que tinha falido, mas voltou a funcionar?

— Quem vê fita hoje em dia? Devem ter pendurado a placa só por nostalgia.

— Fazia tempo que eu não via essa placa. Que saudade!

A antiga loja, evocada pelas lembranças dos moradores mais velhos do bairro, voltava a se projetar novamente nas memórias de cada um.

Eu continuei incentivando Min, o funcionário e a Sangeun a trazerem os objetos do porão para o térreo. Organizamos caixas de fitas VHS e coleções empoeiradas de mangás sobre as mesas do bar, que passariam a servir como palco. Quando colei na vitrine um pôster de lançamento de um filme de 2003, o tempo realmente pareceu ter voltado. Um rebobinador em forma de carro esportivo vermelho dividia espaço na primeira mesa com uma fita de limpeza de cabeçote, e posicionamos a caixa de devoluções logo na entrada.

Foi então que um carro importado verde-oliva, pequeno e charmoso, parou bem na frente da loja. Reconhecendo de imediato, corri ao seu encontro. Do banco do motorista saiu uma mulher vestindo um vestido amarelo.

— Saerom!

Tirando o nariz empinado pela plástica, ela estava igualzinha. Os óculos de aro grosso e redondo, as bochechas fofas de sempre e o cabelo volumoso na altura dos ombros, tingido de roxo, davam a ela um charme irresistível.

Abri os braços para ela. Pequena, como sempre, Saerom se jogou neles sem hesitar.

— *Unnie*, o que é isso? A locadora... este letreiro... Mal cheguei e já tô chorando.

Abraçada a mim, Saerom falou com a voz embargada pela emoção. Eu, toda cheia de pose, disse que com os convidados chegando, tinha que caprichar mesmo, e a puxei para dentro da loja.

No passado, nós duas costumávamos nos sentar lado a lado perto da janela, lendo sob o sol da tarde. Eu, mangás; ela, romances.

Mas, ali, voltamos a ser as estudantes do ensino fundamental da Dom Quixote Vídeos. Em vez de chocolate quente, bebíamos chope enquanto colocávamos o papo em dia. Saerom disse que estava com pena dos outros membros do Clube La Mancha não terem vindo, mas que só de ver o Dom *ahjussi* já se sentiria feliz. E aí, acabei confessando a verdade.

— Hã? O *ahjussi* não vem? Como assim o autor não vem pra uma roda de conversa sobre o próprio livro? Você falou que eu vinha? Ele não quer me ver, é isso?

— Não sei. Disse que estava com vergonha. Mas isso não justifica, né? Ficou lá discursando cheio de desculpas esfarrapadas. Ai, ai...

Foi então que vi um rosto conhecido hesitando na entrada. Pedi licença à Saerom, me levantei e fui ao encontro dela.

Kim Seung-ah se aproximou com o mesmo ar elegante da única vez em que nos vimos. Agradeci por ter vindo de tão longe, e ela respondeu que, com a rodovia Tongyeong–Daejeon, o trajeto era tranquilo, até mais perto do que Seul. Pois é. Daejeon só é longe de Seul. De todas as cidades ao sul da capital, esta é sempre mais perto.

Depois de acomodá-la ao lado da Saerom, voltei aos preparativos do evento. Revi mais uma vez o roteiro da transmissão e conferi o equipamento da banda local responsável pela apresentação de abertura. Recebi com alegria os *Amigos* sorteados para comporem a plateia, que iam chegando um a um com sacolas de pão da Seongsimdang nas mãos, e pedi à Sangeun que anotasse os pedidos de bebida. No meio daquela agitação empolgada, uma inquietação sutil começava a me tomar.

Olhei em volta. Num canto, o produtor Min ajustava a iluminação. Aproximando-me em silêncio, fiquei ao lado dele. Ele me lançou um olhar como se só agora notasse minha presença, mas não parou o que estava fazendo.

— O que eu faço se o *ahjussi* realmente não vier?

Com meu marido, eu precisava desabafar. Só então Min parou as mãos e se virou para mim.

— Só faz o seu. Se o *ahjussi* não vier... depois a gente mostra o vídeo pra ele.

Foi uma resposta firme, tranquilizadora.

— Tá. Vamos gravar direito, então. E mostrar pra ele. Vamos fazer ele se arrepender amargamente de não ter vindo.

Quando fechei o punho com convicção, ele respondeu com seu sorriso discreto de sempre. Por trás daquele sorriso, os convidados já formavam grupos que pareciam nuvens brilhantes — e então mais alguém apareceu. O velho amigo do Dom *ahjussi* surgiu, vestindo uma boina de caça e sobretudo cinza, com o livro nas mãos. Ele observou a loja, seus olhos percorrendo cada canto, até cruzarem com os meus. Quando fez uma reverência contida, respondi curvando-me profundamente, em gratidão.

Dom Quixote Vídeos é um elo. Eu também sou um elo. E todas as pessoas reunidas ali puderam se encontrar graças ao senhor Jang Yeongsu. Logo, ele também é um elo. Os seres humanos são pontes uns para os outros.

Dom *ahjussi* e eu, o Clube La Mancha, os *Amigos* do canal Dom Quixote Vídeos — todos nós somos amigos. A palavra "amizade" não é como um "caso", um "rolo" ou um "lance": ela pode englobar muita coisa e, ainda assim, funcionar. Mesmo quem ainda não era amigo, ao ser chamado dessa forma, acabava se tornando um. Quando compartilhamos um sonho, quando embarcamos juntos numa aventura, nos tornamos amigos. Como no livro que narra a amizade entre um velho cavaleiro da Península Ibérica e um camponês de seu vilarejo, nós também seguimos juntos em marcha como amigos.

— Tudo isso parece um sonho — falei.

— E esse sonho, eu vou filmar — disse Min.

Dei um leve abraço nele, e então me transformei de novo: agora eu era a youtuber Jin Sol, também conhecida como Lady Dom Quixote.

A aventura recomeçava.

Epílogo

Diante do túmulo de Rocinante, eu perguntei:

— Será que devo ir para Seonhwa-dong?

Ele não respondeu. Afinal, estava morto.

— Seonhwa-dong... Aquele lugar onde, no momento mais difícil da minha vida, num passado em que eu estava mais exausto do que nunca, continuei vivendo simplesmente porque não conseguia morrer... devo voltar pra lá?

Ainda assim, silêncio.

— Se não fosse por você, *hyung-nim*, teria sido difícil continuar. Se não tivesse me acompanhado pra dividir aquele *makgeolli*...

De repente, a urna funerária parecia uma garrafa branca de *makgeolli*.

— E aquelas crianças... Se não fosse pelo Clube La Mancha, pelos *amigos*, acho que também não teria tido forças pra viver. Você sabe, não é? Todos nós estávamos sozinhos. Os *amigos*, Dom Quixote, todo mundo. O único lugar em que a gente podia ficar era aquela pequena e pobre locadora. Foi por isso que nos juntamos lá. Porque todos estávamos sozinhos.

A urna enclausurada no columbário parecia ser a mais solitária dentre todos nós.

— Mas, veja só... aquela locadora, aquele lugar minúsculo de onde eu fui embora, agora está me chamando. E mesmo assim... será que eu devo ir?

Mais uma vez, silêncio.

— Vim até Daejeon... e por que, então, essa palhaçada de dizer que não vou? Tsc. *Hyung-nim*, você não entende mesmo o meu coração.

No meio do silêncio, uma resposta começou a se formar.

— Pois é, eu sou um covarde. Já não sou mais Dom Quixote. Quando eu era Sancho, pelo menos restava um pouco de ousadia, mas agora sou Ban Taesu. Um nome pomposo. O "Cervantes coreano", que droga. Quando virei escritor, comecei a sentir medo. Ou talvez, por ser medroso, tenha virado escritor. Agora entendeu? Escritor não é alguém que muda o mundo. É um covarde que se esconde atrás do livro.

De repente, a urna começou a tremer como se fosse explodir.

— Calma aí, *hyung-nim*. Não vai me dizer que vai levantar e, feito o Rocinante, me carregar até lá. Tá bom. Tá bom, já entendi. Eu realmente não queria voltar para a locadora. Mas! Mas parece que as crianças estão lá. Disseram que meus amigos também foram. E que, apesar de poucos, tem até uns fãs meus, olha só. No fundo, eu sabia que isso ia acontecer... Tá bom. Eu vou. Eu vou, sim.

A urna voltou a ficar em silêncio, imóvel.

— Mas toda vez que venho aqui falar contigo, essa porcaria de dialeto da terra que nunca saiu direito da minha boca resolve aparecer... Ah, que coisa. Enfim, quando voltar pro continente, passo aqui de novo. *Adiós.*

O silêncio se espalhou por todo o columbário.

Virei-me depressa e saí dali sem demora.

O táxi me deixou em frente ao antigo governo provincial. Caminhei a partir dali. Embora Seonhwa-dong fosse logo adiante, caminhei o mais devagar possível, como se o tempo passasse mais lentamente. A expectativa de ver Yeonghun me deixava animado. E se eu encontrar Kim Seung-ah? Será que vou ficar todo vermelho? Já fico com vergonha só de pensar. Ouvi dizer que Daejun e Seongmin estavam ocupados com seus próprios negócios. Ainda bem. Meu filho também está ocupado cuidando do território sem mim. Eu já sou um líder deposto. A república foi reorganizada com Hanbin, Seoyun e Oreum.

O produtor Min realmente é uma boa pessoa. Vendo como ele e Sol estão tocando a vida e o trabalho juntos, fico totalmente tranquilo. Apoiar com paciência e firmeza o entusiasmo e a ambição incansáveis da Sol, e ainda seguir junto com ela é algo realmente admirável.

Mas por que será que a Sol teve que armar mais essa, me deixando numa saia justa? Pensando bem, mesmo quando ela ainda era Sancho, vivia me pressionando. Que tinha que vender raspadinhas, que devíamos aumentar a taxa de atraso, que ia ser o fim da loja se continuássemos daquele jeito — dizia tantas coisas com ar de adulta. Mas aquilo não era só encenação. Sol virou adulta cedo demais, e só depois, quando descobriu seu sonho, pôde se tornar um pouco criança. Ainda assim, diferente daquele velhote de

La Mancha ou de mim, que só entendi as coisas depois dos cinquenta, Sol com certeza vai realizar seu sonho bem antes.

Ali está. Já dá para ver a loja.

Está escrito "Dom Quixote Vídeos", com o mesmo letreiro de antes.

Ah, e olha ela saindo lá de dentro, como se viesse me receber das entregas, como naquele tempo. Com uma expressão indecifrável, meio brava, meio feliz, Sol vem ao meu encontro.

Muchas gracias, minha Dom Quixote.

Agradecimentos

Gostaria de expressar minha profunda gratidão à Fundação Cultural Toji e à Associação Nacional de Atividades Culturais da Espanha (AC/E), que apoiaram a escrita desta obra quase como uma aventura; à *Residencia de Estudiantes*, em Madrid, que me forneceu um espaço de trabalho; ao diretor Lee Soochul e a toda a equipe da editora *Cadeira ao lado da árvore*, que transformaram esta história em livro; à editora-chefe Ha Jisoon e à editora Koo Kyeongmi, que revisaram o manuscrito e se dedicaram à edição; aos artistas Totti e Rini, que criaram belíssimas ilustrações de capa; à CEO Kim Jumi da WATERFALLSTORY, que apoia amplamente meu trabalho como escritor; a Miguel de Cervantes Saavedra e ao seu *Dom Quixote*; e, por fim, aos leitores que sempre acolhem de bom grado as minhas histórias. Continuarei escrevendo.

Primavera de 2024,
Kim Ho-Yeon

Este livro foi composto na tipografia ITC Leawood Std,
em corpo 9/15, e impresso em
papel off-white no Sistema Cameron da
Divisão Gráfica da Distribuidora Record.